HAYMON taschenbuch **240**

Mit Ausnahme der historischen Ereignisse um Maximilian I. von Mexiko sind alle in diesem Buch geschilderten Handlungen und Personen frei erfunden. Ähnlichkeiten mit lebenden oder verstorbenen Personen sind gegebenenfalls zufällig und nicht beabsichtigt.

KULTUR
NIEDERÖSTERREICH

Gedruckt mit freundlicher Unterstützung durch das Amt der Niederösterreichischen Landesregierung, Abteilung Kunst und Kultur.

FSC www.fsc.org
MIX
Papier aus verantwortungsvollen Quellen
FSC® C083411

Auflage:
4 3 2 1
2020 2019 2018 2017

HAYMON tb **240**

Originalausgabe

www.haymonverlag.at

ISBN 978-3-7099-7881-8

Umschlag- und Buchgestaltung nach Entwürfen von hœretzeder grafische gestaltung, Scheffau/Tirol
Umschlag: Eisele Grafik · Design, München
Umschlagabbildungen: bigstock.com/via (Himmel), bigstock.com/dianacrestan (Schloss Miramare)
Satz: Da-TeX Gerd Blumenstein, Leipzig
Autorenfoto: Barbara Stanzl

Gedruckt auf umweltfreundlichem, chlor- und säurefrei gebleichtem Papier.

Werner Stanzl

Aussicht auf Mord

Commissario Vossi ermittelt in Triest

Werner Stanzl

Aussicht auf Mord

1

Er war schon angekleidet, als sich die ersten Strahlen der aufgehenden Sonne vorsichtig in die Kammer unter dem Glockenberg wagten. Da war schon wieder eines dieser widerlichen Biester, die ihn auch in dieser wohl letzten Nacht seines Lebens nicht verschont hatten. Seit seiner Ankunft in diesem Land verfolgten ihn die Bettwanzen beharrlich. Schon am Abend hatte er ihre Witterung aufgenommen, diesen süßlichen Duft nach Koriander. Der Melissengeist hatte gegen den Juckreiz nicht wirklich geholfen. Doch bald würde er auch das überstanden haben.

Auf der Treppe hörte er ihre schweren Schritte. Sie hatten also nicht auf ihn vergessen. Natürlich nicht, dachte er mit einem säuerlichen Lächeln. Mehr unbewusst als bewusst vergewisserte er sich, dass die sechs Goldstücke an ihrem Platz in der Rocktasche waren. Dann führten sie ihn hinaus. Die sechs Soldaten des Exekutionskommandos waren beinahe noch Kinder, so jung waren sie. Er registrierte ihre Unruhe und sprach beruhigend auf sie ein: „Nur ruhig, ihr tut nur eure Pflicht." Dann überreichte er jedem eines der Goldstücke mit der Bitte, sein Gesicht zu schonen. Der Mutter wegen, die wohl sein Antlitz noch einmal sehen wollte, bevor sich der Sargdeckel über dem schloss, was Staub werden musste.

Eine Augenbinde lehnte er ab. Die Sonne blendete ihn dermaßen, dass er ohnedies nichts erkennen konnte. Er hörte die Stimme des Pfaffen, dann das Kommando „Feuer", gefolgt von dem Hammerschlag der Kugeln, die seine Brust zerfetzten. Dass der kommandierende Offizier sich danach begutachtend über ihn beugte, missmutig das Zucken seiner Hand feststellte, die Pistole zog und ihm einen Genickschuss verpasste, war genauso Angelegenheit der Nachwelt wie das Ritual des Pfaffen, der Weihwasser über den Leichnam sprengte und dazu ein Gebet murmelte.

2

Commissario Bruno Vossi legte sein Buch zur Seite. Es war heiß geworden über den Hügeln von Gorizia. Er blickte nach Norden über die Landsenke Friauls hinweg auf die karnischen Alpen. Der Anblick des ewigen Schnees auf den Gipfeln der Gebirgskette kühlte nicht wirklich ab. Schlimmer noch, er warf die Frage auf, ob angesichts der Klimaerwärmung von ewigem Schnee überhaupt noch die Rede sein konnte. Vossi nahm einen Eimer, stellte darin eine Flasche Prosecco kalt und öffnete die dunkle Bespannung des Sonnenschirms. Wie er doch diese dienstrechtlich verordneten Ruhepausen hasste, diese lächerliche Ultima Ratio Roms, das horrende Staatsdefizit durch Überstundenabbau zu reduzieren. Natürlich hätte er trotzdem in die Questura fahren und dort Dinge aufarbeiten können. Aber dann würde der Kollege von der Beamtengewerkschaft wieder etwas von Solidarität daherfaseln. „Wir merken uns das, Vossi", hatte er das letzte Mal im Stiegenhaus blöd geunkt. Als ob das Hickhack zwischen Gewerkschaft und Rom etwas mit Solidarität zu tun hätte. Anzunehmen, dass liegengebliebene Arbeit neue Stellen schaffen würde, war reichlich naiv. Zumal die überwiegende Mehrheit der Kollegen sie mit nach Hause nahm. Wenn die Solidarität der Personalvertretung nichts Ergiebigeres erreichte als Verwerfungen, konnte er gut darauf verzichten.

Anfangs nahm Vossi diese Intermezzi gelassen. Wenn die Zwangspausen aber dann in die dritte Woche gingen, begann er zu granteln. Da half nicht einmal die Gewissheit, dass schon bald alles im alten Trott weitergehen würde, denn die römische Bürokratie war ausufernd, aber vergesslich. Einige widersprachen dem und verbesserten auf inkonsequent. Jedenfalls unterschied sich das weltliche Machtwort „Roma locuta – causa finita“ sehr vom kirchlichen Original. Das weltliche bedeutete ein Zwischenspiel, das päpstliche bei Zuwiderhandeln ewige Verdammnis, wenn nicht gar Flammentod im Diesseits. Auch ein Grund, warum Vossi mit dem Staat besser zurechtkam als mit Dogmen.

Der Commissario registrierte das Rumoren seiner Frau Jelena zwischen den Rosenstöcken und fand es ausgesprochen beruhigend. Nichts beruhige faule Männer mehr als eine fleißige Frau, schimpfte seine Schwiegermutter über die Mannsbilder. Wie klug sie doch war, sagte sich Vossi schmunzelnd und fühlte sich tatsächlich ruhiger.

Jelena hatte vor geraumer Zeit eine Stelle in einem Weingut auf der anderen Seite des Hügels angenommen. Von der Terrasse aus konnte man es beinahe sehen. Es war ein Weingut von Renommee. Vossi hatte bald feststellen müssen, dass sie genau diesen Job brauchte: betraut mit der Werbung für Wein, umgeben von herrlicher Natur.

„Ich könnte kein Förster sein“, hatte sie einmal gesagt. „Die sehen nur Bäume. Ich aber richte mich auf, schaue über einen ganzen Hang von Rebstöcken hinweg in das Isonzotal und fühle mich wie Gott.“ Da hatte Vossi etwas von Blasphemie gemurmelt, und Jelena zitierte: „Das Land brachte junges Grün hervor, alle Arten von Pflanzen, die Samen tragen und die Früchte bringen mit ihrem Samen darin, und Gott sah, dass es gut war. Genesis 1, 12“.

Er wusste es, er wusste es, er wusste es: Die wie eine Seuche um sich greifende religiöse Rückbesinnung auf mittelalterliche Urstände würde noch dazu führen, dass seine Jelena, dieses herrliche Produkt marxistisch-leninistischer Jugenderziehung, die Bibel zitierte.

„Selbstverständlich“, hatte sie erwidert, „wenn Menschen angesichts des sicheren Todes auf der Titanic ‚Näher, mein Gott, zu dir‘ anstimmen, warum nicht auch ich angesichts so viel Schönheit da draußen in der Natur der Weinberge.“

Vossi wollte bei Gelegenheit darüber nachdenken, was das eine mit dem anderen zu tun hatte, fand aber, dass die von Rom verordnete Zwangspause nicht die nötige geistige Indifferenz für emotionsloses Denken biete. Wichtig war nur: Jelena war glücklich, und überzeugender hätte sie dieses Glücksgefühl nicht zum Ausdruck bringen können. Damit war er natürlich dem Zwang ausgesetzt, gute Miene zum schlechten Spiel zu machen. Was ihm nicht immer leichtfiel, denn manchmal arbeitete jetzt auch sie länger. Dann wartete er auf sie. Allein mit dem notorisch anödenden Fernsehprogramm. „Du kannst doch lesen“, hatte sie einmal vorwurfsvoll gemeint. Doch komisch: Ein Buch genießen konnte er nur, wenn sie im Haus war. „Hier lebt es sich am schönsten zu zweit“, hatte sie gesagt. Jetzt verstand er auch den tieferen Sinn ihrer Worte.

Schön, dass sie jetzt einige Tage Urlaub hatte. Sie waren ihr als Ruhe vor dem Sturm gewährt worden. Vor jenem Sturm, den sie bei der bevorstehenden Weinmesse für die Region entfachen sollte. Die meisten Anreisenden dachten ja, dass der Weinbau hier auf die Römer zurückginge. Es war kein Schaden, sie in diesem Glauben zu lassen. Die Wahrheit aber sah anders aus: Alles Land hier war bis zum Ende der K.-u.-k.-Monarchie als Kirschgarten des Kaisers bekannt. Ab Ende März wären die Hügel weiß gewesen von der Blütenpracht der Kulturen. Es hätte jedes Mal ausgesehen, als wäre der Winter zurückgekehrt. Die Kirschen waren damals die ersten der Saison auf den Märkten Wiens, Budapests,

Prags und gar Sankt Petersburgs. Mit dem Ende der Monarchie 1918 gehörte dann alles plötzlich zu Italien. Die Italiener aber hatten ihre eigenen Kirschgärten. Die Bauern von Cormòns mussten sich etwas einfallen lassen. So waren sie auf Wein gekommen.

Optisch passte Vossi ja nicht ganz zu den Weinbergen. Zu viel an ihm löste Assoziationen mit Bier aus. Er glich bis ins Detail der Galionsfigur, die seit Generationen die Flaschen von Birra Moretti zierte. Der Schnauzer und der Hut eines Bauern aus dem Steirisch-Slowenischen, die Lachfalten um die blauen Augen mit dem freundlichen Blick eines Wiener Hofzuckerbäckers, dazu der dunkelgraue Lodenanzug mit Knöpfen aus Hirschgeweih und die Schnürschuhe bis über die Knöchel. In den üblichen Halbschuhen schmerzten Vossi schon nach wenigen Schritten die Knöchel. Sagte er immer. Für Jelena eine Marotte. Wie auch immer: Mit den Schnittmustern der Mailänder Modeschöpfer hatte Commissario Vossi jedenfalls nichts gemein. Vielleicht genoss er gerade deshalb das Vertrauen der Menschen diesseits und jenseits der Trennlinien des Gesetzes.

Kollegen aus artfremden Teilen des italienischen Stiefels taten sich schwer, Vossi einzuordnen. „Wie sein Kaiser, dieser Weihnachtsmann in Uniform", hatte einer mal resümiert.

Dem Aussehen nach ergab der Vergleich keinen Sinn. Nichts an Vossi erinnerte an Kaiser Franz Joseph und dessen Rauschebart. Deshalb wollte er wissen, wie das gemeint sei. In der Ecke Italiens, in der Bruno Vossi zu Hause war, tat man immer noch gut daran, solche Äußerungen auf die Goldwaage zu legen – vor allem als Staatsbeamter. Sie hätten als Vorwurf mangelnder Treue zur Republik Italien ausgelegt werden können. Und manchmal gebärdete sich Rom wie eine Besatzungsmacht.

Doch der Kollege hatte mit einer plausiblen Erklärung abgewunken: Er hätte Vossis Supranationalität gemeint. „König Emanuel durfte Italiener sein, Kaiser Wilhelm ein Preuße, aber mit dem Habsburger mussten sich alle seine Völker identifizieren können, egal ob Deutsche, Ungarn oder Italiener. Und auch Sie scheinen alles in sich zu verbinden, Commissario Vossi."

Damit konnte er leben.

Die Vorfahren Vossis waren weiter südöstlich zu Hause gewesen, in der verlorenen Heimat Istrien, das die italienischen Faschisten an Jugoslawien verspielt hatten. Und so waren die Eltern des Commissario unter dem Diktat der Siegermächte des Zweiten Weltkriegs und Marschall Titos als Italienischstämmige dazu gezwungen gewesen, die Heimat zu verlassen. Bruno war da noch nicht geboren. Umso weiter hatten sich die Erinnerungen an das alte Zuhause von der bescheidenen, ja kargen Wirklichkeit entfernt. Dazu hatte auch die unfreundliche Aufnahme durch die italienischen Landsleute beigetragen, als man mittellos hier in Gorizia angekommen war. In Triest, wo der Vater eigentlich hinwollte, waren die Flüchtlingslager hoffnungslos überfüllt gewesen.

Andächtig hatte Bruno seiner Mutter zugehört, wenn sie von den Schönheiten des istrischen Heimatdorfes schwärmte. Und als er es das erste Mal besuchte, stellte er enttäuscht fest, dass es de facto ein Vorort Muggias, des südlichen Vorortes von Triest war, vielleicht fünf Kilometer vom Schlagbaum der italienisch-jugoslawischen Grenze entfernt. Streng genommen noch gar nicht istrischer Boden.

Auf dem Platz, auf dem das Haus der Großeltern und die Nachbarshäuser standen, erhob sich frech ein schmieriger Plattenbau mit einer schmutzigen Kneipe im Erdgeschoß, die nie Besseres als Betontristesse gesehen hatte. Statt Coca-Cola gab es Jugo-Cola nicht bei Agip, sondern bei einer schmutzstarrenden Tankstelle mit der Aufschrift Jugopetrol.

Damals war Bruno zum ersten Mal stolz darauf, ein Italiener zu sein. Glaubte er zumindest. In Wahrheit war er bloß froh, dass er nicht in diesem Kaff aufwachsen musste. Stolz war er auf sein Zuhause, das Land zwischen Triest, Gorizia, Palmanova und Cividale, mit den Alpen im Norden, der Küste im Süden, den Ufern des Isonzo und der Lagune von Grado. Oft blieb er auf der Straße vor den Weinorten dieses Fleckens Heimat stehen, um sich am Anblick der Rebstöcke zu erfreuen. In Reih und Glied verharrten sie auf den Hängen, als ob ihnen der Himmel „Hab acht!" kommandiert hätte.

Vossi wollte möglichst viel davon seinem Assistenten Roberto vermitteln: „Hier bist du in so viel Europa gleichzeitig!" Es lag ihm sehr daran, dass der junge Sizilianer dereinst möglichst viel davon mit nach Hause nehmen konnte. Obwohl, Skepsis war angebracht, denn für alles, was nicht sizilianisch war, hatte Roberto nur ein „Outside Africa" übrig. Sicher war also nur: Wenn es so weit war, dass Roberto Abschied nahm, würde Vossi ihn vermissen. Er mochte den Jungen, diesen noch nicht gereiften Marcello-Mastroianni-Typen. Nichts genoss der Commissario mehr, als von seinem Blick die Prozesse des Begreifens abzulesen. Und wenn er von Begebenheiten erzählte, in denen seine sizilianische Mamma die Hauptrolle spielte.

Vossi griff nach der *Repubblica*, seiner Meinung nach die einzige Zeitung Italiens, die es verdiente, gelesen zu werden. Er blieb an einem Artikel hängen, den er Jelena nicht vorenthalten wollte. Laut las er in Richtung Rosenrabatte:

Bei einer Versteigerung in London fiel für ein Goldstück von 6,8 Gramm mit der Prägung „Maximilian Emperador" beim spektakulären Preis von knapp einer Million Euro der Hammer. Zwei Exilmexikaner, in den USA zu Multimillionären geworden, hatten sich gegenseitig überboten, bis bei 920.000 Euro der Hammer fiel. Die Prägung zeigt das Portrait Kaiser Maximilians von Mexiko, den mexikanischen Adler und das Prägejahr 1867. Kaiser Maximilian von Mexiko, jüngerer Bruder von Kaiser Franz Joseph, hat die Prägung ein Jahr vor seiner Hinrichtung in Auftrag gegeben. Das Besondere an dem seltenen Stück ist der Zusatz „In Memoriam" auf der Kopfseite. Die Fachwelt ging ursprünglich davon aus, dass alle diese Münzen nach der Machtübernahme von Benito Juárez eingeschmolzen wurden und keine erhalten wäre. Das Goldstück, nunmehr gelistet als „Memoriam Maximiliano", führt die Zahl 100 und keine Währungsangabe.

„Was sagst du dazu?", wollte Vossi von Jelena wissen.

„Dass deine *Repubblica* mit dem *Piccolo* nicht mithalten kann. Der hat die Meldung schon gestern gebracht."

Il Piccolo war ein Mittelding zwischen Boulevard und Zeitung. Er war schlimm, aber bei Weitem nicht das Schlimmste, was der Medienmarkt zu bieten hatte.

„Tatsächlich?"

„Tatsächlich", echote es aus den Rosen, und Jelena kam in Bikini, Gummistiefeln und Arbeitshandschuhen aus den Sträuchern hervor.

„Ist es nicht ein Wahnsinn, wenn jemand für ein Stück mit einem Goldwert von vielleicht dreihundert Euro knapp eine Million hinlegt?", meinte Vossi mehr als Feststellung denn als Frage.

„Würdest du den *Piccolo* statt der alten Tante *Repubblica* lesen, würdest du es verstehen. Die Münze soll im Steinbruch von Jamiano gefunden worden sein und aus dem Schatz stammen, den Maximilian von einem Getreuen in den letzten Stunden seines Lebens nach Triest hinausschmuggeln lassen konnte. Für seine Frau Charlotte. So sorgen sich wahre Gentlemen, wenn es um den Verbleib ihrer Frauen geht."

„Tu ich ja auch, du bekommst einmal meine Pension."

„Vorausgesetzt, Italien geht nicht pleite."

Vossi überhörte die budgetpolitischen Einlassungen seiner Frau. „Und? Hat der Schatz diese Charlotte je erreicht?"

„Nein. Der Überbringer soll ihn in einem der Steinbrüche hier vergraben haben. Leider hatte Commissario Vossi damals dienstfrei. Sonst würden wir mehr wissen."

„Aber Vossi weiß, was das Geschwätz im *Piccolo* auslösen wird. Die Leute werden jeden Stein in Jamiano umdrehen."

„Auch in diesem Punkt hinkst du den Abläufen hinterher: Im Radio wird stündlich darauf hingewiesen, dass alle Zufahrtsstraßen abgesperrt sind und das Betreten des Steinbruchgeländes von Jamiano strengstens verboten ist."

„Was? Und keiner ruft an?"

„Du hast doch dein Handy im Büro vergessen und wolltest ohnedies deine Ruhe haben. Da habe ich auch meines abgestellt."

Vossi sagte irgendetwas Unverständliches und stürmte in Richtung Haus. Jelena hörte ihn aufgeregt telefonieren. Minuten später erschien er wieder auf der Terrasse, volladjustiert: „Ich muss los."

„Das nennst du Zeitausgleich? Worin besteht da der Ausgleich?"

„Ich fahr ja nicht dienstlich hin. Ich will mir das nur ansehen. Privat sozusagen."

„Und dich hat nicht Capitano Scappo von der Polizia um Hilfe gebeten?"

„Schon. Aber ich helfe ja nicht dienstlich, sondern nur aus Kollegialität. Von Freund zu Freund sozusagen."

„Ich habe gar nicht gewusst, dass Scappo dein Freund ist."

„In bestimmten Situationen schon. Bis später, mein Liebes."

Schon zweihundert Meter vor dem Schlagbaum war an der schmalen Gemeindestraße keine Parklücke mehr frei. Männer und Frauen machten sich seitlich im Gebüsch zu schaffen. Wie Erdmännchen kratzten sie im Boden zwischen größeren und kleineren Steinen und behielten argwöhnisch das Geschehen rechts und links von ihnen im Auge.

Die eigentliche Zufahrt zum Steinbruch war ab dem Schlagbaum gesperrt. Allerlei Volk vom Kinde bis zum Großpapa drängte gegen ein Sonderkommando aus Polizeikadetten. Kinder plärrten, ein Wirrwarr tiefer und schriller Stimmen machte jede Form zivilisierter Kommunikation unmöglich.

„Was geht hier eigentlich vor?", wollte Vossi von dem Carabiniere wissen.

„Es war in den Frühnachrichten: Hier soll es einen Schatz geben. Inzwischen wird kolportiert, dass schon etwas Gold und ein paar Edelsteine gefunden worden seien. Angeblich der Schatz des Maximilian."

„Und ist was dran?"

„Ich habe noch kein strahlendes Gesicht weggehen sehen. Aber Sie wissen ja, wie die Leute sind, Commissario."

Vossi meinte, zumindest eine Ahnung davon zu haben, aber so etwas hätte er nicht erwartet. Nichts ging mehr. Der Commissario wies sich aus und sagte schweißgebadet: „Bahnen Sie mir den Weg."

Auf der Bank vor seiner Hütte saß der Platzwächter. Vossi kannte den Mann, wusste, dass er beinamputiert war. Jemand musste ihn da abgesetzt haben. Sein Rollstuhl war umgeworfen worden und lag hinter dem Schlagbaum. Mit hasserfülltem Blick sah er hinauf auf die Wand, auf der sich Männer, Frauen und Kinder um die besten Plätze stritten.

Vossi erkannte Capitano Giuseppe Scappo, der mit hochrotem Gesicht in ein Megafon Richtung Wand brüllte: „Das ist Hausfriedensbruch. Kommen Sie herunter und verlassen Sie das Terrain!" Die meisten in der Wand ließen sich davon nicht stören, einige aber richteten sich auf, drehten sich um und zeigten Scappo den Stinkefinger. Der kommandierte für seine Männer: „Personalien aufnehmen, von allen." Dummerweise hatte er den Lautsprecher noch an, sodass der Befehl mit mehrfachem Echo von der Wand zurückkam. Das reichte für ein Gejohle und Pfeifkonzert aus allen Richtungen. Scappo bebte vor Zorn oder Verzweiflung, als er zu Vossi sagte: „Am liebsten würde ich die Armee anfordern und sie runterknallen." Zum Glück hatte ihm da sein Adjutant das Megafon schon abgenommen.

„Du brauchst unbedingt Verstärkung. Sollte nur einer hier ein Körnchen Gold finden, gibt es im Kampf darum Mord und Totschlag."

„Meinst du?", fragte Scappo, jetzt sichtlich verunsichert.

„Ganz entschieden meine ich das."

„Aber wir hatten das doch schon öfter, wenn der angebliche Schatz des Maximilian von den Gazetten erwähnt wird“, beschwichtigte Scappo vor allem seine eigenen Bedenken und Ängste.

„So schlimm wie diesmal war es aber noch nie. Das hat mit der Versteigerung in London zu tun. 920.000 Euro sind ja auch kein Pappenstiel.“

Capitano Scappo meinte, er wolle noch abwarten. Und tatsächlich, nach etwa zwei Stunden gaben die ersten Schatzgräber auf und zogen sich zurück in ihr Wochenende. Vossi sah sich noch ein wenig um und scherzte mit einem Nachbarn, der ihn mit „Na Commissario, auch auf der Suche?“ begrüßt hatte. Er beobachtete noch, wie sich eine Menschentraube um einen Wünschelrutengänger scharte und die ersten Stufen hinauf in die Wand nahm. Er eilte ihm nach und überzeugte ihn, besser im Felsengarten unweit des Parkplatzes zu suchen. Der Mann nahm ihn tatsächlich ernst, zog ab, und fast alle trippelten hinter ihm her. Damit waren die Polizeikräfte diesseits der Schranke numerisch überlegen.

„Jetzt aber schnell“, rief Vossi dem leicht überforderten Scappo zu, und ein Kordon der Polizeikadetten riegelte alles hermetisch ab. Dennoch versuchten sich an die hundert Schatzsucher unbeirrt in der Wand als Reinhold Messner.

Scappo kam mit dem Megafon und bat Vossi: „Mach du das, Bruno. Du sprichst ihre Sprache.“ Der Capitano stammte aus der Gegend um Bologna und war des friulanischen Italienisch, also des Furlanischen, nicht mächtig. Italienisch wurde ja nur im Schriftlichen und bei formalen Anlässen verwendet, den Alltag hingegen beherrschten die jeweiligen Dialekte der Regionen.

„Bürgerinnen und Bürger, für den unwahrscheinlichen Fall, dass Sie fündig werden, müssen Sie wissen, dass Sie jedes Fundstück von Wert vor Verlassen des

Grundstücks bei der Polizia abliefern müssen. Sie dürfen nichts davon behalten. Ich wiederhole: Nichts davon dürfen Sie behalten, alles muss abgeliefert werden!", eröffnete Vossi den Schatzsuchenden mit Grabesstimme. In der Wand verstummten die Klopfgeräusche und das Kratzen. Fast alle drehten ihre Köpfe in Richtung Megafon und schenkten dem Commissario böse Blicke. „So will es das Gesetz. Zuwiderhandeln wird mit aller Strenge bestraft. Eigentümer etwaiger Fundstücke sind zu gleichen Teilen die Grundstücksbesitzer und die Republik Italien. Es gibt auch keinen Finderlohn, denn Ihre Klettertour hat den Zweck, sich fremden Eigentums zu bemächtigen. Also lassen Sie von dem Unsinn ab. Die Straftat der Besitzstörung haben Sie mit Ihrem unbefugten Betreten des Grundstückes schon begangen. Kehren Sie um und kommen Sie von der Wand herunter. Wenn Sie diesem Aufruf zur Vernunft durch sofortigen Abzug Folge leisten, tun Sie das mit der Zusicherung auf freies Geleit und Straffreiheit."

„Dann sollen sie ihren Scheiß gefälligst selber suchen! Wir sind doch nicht deren Trottel!", rief einer von der Wand herunter und begann mit dem Abstieg. Für den Rest der Meute war das das Signal für den Rückzug. Mit hängenden Köpfen machten sie sich aus dem Staub.

Vossi wusste, dass er damit seine Kompetenzen überschritt, und war sich auch nicht sicher, ob das mit der Eigentumsregelung von Fundsachen genau stimmte, aber seine Worte wirkten – und das war entscheidend. Die Gefahr, dass sich jemand schwerwiegend verletzte oder gar zu Tode stürzte, war zu groß, ein gutes Ende des Geschehens vorrangig.

Letztlich war Jelena die Einzige, die etwas zu meckern hatte. Mit süffisantem Lächeln und einer halbleeren

Flasche Prosecco in der Hand musterte sie den heimkehrenden Vossi in seiner verstaubten Kluft. „Und? Wo bleibt der Schatz?“

3

Badewetter und das lange Wochenende mit dem Donnerstag als Fronleichnamsfeiertag würden in der Bucht von Sistiana ein Gedränge auslösen. Die Strandbetreuer und Eisverkäufer erhofften tausende Badegäste. Per Auto, Motorrad oder Bus würden sie aus dem nahen Triest, aus Monfalcone und Udine anreisen. Der feine Kies zwischen Schloss Miramare und der Burg von Duino war ja längst kein Geheimtipp mehr. Noch aber hatten die Frühaufsteher das azurblaue Meer vor der senkrecht aufsteigenden Steilküste für sich. Die Kleinen tummelten sich im kühlenden Nass, die Männer blinzelten vom Schatten der Strandbar aus auf die eine oder andere Nixe, die zwischen Taschen, Sonnenhüten und Strandschuhen die ersten Schweißperlen in der prallen Sonne ausdünstete. Gelegentlich strich ein Hauch vom Meer her über die nackte Haut und erleichterte das Stillhalten. In den Steinbrüchen hinter der Steilküste aber war von diesem Hauch nichts zu spüren. Erbarmungslos brannte die Sonne auf die Felswände, auf deren Vorsprüngen die Disteln welkten. Alles Leben schien in sich versunken, wie bei einem Gedenken. Selbst das sonst so hartnäckige Liebeswerben der männlichen Zikaden zersägte nur sporadisch die flimmernde Luft.

Die absolute Nullsumme erträumter Funde hatte die epidemisch um sich greifende Schatzsuche kuriert, Polizeikontrollen fanden nur noch statt, wenn dem Platzmeister hinter der Zufahrtsschranke etwas verdächtig vorkam.

Unter einem Überhang auf halber Höhe der Wand kauerten zwei Männer. Vom Aufstieg erschöpft, lehnten sie kraftlos gegen ihre Rucksäcke auf einer Terrasse über der gleißenden Schlucht, die vor Generationen in den Berg gesprengt worden war. Sie war gerade einmal breit genug, um sich darauf ausstrecken zu können. Ingenieur Carlo Bennuti, der ältere der beiden, hatte den Auftrag, den Rest des Berges nach einer möglichen Marmorsträhne zu durchsuchen. Der Regungslose neben ihm war Dragan Jurić, sein Helfer.

Carlo arbeitete nun schon seit zweiunddreißig Jahren als Montaningenieur und Sprengmeister im Abbau. Acht Jahre noch bis zur Rente. Ob er die noch erleben würde? Immerhin gab sich der Onkologe im Krankenhaus von Monfalcone zuversichtlich. Sie würden den Krebs schon beim Schwanz packen, versuchte er Zuversicht zu verbreiten. Carlo hatte sich inzwischen von der Strapaze des Aufstiegs in der prallen Sonne erholt. Mit einem Seitenblick vergewisserte er sich, dass die Sprengstäbe nur ja im Schatten lagen. Zwar war das neue Sprengmaterial angeblich so gut wie hitzeunempfindlich. Man konnte es sogar in die Taschen stecken und mit sich herumtragen, sich daraufsetzen, ja sogar mit dem Hammer darauf einschlagen, ohne dass es zu einer Explosion kam. Aber Dinge, die buchstäblich Berge versetzen konnten, behandelte Bennuti prinzipiell wie rohe Eier. Und beim Thema Sicherheit ging es ja nicht nur um seine eigene Haut. Er war auch für Dragan verantwortlich. „Alte Schule" nannten das etliche der jungen Kollegen und machten sich lustig. Sein Helfer aber wusste Carlo als Mentor zu schätzen. Wie ein Vorzugsschüler schien er alles ernst zu nehmen, was sein Vorarbeiter zur Arbeit oder aus seiner Lebenserfahrung von sich gab.

Eigentlich war Dragan Steinmetz und Bildhauer. Ein Künstler also, sogar ein ziemlich begabter. Parklandschaften deutscher und italienischer Anwesen zierten

Plastiken, die er als junger Spund im Auftrag Belgrads aus Granit und Marmor herausgeklopft hatte. Für Vorhöfe von Wohnblöcken, Kasernen und Partisanendenkmäler aus der Tito-Ära. Dann unterbrach der jugoslawische Bürgerkrieg jäh sein künstlerisches Werden. Statt Hammer und Meißel musste er eine Kalaschnikow schwingen. Am Höhepunkt der Kampfhandlungen verschwand er dann für Jahre in einem kroatischen Gefängnis. Dragan war nie bereit gewesen, darüber zu reden. Das Wichtigste dazu hatte Carlo erst über Umwege erfahren.

Unter Tito war Dragans Vater Brigadegeneral in Belgrad gewesen. Bei Ausbruch des Bürgerkriegs hatte er – obwohl gebürtiger Kroate – als Armeekommandant auf serbischer Seite gekämpft. Der Sohn war daraufhin von der kroatischen Führung in Zagreb in Sippenhaft genommen und festgesetzt worden und erst mit Ende des Krieges wieder freigekommen. Dies hatte er exzessiv mit reichlich Alkohol gefeiert und war in Triest straffällig geworden. Ein Raufhandel mit schwerer Körperverletzung im Suff. Zwei Jahre hatte er dafür ausgefasst. Sie waren unter Auflage einer Entziehungskur auf bedingt herabgestuft worden. Irgendeine Macht des Schicksals oder Zufall hatte danach Dragan als Carlos Helfer angespült. Alkoholrückfällig war er in all den Jahren nur ein einziges Mal geworden: Er hatte Carlo zum Fünfzigsten eine Plastik schenken wollen, einen Sankt Christophorus, wie sich später herausstellte. Doch das künstlerische Wollen und das verbissene Ziel, seine bisherigen Arbeiten zu krönen, hatten ihn überfordert. Er war aus der Übung oder hatte eine Blockade. Nichts half: kein dem Stein gut Zureden, damit er herausgab, was in ihm steckte, kein Drohen, kein Fluchen. Bis Dragan aus Verzweiflung zur Flasche griff und das beinahe fertige Stück verzweifelt in Stücke schlug. Mit dem Erfolg, dass er wieder süchtig war und die bedingte Haftstrafe als unbedingt absitzen musste.

Auch diese Zusammenhänge hatte Carlo nur durch Zufall erfahren. Aus Dragan war ja wieder nichts herauszubringen gewesen. Besucher im Gefängnis ließ er nicht vor. Und als Carlo für den Einsitzenden in dessen Wohnung nach dem Rechten sehen wollte, entdeckte er im Kellerabteil die Bruchstücke der unfertigen Skulptur. Das Gesicht des Christophorus hatte eindeutig seine, Carlos ureigene Züge. Was für ein beeindruckender Freundschaftsbeweis. Auch wenn der in die Brüche gegangen war.

Nach dem Tod seiner Frau hatte Carlo deutlich empfunden: Es waren die paar Menschen, die einem etwas bedeuteten, die einen am Diesseits klammern ließen wie ein Gecko an einer Senkrechten. Ihretwegen zog man die Mühen des Seins der großen Unbekannten des Nichtseins vor. Welchen Sinn hätte es, hundertfünfzig Jahre alt zu werden, wenn niemand da wäre, um die Erinnerungen an Schule, Jugend, die ersten Jahrzehnte des Lebens teilen zu können? Die Welt wäre eine Öde, das Dasein ein Vegetieren. Was bedeuteten schon Robinson Crusoe die üppige Flora, die Luft, das Meer, die Sonnenauf- und Sonnenuntergänge. Freitag bedeutete ihm mehr als das und die ganze Insel. Und Carlo sah ein: Nach dem Tod seiner Frau war Dragan so etwas wie sein Freitag geworden. Unerfahren und ängstlich bewegte er sich in seiner, Carlos Welt.

Natürlich hätte er am liebsten die Bruchstücke der Skulptur an sich genommen. Doch Dragan wäre das sicherlich peinlich gewesen. Schließlich gehörten unvollendete Werke irgendwie zum Privatbereich eines Künstlers. Besonders dann, wenn der sie zerstören wollte. Am besten, Dragan würde nie erfahren, dass Carlo je in seiner Wohnung gewesen war. Ein einziger Jammer, das Ganze.

Beim Gedanken daran zog Carlo an der Wasserflasche. Die Sonne stand jetzt im Zenit, doch man musste. Er erhob sich in einem der Hitze angepassten Tempo. „Dann wollen wir mal. Am besten, wir beginnen gleich hier mit dem Überhang."

Dragan steckte je einen zigarrendicken Stab Betonit in die Löcher, die sie am frühen Morgen gebohrt hatten. Danach gingen beide in Deckung. Auch wenn das Gebiet abgesperrt und mit Sicherheit menschenleer war, wollte es die Vorschrift, dass Carlo zur Warnung in sein Horn blies. Die Schlucht antwortete mit einem dreifachen Echo. Danach zogen sie sich den Schallschutz über die Ohren und Carlo zündete die Ladung.

Das Echo steigerte den Knall der Explosion in ein akustisches Inferno. Eine Staubwolke nahm den beiden die Sicht, der Atem durch die Schutzmaske schmeckte nach Kalk. Minutenlang war noch das Rieseln der tausend Teile zu hören, in welchen der geborstene Fels in die Schlucht prasselte.

Als sich der Staub endlich gelegt hatte, prüfte Carlo mit seinem Fernglas den Ort des Geschehens. Wo zuvor der Fels überhing, erweiterte sich die Terrasse einige Meter in eine Ausbuchtung. Die Sprengstäbe hatten also ganze Arbeit geleistet. Dragan und Carlo kamen aus ihrer Deckung hervor und näherten sich langsam dem Werk des Betonits. Dabei galt als ungeschriebenes Gesetz, dass der Sprengmeister vorauszugehen hatte. Vorsichtig setzte Carlo einen Fuß vor den anderen.

Nach ein paar Schritten inspizierte er nochmals die herausgesprengte Vertiefung in der Wand mit seinem Fernglas. Schon vorhin hatte er etwas blitzen sehen. Und jetzt wieder. Mit einem Wink bedeutete er Dragan zurückzubleiben. Im Ersten Weltkrieg war die Gegend hier Kampfgebiet gewesen. Vereinzelt wurden auch heute noch Blindgänger und andere hochexplosive Relikte des tausendfachen Tötens gefunden. Doch das, was da blitzte, waren allem Anschein nach harmlose Uniformknöpfe aus Messingblech. Die Offiziere der Österreicher hatten solche an den Uniformen gehabt. Bennuti hob eines der Stücke auf. Für Knöpfe aus Messingblech war das Rund viel zu schwer. Er setzte seine Brille auf. Für einen Knopf fehlte zudem die Öse für den Zwirn. Kein Zweifel: Es handelte sich um eine Münze. Auf der einen Seite sah er deutlich das Konterfei eines Bärtigen. Vermutlich Kaiser Franz Joseph. Carlo las „Maximilian Emperador". Erstaunt drehte er die Münze um. Ein Wappen füllte fast gänzlich die Rückseite mit der Inschrift „Imperio Mexicano".

Dragan schaute ihm von hinten neugierig über die Schulter. „Was ist das?"

Der Sprengmeister kratzte mit dem Fingernagel auf der Oberfläche des Fundstückes und schob es sich in Goldgräbermanier zwischen die Zähne. Der Biss tat weh. Seine Zähne waren längst nicht mehr die besten, die Chemotherapie tat ihr Übriges. Spuren auf den Prägeseiten hinterließen sie jedenfalls keine. Dennoch war er sich sicher, dass das, was da um ihn herum vielfach in der Sonne glitzerte, mit Knöpfen von Offiziersuniformen nichts zu tun hatte. Er wandte sich um und sagte gelassen: „Für mich ist das Gold."

„Kein Scherz?"

„Kein Scherz."

Dragan fiel wortlos auf seine Knie, blickte verzückt um sich und begann auf allen Vieren, die Münzen einzusammeln. „Der Schatz Maximilians. Wir haben ihn, wir haben ihn“, stammelte er dazu. Fehlte nur noch, dass er es hinunterbrüllte in Richtung Platzmeister und all der anderen. Nachdem Dragan siebzehn Stück in seiner Linken gesammelt hatte, hielt er inne, faltete beide Hände wie eine Köchin beim Formen von Knödeln und schüttelte sie. Das Klimpern quittierte er mit hysterischem Lachen. Er steckte sie in seine Hosentasche und plötzlich wechselte sein Gesichtsausdruck von Entzücken in Entsetzen: „Hoffentlich sind keine in die Schlucht gefallen.“ Dazu beugte der Gehilfe sich auf der schmalen Terrasse derart weit über den Abgrund, dass er glatt abgestürzt wäre, hätte ihn Carlo nicht gehalten. Dragan war nicht wiederzuerkennen. Ungeachtet der Gefahr, abzustürzen, hatte er die Hände nicht geöffnet, um sich festzuhalten. War ihm das Gold wichtiger als sein Leben?

„Setz dich“, kommandierte Carlo barsch. Die Worte zeigten keinerlei Wirkung. „Setz dich und benimm dich wie ein normaler Mensch.“

Dragan quittierte die barsche Aufforderung mit einem feindseligen Blick. Carlo kam aus dem Wundern nicht heraus. Dragan ihm gegenüber feindselig? Er wusste sich nicht anders zu helfen, als ihm eine runterzuhauen. Um den Schlag abzuwehren, öffnete Dragan endlich die Hände, und die Münzen fielen klimpernd zu Boden.

Carlo registrierte, dass es größere und kleinere gab, und fuhr Dragan an: „Was ist denn los? Bist du übergeschnappt?“ Und da Dragan nicht reagierte, sondern gleich wieder wie ein Trüffelschwein nach Münzen suchte, gab ihm Bennuti einen Tritt. „Bist du übergeschnappt!“ Und da all dies nichts half, blies er mit aller Kraft in das Sprenghorn. Egal, was sich die Kollegen da unten denken mochten, hier oben, auf dieser kaum einen Meter breiten Terrasse musste wieder Vernunft einkehren.

Das Horn zeigte Wirkung. Dragan reagierte wie einer von Pawlows Hunden. Er hockte sich hin, Blick auf Carlo.

„Beruhige dich doch, das Gold gehört nicht uns, sondern entweder dem Grundbesitzer, also der Werksgesellschaft, oder der Republik. So genau weiß ich das nicht. Aber uns gehört es nicht, dir nicht und mir nicht“, dozierte der Sprengmeister.

„Aber die Hälfte gehört mir“, beharrte Dragan, als ob er nichts von dem, was Carlo sagte, verstanden hätte.

„Ach, du willst das Gold behalten, ja? Willst du das?“

„Nur meine Hälfte. Die andere Hälfte gehört dir.“

„Wie stellst du dir das vor, Dragan? Nehmen wir an, wir sammeln die Münzen ein und stecken sie in unsere Taschen. Und nach uns kommt der Trupp vom Abbau und findet auch welche. Da kommen wir doch sofort in Verdacht, ebenfalls etwas gefunden und behalten zu haben. Möchtest du, dass wir wie Diebe dastehen?“

Dragan dachte nach. Carlo atmete auf. Immerhin, der Mann dachte nach. Der Gehilfe hatte sogar eine Idee: „Dann musst du dafür sorgen, dass keiner hier abbaut.“

„Und wie soll ich das?“, fragte Carlo, enttäuscht über die negative Wendung der Unterhaltung.

„Ganz einfach: Du erklärst, dass hier nichts zu holen ist. Kein Marmor, Schluss, aus, fertig.“

„Du willst, dass ich das Vertrauen meines Arbeitgebers missbrauche und meine Kompetenz Lügen strafe?“

„Ich will das Gold, alles andere ist mir egal.“

„Ich sag dir, was zu tun ist, Dragan. Sammle erst einmal alle Münzen ein. Lass uns sehen, was da zusammenkommt. Dann reden wir weiter. Aber pass auf, dass du nicht vor lauter Gier in die Schlucht stürzt. Das fehlte noch."

Bennuti überlegte. Die kleineren Münzen mochten je etwa zweihundertfünfzig Euro wert sein, die größeren rund tausend Euro das Stück. Man müsste also zumindest tausend Münzen finden, um von einem Schatz sprechen zu können. Was Dragan finden konnte, belief sich auf vielleicht zehntausend Euro. Das Ergebnis würde Dragan ernüchtern und zur Vernunft bringen.

Der Sprengmeister sollte sich täuschen. Der Fund brachte eine Seite seines Helfers ans Tageslicht, deren Existenz Carlo niemals vermutet hätte. Bei keiner Gelegenheit noch hatte sich sein Helfer je geldgierig gezeigt, nie gejammert, dass seine Lotterielose immer nur Nieten waren.

Endlich hatte er aufgehört, auf den Knien herumzurutschen. „Es sind siebzehn Münzen. Aber ich bin sicher, es ist eine ganze Menge davon da runtergefallen in die Schlucht."

Carlo rechnete: „Das sind keine zehntausend Euro. Und deshalb willst du, dass ich zum Betrüger werde?"

„Aber Carlo, eine davon ist in London für neunhundertzwanzigtausend Euro versteigert worden. Wir sind reich."

„Du irrst, Dragan. Die Münze in London hat diesen Preis erzielt, weil man der Meinung war, dass es nur diese eine gibt. Wenn du jetzt siebzehn Münzen auf den Tisch legst und nicht ausschließen kannst, dass es noch irgendwo auf der Welt oder hier im Tal einige hundert davon gibt, bist du beim Goldwert. Und der liegt bei den kleinen irgendwo zwischen zweihundert und dreihundert Euro und bei den großen bei tausend, tausendzweihundert. Als Montanist kenne ich die Metallpreise."

„Aber da sind doch sicher noch viel mehr irgendwo zwischen den Steinen. Lass uns doch suchen."

„Ich habe den Auftrag, nach Marmor zu suchen und nicht nach irgendwelchen Münzen."

„Ja, aber gib uns doch nur einen oder zwei Tage."

Carlo dachte nach. Wie konnte ihm sein Gehilfe zumuten, zum Betrüger zu werden? Was hatte er getan, dass Dragan dies annehmen konnte? War er nie von ihm ernst genommen worden, wenn er Gift und Galle spuckte über all die Schieber in Politik und Wirtschaft, die ruchlos das Ansehen seines Italiens in den Dreck zogen, Existenzen vernichteten und, wenn überführt, die Justiz auszutricksen wussten? War er dabei nicht glaubwürdig, überzeugend gewesen? Die Frage, was tun mit Millionen, hatte er gelegentlich am Kiosk mit der freundlichen Alten besprochen, wenn sie ihn zum Kauf eines Loses überreden wollte. „Was sollte ich mit dem Geld? Na ja, eine dieser sündteuren Uhren vielleicht. Aber ich brächte es nicht übers Herz, dafür so viel Geld auszugeben."

„Aber Sie hätten es ja. Was würden Sie denn sonst damit machen?", wunderte sich die Alte.

„Eben. Genau das ist ja die Frage."

Sie hatte über seine Antwort gelacht, aber nicht über ihn. Denn er sah ihr an, dass sie ihn sehr wohl verstand. Wenn er also sie überzeugen konnte, in einem Gespräch von vielleicht einer Minute, warum nicht Dragan in all den Jahren?

Bennuti war schon bewusst, dass er anders reden und handeln würde, wenn er Kinder hätte oder seine Frau noch am Leben wäre. Aber würde er für sie zum Betrüger werden? In Zwangslagen vielleicht. Für Dragan? Vielleicht. Aber Dragan war in keiner Zwangslage. Er wollte nur Geld, reagierte wie ein Kind, das an der

Kassa des Supermarkts ein Überraschungsei sieht und losplärrt. Andererseits: Musste Gold immer Unglück bedeuten, könnte es nicht eine positive Wendung in Dragans Leben auslösen? Verdient hätte der es, weiß Gott. Das Schicksal hatte ihn genug gebeutelt.

„Pass auf, Dragan. Meinetwegen kannst du in deiner Freizeit hier weitersuchen. Ich will aber nichts davon hören und sehen, und lass dich nur ja von keinem dabei beobachten."

„Und die Münzen?"

„Ich will nichts davon wissen."

„Willst du denn nicht die Hälfte davon haben?"

„Nicht ein Stück. Also kein Wort mehr über Gold und Münzen, verstehst du? Begreife doch: Ich will nichts davon wissen."

„Okay, okay, du bist der Boss."

„Und das will ich auch bleiben. Nur eines noch: Komm ja nicht auf die Idee, die Münzen hier irgendwo in Euro umzutauschen. Sie würden dich fragen, woher du sie hast, und würden nicht aufhören, Fragen zu stellen, bis wir beide hinter Schloss und Riegel sind. Hast du das verstanden?"

Dragans „Ja doch" kam zu schnell, um Carlo beruhigen zu können.

Als sie sich eine Stunde später in der Minenverwaltung abmeldeten, sagte der Bergmeister: „Ihr habt zweimal Sprengalarm gegeben. War was?"

„Ich wollte noch eine Nachsprengung zünden, hatte sich aber erübrigt", log Bennuti und war sich sofort bewusst, dass er erstmals in dienstlichen Angelegenheiten die Unwahrheit sagte. Er fühlte Ärger in sich hochsteigen.

„Und wie schaut's aus? Wird der Berg noch etwas hergeben?"

Mit unangebrachter Schärfe bellte er: „Mein Gott, viel zu früh, dazu irgendetwas zu sagen."

„Ich frage ja nur. Der Vorstand erscheint mir ziemlich ungeduldig. Scheinbar wollen die ihre Ertragsvorschau schönen. Du weißt ja, Shareholder Value."

„Ich kenn nur eins: meine Arbeit. Und ich weiß, wie ich sie zu tun habe", entgegnete der sonst allseits freundliche Carlo barsch und ging ab in die Dusche.

„Is ja gut, is ja gut."

Nach seinem Abgang fragte die Assistentin des Bergmeisters verwundert: „Was ist denn in Carlo gefahren? Verträgt er auf einmal die Hitze in der Wand nicht mehr?"

„Nun ja, alte Hunde knurren gern."

Die zwei Tage des nun beginnenden Wochenendes waren für Carlo Bennuti die reinste Tortur. Er fürchtete, dass Dragan in die Wand steigen und nach weiteren Münzen schnüffeln würde und ihn jemand dabei beobachten könnte. Er fühlte Unheil nahen, spürte es in jedem Knochen. Oder war es bloß das schlechte Gewissen, weil er den Fund nicht sogleich gemeldet hatte? Oder der Krebs? Jedenfalls würde er gleich Montagmorgen den Goldfund mitteilen.

4

Auch Dragans Wochenende war keines der Erholung und Erbauung. Nach der Arbeit hatte er lange kalt geduscht, um sich einigermaßen zu beruhigen. Dann war er mit seinem Wagen die paar Kilometer nach Monfalcone gefahren. Was mochte eine Münze wohl wert sein? Sicher, Carlo hatte schon recht. Von einem Einzelstück konnte keine Rede mehr sein. Und nur ja nichts tun, was irgendwie auffallen könnte. Der Gehilfe trug seinen Schatz in einem Lederbeutel unter der Schulter. In der Wohnung zurücklassen wollte er ihn keinesfalls. Man las ja dauernd davon, dass die Zahl der Einbrüche ständig stieg. Und weil der Lederbeutel durch das Hemd schien, hatte er seine Jacke aus dem Kofferraum des Wagens geholt und – Hitze her oder hin – übergezogen.

Aufregend war sein Leben plötzlich geworden. Dragan begann fürchterlich zu schwitzen, gleichzeitig schepperten seine Zähne wie im Schüttelfrost. Er brauchte einen Kaffee und ein Glas Wasser. Nachdem er seinen Wagen im Hafenviertel geparkt hatte, ging er in eine Espressobar und bestellte einen doppelten Grappa. Den Schnaps nahm er erst wahr, als er vor ihm stand. Hatte er einen Grappa bestellt? Er wollte doch nur einen Espresso und ein Minerale. Nach dem ersten Grappa bestellte er gleich noch einen.

Wenig später landete Dragan – er hätte selbst nicht sagen können, wie – vor einem der einarmigen Banditen des Spielsalons auf der anderen Straßenseite. Ein-, zweimal hatte er sich hier schon blicken lassen. Er warf dann jeweils Euros ein, solange der Vorrat reichte. Ab und zu gewann er eine größere Summe, um sie danach in vielen kleineren wieder zu verlieren. Den Jackpot hatte er natürlich noch nie geknackt. Er hatte auch nie erlebt, dass einer der anderen Spieler ihn geknackt hätte. Sei's drum, der Pot stand auf knapp dreißigtausend Euro.

Nach einer Stunde hatte er gerade noch genug Münzen für ein Bier. Dass ein Tropfen genügen würde, um ihn rückfällig werden zu lassen, daran verschwendete er in dem Moment keinen Gedanken. Vielmehr schwang er sich mit gefährlicher Routine auf den Hocker an der Bar und überlegte. Sollte er nicht eine der Goldmünzen wechseln? Wäre es nicht ein schneller Test, festzustellen, was die Münzen wirklich wert waren? In der Erregung über das Wissen um das kleine Vermögen unter seiner Schulter trank er das Bier gierig in einem Zug aus und bestellte gleich noch eins. Danach ging er zur Kassa, nahm ein Goldstück aus dem Lederbeutel und legte es auf das Wechselpult. Dabei fiel ihm ein weiteres aus dem Beutel. Taumelnd bückte er sich danach, legte es auf die Wechseltasse und fragte mit deutlichem Zungenschlag: „Was bekomme ich dafür?"

Der Kassier hinter dem Panzerglas wusste ganz offensichtlich mit Gold umzugehen. Um den einarmigen Banditen weiter füttern zu können, hatten Spieler schon alles Mögliche bis hin zum Ehering umgetauscht. Er strich mit einem kleinen Pinsel eine Flüssigkeit über die Münze, fixierte sie eine Weile, kratzte mit einer Art Nagelfeile darauf herum und legte sie auf die Waage. Danach tippte er Ziffern in seinen Tischrechner. „Hundertsechsundfünfzig Euro."

„Was? In Triest bekomme ich zweihundertfünfzig", gab Dragan sich wissend.

„Wir haben unseren festen Kurs. Hundertsechsundfünfzig Euro."

„Na gut, gib schon her."

Mit diesen paar Worten war Dragans Schicksal entschieden. Das Geld war im Nu verspielt. Zweimal hätte er beinahe den Jackpot geknackt. Es fehlte nur die fünfte goldene Glocke in den rotumrandeten Feldern. Was blieb ihm also anderes übrig, als wieder zur Kassa zu gehen. Der Kassier schien schon auf ihn gewartet zu haben, wiederholte den Prüfvorgang und zahlte weitere hundertsechsundfünfzig Euro aus, die Dragan nach einer weiteren Viertelstunde verplempert hatte. Er legte ein weiteres Goldstück auf den Tresen und verlangte nach einem weiteren Bier.

Die Blondine an der Bar beäugte das runde Ding geringschätzig und schob es von sich. „Tut mir leid, mein Herr, wir dürfen nur gegen Bargeld ausschenken."

Fluchend taumelte Dragan zum Kassier und knallte das Goldstück auf die Wechselkassa. Wieder bekam er exakt hundertsechsundfünfzig Euro. Noch bevor er damit den einarmigen Banditen füttern konnte, legte ihm jemand die Hand auf die Schulter. „Was gibst du dich mit dem Spielzeug hier ab. Komm mit. Im Hinterzimmer läuft gerade ein Spiel, das sich lohnt."

„Ich hol mir nur schnell ein Bier", lallte Dragan und machte einen Schritt in Richtung Bar.

„Brauchst du nicht. Bei uns gibt es was Besseres."

5

Als Dragan Jurić am Hafen wieder zu sich kam, brannte ihm die Sonne ins Gesicht. Ihr grelles Licht blendete ihn und er brauchte eine Weile, bis er die Parklandschaft um sich als Mittelpunkt des Kreisverkehrs Hafen-Grado-Zentrum erkannte. Wie er hier gelandet war, wusste er nicht. Filmriss. Eines aber wusste er nur zu gut aus unglückseliger Erinnerung: Er brauchte ein Bier. Und die Münzen? Keine mehr da. Nur das Lederband hing ihm noch um den Hals. Und seine Jacke? Wahrscheinlich hing sie noch irgendwo in dem Spielsalon. Egal, erst mal ein Bier. Zum Glück hatte er im Wagen immer ein paar Münzen für Parkgeld. Er klopfte seine Hosentasche ab. Auto- und Wohnungsschlüssel waren noch da.

Es fanden sich sechzehn Euro im Handschuhfach. Damit überquerte er die Straße zum Kiosk. Erst als er das Bier auf einen Zug ausgetrunken und gleich eines nachbestellt hatte, stellte er mit Entsetzen fest, dass er wieder trank. Egal, einsperren dafür konnten sie ihn nicht mehr. Seine Strafe von damals hatte er abgesessen. Jetzt konnte er saufen, soviel er wollte. Solange er zahlen konnte. Langsam dämmerte ihm: Den Seltenheitswert der Maximilianmünzen hatte er verspielt. Doch da oben in der Wand wartete ja noch mehr Gold. Vielleicht auch Diamanten oder Perlen und Rubine. Wer weiß? Er musste nur danach suchen. Im Spielsalon würde er sich jedenfalls nicht mehr blicken lassen. An der Jacke lag ihm ohnedies nichts. Er würde ihnen doch nicht im Suff den Fundort verraten haben? Eher nein. Man sagte ja, er sei nicht gesprächig. Aber um ganz sicherzugehen, würde er nicht schnurstracks in die Wand einsteigen, wie er es eigentlich für das Wochenende vorhatte. Denn würde ihm einer dieser Ganoven aus dem Spielsalon folgen, könnte er für nichts garantieren. Und wenn er den Betreffenden in die Schlucht stürzen müsste.

Der Versuchung zu widerstehen, in die Wand aufzusteigen, war an diesem Tag kein so großes Problem. Der Schädel brummte höllisch vom Alkohol oder was es sonst gewesen war. Am darauffolgenden Sonntag aber brauchte es Dragans ganze Kraft, den Verlockungen des Goldes zu widerstehen. Und als sie immer stärker wurden, griff er zur Flasche. Die Gestalt vor seinem Küchenfenster, die lungerte da doch schon seit Stunden herum. Oder war es die Wirkung des Alkohols? Dragan rülpste, öffnete das Fenster und brüllte: „Du glaubst wohl, ich seh dich nicht. Verschwinde, mach, dass du wegkommst!" Diese Worte unterstrich er mit fuchtelnden Armen. Dabei wäre er beinahe aus dem Fenster gestürzt.

Der Gehilfe ließ sich, angekleidet wie er war, in sein Bett fallen und sagte in Richtung Zimmerdecke: „Ihr glaubt wohl, ich bin blöd oder besoffen. Ich bin nicht besoffen, merkt euch das." Danach schlief er übergangslos ein.

6

Claudio Casari, der Kassier des Cristallo, Wettbüro und Automatencafé am Hafen, hatte es satt, immer nur das Geld der anderen zu zählen. Wenn es nur das der anderen gewesen wäre! Aber am Ende landete es ja doch in den Taschen seines Chefs, Beppo Tonelli. Irgendwie war der zwielichtige Typ in den Besitz des einstigen Café Cristallo gekommen. Irgendwoher hatte er genügend Geld gehabt, den Spielsalon daraus zu machen, in dem er, Casari, jetzt als Kassier arbeitete. Und irgendwie hatte er aus der Gemeindeverwaltung die Betriebsgenehmigung herausgequetscht. Das alles nach einer mehrjährigen Zuchthausstrafe im Zentralgefängnis von Udine. So viel wusste Casari, der nach der Scheidung Job, Wohnung und Auto verloren und einen Haufen Schulden beim Anwalt geerbt hatte. Das alles war nicht so schlimm wie der Verlust seiner Frau Laura. Verloren just an jenen Beppo Tonelli, der ihn jetzt herumkommandierte. Der war aus dem Gefängnis entlassen worden und hatte ihr den Kopf verdreht. Und was das Ganze bis zum Aberwitz steigerte: Als er die Hypothek auf die große Eigentumswohnung, die er mit Laura bewohnt hatte, nicht mehr leisten konnte, schrieb er sie zur freiwilligen Versteigerung aus. Und Bestbieter war ausgerechnet Beppo Tonelli. Seine Frau brauchte gar nicht ausziehen, sondern ihrem Liebhaber nur die Schlüssel überreichen. Casari war in einer Billigstabsteige untergekommen. Er wollte den Anbieter Beppo Tonelli ja weghaben und versuchte auch, die Versteigerung rückgängig zu machen. Da lächelte aber bloß der Notar. „Das kostet Sie das seinerzeit festgesetzte Vadium oder einunddreißigtausend Euro. Haben Sie so viel Geld?" Casari blieb nichts anderes übrig, als klein beizugeben.

Lange hatte die Verbindung zwischen seiner Laura und Beppo nicht gehalten. Eines Tages war sie aus Monfalcone verschwunden. Und als sie nicht auftauchte, hatte ihn der Gemütsmensch Beppo eingeladen, einfach bei ihm zu wohnen. Eine WG in seiner, Casaris ehemaliger Wohnung. Gegen Miete, versteht sich. Und der Clou: Er hatte angenommen. Das mit der Absteige war keine Dauerlösung, so viel war klar. Doch da waren noch diffuse Hintergedanken, die Casari später einmal zu Ende denken wollte. Nicht jetzt.

Dass ihn der Verlust seiner Frau schmerzte, brauchte keiner zu wissen. Dass er Beppo in Verdacht hatte, sie an eine Gruppe Menschenhändler vom Hafen verscherbelt und zur Prostitution freigegeben zu haben, auch nicht. Und dass Laura die Gangway auf ein Schiff nach Bengasi hinaufgegangen war, als er sie zum letzten Mal gesehen hatte, schon erst recht nicht.

Und jetzt war der Tag gekommen, sich von Beppo und von den Erinnerungen zu befreien. Auch Laura würde er sich aus dem Kopf schlagen. Und wenn er den Satz wortwörtlich in die Tat umsetzen musste. Der Hagere mit dem jugoslawischen Akzent und den Goldmünzen war seine Fortuna. Ein Vollidiot, aber Fortuna. Was eine Münze unter Sammlern wohl wert sein würde? In London hatte so ein Stück eine knappe Million erzielt, das stand vor gar nicht so langer Zeit im *Piccolo*. Wenn es jetzt mehrere gab, würde der Kurs heftig sinken. Aber wie heftig? Auf zehntausend?

Jedenfalls ein Vollidiot, wer das Goldstück nicht als Rarität erkannte. So ein Vollidiot war diesmal auch Beppo. Dass die Goldstücke, die der Hagere eingetauscht hatte, um den Spielautomaten völlig sinnlos mit Euromünzen zu füttern, das Zigfache des Goldwertes darstellten, hatte natürlich nur er, Claudio Casari, erkannt.

Als der Jugo mit der ersten Münze angekommen war, hatte er das Stück ja zuerst für eine Fälschung gehalten. Dazu passte der unsichere Blick des Idioten. Dann dachte er an eine spanische Dublone, die es in vielen Prägarten gab. Schließlich aber war er sich sicher: Das war ein Jahrhundertfund! Beppo hatte sich nur kurz erkundigt, was hier getauscht würde. Eine spanische Goldmünze, hatte er gesagt. Und Beppo hatte ihm geglaubt. Dabei hielt er, Claudio Casari, den Olympiarekord in schlechtem Lügen. Von wegen spanische Dublone!

Die Münzen mit der Prägung „Maximiliano Emperador" konnten nur aus dem legendären Schatz von Kaiser Maximilian von Mexiko stammen. Der hatte ihn vom König der Belgier. Als Mitgift für die Tochter des Königs. All das wusste Casari von seiner Großmutter. Für die war dieser Maximilian ein edler Ritter, der sein Paradies in Miramare verließ, um dem mexikanischen Volk zu dienen. Die bösen Mächte wollten das nicht zulassen und trachteten ihm nach dem Leben. Und als es ans Erschießen ging, war sein einziger Kummer das Schicksal seiner Frau und künftigen Witwe. Stunden vor seinem Tod konnte er noch all sein Gold, das er aus Europa mitgebracht hatte, mit Hilfe eines treuen Freundes aus dem Gefängnis herausschmuggeln, um es für seine Frau zu retten. Der Getreue hatte es auch mit dem Gold bis nach Triest geschafft. Da hätten sie ihm aufgelauert, ihn umgebracht und den Schatz verschwinden lassen. „Keiner weiß heute, wo er ist, nicht einen Heller hat die arme Kaiserin davon erhalten." An dieser Stelle war Großmutter meist derart erschüttert, dass sie die Fragen des kleinen Claudio nicht mehr beantworten konnte oder beantworten wollte.

Und jetzt hatte der alkohol- und spielsüchtige hagere Jugo ganz offensichtlich den Schatz gefunden. Über dessen Existenz hatten sich sogar zwei Professoren der Universität Triest im Café Tommaseo gestritten. Casari war durch Zufall selbst Zeuge der Auseinandersetzung geworden, als er sich an der Theke auf sein Tramezzino konzentrieren wollte. Daran erinnerte er sich jetzt, als ob es gestern gewesen wäre. Also war da oben mehr zu holen. Der Hagere hatte natürlich keine Ahnung, dass die Münzen viel mehr wert waren als der Goldwert, den sie auf die Waage brachten.

Bei Beppo war er sich erst restlos sicher, als dieser sagte: „Gib das in den Safe und bring es gleich am Montag zur Bank." Mit diesen Worten hatte ihm Beppo die Goldmünzen ausgehändigt, die er dem Hageren beim Spiel im Nebenzimmer abgenommen hatte. Nicht ohne vorher ein paar K.-o.-Tropfen in dessen Wyborowa zu mixen. Damit hatte Beppo einmal mehr bewiesen, dass er unbegrenztes Vertrauen in Casari hatte. Es beruhte auf der beiderseitigen Gewissheit, dass Letzterer eines vorzeitigen und unschönen Todes sterben würde, sollte das Gold nicht vollzählig bei der Bank ankommen. Diese Gewissheit war die Grundlage für Beppos Vertrauen.

Aber Casari wartete nur auf den alles entscheidenden Moment. Und der war gekommen. Er hatte interessiert beobachtet, dass Mirko, der Türsteher, den Hageren abschleppte. Schnell hatte Casari das Jackett des K.-o.-Schläfers verschwinden lassen. In der Tasche fand er eine Telefonrechnung – damit hatte er auch Namen und Adresse des Hageren – Dragan Jurić. Und nach Dienstschluss entdeckte er auf dem Heimweg den Hageren. Friedlich lag er auf der Bank inmitten des Kreisverkehrs Hafen-Grado-Zentrum, Mirkos Lieblingsdepot für unbeliebt oder willenlos gewordene Gäste.

Am Sonntag hatte Casari frei. Also ging er daran, sein Vorhaben umzusetzen. Details kannte er noch nicht, Entscheidungen waren Sache der allernächsten Zukunft. So stand er stundenlang vor dem Haus der Adresse auf der Telefonrechnung. Es lag am Rande des bebauten Teils der Stadt und hatte die Fenster auf die Straße zwischen Monfalcone und Fiumicello.

Eines der Fenster wurde geöffnet. Der Hagere hatte ihn entdeckt und rief ihm etwas zu. Das heißt, er lallte mehr und wäre beinahe aus dem Fenster gefallen. Dragan Jurić war also wieder oder noch immer betrunken. Am Abend zeigte sich der Hagere wieder. Diesmal kam er aus der Haustür, stieg in ein Auto und fuhr Richtung Ronchi, dann querfeldein gegen Osten. Casari hatte keine Chance, ihm unbemerkt zu folgen. Und wenn der Blödian nicht aufpasste, würde er in den aufgelassenen Steinbruch stürzen. Casari bremste sich jäh ein: Der Steinbruch! Er musste jetzt das Risiko eingehen, Jurić aus den Augen zu verlieren, sonst würde der ihn entdecken. Aber wenn ihn nicht alles täuschte, würde er ihn beim alten Steinbruch von Jamiano wiederfinden. Er brauchte nur oben an der Kante nach unten zu schauen und darauf zu achten, unbemerkt zu bleiben. Zunächst war es klug, abzuwarten.

Als kein Motorenlärm mehr zu hören war, marschierte Casari los. Nach etwa einem Kilometer sah er den Wagen des Hageren zwischen ein paar Büschen geparkt. Er ging vor bis zur Kante, an der die Sicht in die Schlucht des Steinbruchs frei war. Es war jetzt schon ziemlich dunkel und weit und breit kein Geräusch zu hören. Nur unten auf einer der Terrassen klopfte jemand mit seinem Hammer gegen den Felsen. Dazu das Rieseln von allerlei Kies und Geröll in die Tiefe der Schlucht.

Während Casari überlegte, was er als Nächstes machen könnte, näherten sich Schritte. Jurić hatte die Kante erklommen und ging zu seinem Wagen. Er zog eine Fahne von ungewaschener Wäsche, frischem Schweiß und Alkohol hinter sich her. Gleich danach wurde der Wagen gestartet und es brauchte einige Zeit, bis das Motorgeräusch in der Ferne verebbt war. Wie gut, dass er seinen Wagen fernab der Straßen in guter Deckung geparkt hatte. Nur immer umsichtig bleiben, sagte sich Casari und stieg ab zu der Terrasse.

Der Stein war warm. Die Zikaden machten ein Höllenspektakel. Ein Wunder, dass es ihm vorher nicht aufgefallen war, wo er doch so angestrengt das für ihn nicht sichtbare, sondern nur hörbare Treiben des Hageren verfolgte.

Die Sonne war jetzt ganz untergegangen. Erkennen konnte er nichts. Selbst der Aufstieg zurück zum Wagen war ohne Licht eher gefährlich. Warum nicht einfach hier bis zum Sonnenaufgang warten? Normalerweise arbeitete er fast die ganze Nacht, meist bis vier Uhr morgens. Also war das Durchwachen kein Problem. Doch er schlief ein. Die unverdorbene Luft in der Felswand tat ihre Wirkung. Sie wirkte wie kalter, berauschender Sekt. Er war sie nicht gewohnt. Und auch nicht die Stille der Natur, die das akustische Flimmern der nimmermüden Städte Triest und Monfalcone eher betonte als störte.

7

Casari erwachte, als die ersten noch zaghaften Sonnenstrahlen sein Gesicht wärmten. Er streckte sich und sah sich um. Am Ende der Terrasse war eine Bucht in den Stein gesprengt worden. Eine zeitnahe Sprengung. Der Bruch war viel heller als die übrige Steinlandschaft. In einer Vertiefung des Felsens hatte der Hagere Pickel, Hammer und Farbspray zurückgelassen. Ob er damit irgendwo Stellen markiert hatte? Da war aber nichts und auch sonst nichts Auffälliges. Er streckte nochmals die Glieder. Das Lager auf dem Stein war zwar warm, aber doch verdammt hart gewesen. Am besten war, zunächst mal einfach abzuwarten. Zwischen neun und zehn Uhr aber musste er im Spielsalon sein. Beppo wollte das so, und noch war Beppos Wille Befehl und Vorsicht die Mutter der Porzellankiste.

Es dauerte nicht lange, und unten am Talboden setzte Bewegung ein. Erst kam ein Auto, dann ein zweites. Man hörte die Stimmen bis hier herauf, konnte aber nichts verstehen. Zu blöd, dass er kein Fernglas dabeihatte. Aber wie hätte er wissen sollen, dass er eines brauchen würde, entschuldigte er sich vor sich selbst. Ein Mann begann den Aufstieg in die Wand. War das der Hagere, dem er gestern Abend gefolgt war? Vergeblich versuchte er, sich zu vergewissern. Jedenfalls war es an der Zeit, sich zu verstecken. Aber wo? Mit einem gewagten Sprung erreichte er eine Schwarzföhre am Ende der Terrasse. Ein Felsvorsprung war gerade da, wo er jetzt gebraucht wurde, um ihm zusätzlich Deckung zu geben. Hier konnte er nicht gesehen werden. Das Dumme war nur, dass auch er von seinem neuen Standort die Terrasse nur zu einem sehr kleinen Teil einsehen konnte.

Schon hörte er die Schritte und das Schnaufen des Hageren. Er trug schwer an einem Rucksack und einer Schultertasche. Casari musste sich jetzt ganz still verhalten, um nicht vorzeitig entdeckt zu werden. Von oben rieselten ein paar Steine herab. Kein Zweifel: Da oben pirschte sich jemand heran. Was zum Teufel hatte das zu bedeuten?

Der Hagere war sich seiner Sache sehr sicher. Ohne sich umzusehen, begann er den Boden abzusuchen. Er würde Casari unweigerlich sehen, sollte er in Richtung seines Versteckes suchen. Doch irgendjemand sprang von oben herab. Casari reckte sich hoch, um mehr zu sehen. Plötzlich riss Jurić die Arme hoch. Sie suchten Halt. So griffen Hände nach den Halteriemen, wenn die Straßenbahnen in einer Kurve ruckelten. Bloß gab es hier keine Halteriemen. Für einen Augenblick schienen die Gesetze der Schwerkraft aufgehoben. In der aufrechten Schräglage, in der sich der Hagere jetzt befand, entdeckte er Casari, weitete noch überrascht die Augen, bevor er schließlich mit einem langgezogenen Schrei in die Tiefe stürzte.

Casari zog instinktiv seinen Kopf ein und machte sich so klein wie nur möglich. Er wagte kaum zu atmen. Erst nach einer empfundenen Ewigkeit hob er wieder den Kopf, sah, dass niemand mehr da war, und hechtete auf die Terrasse zurück.

Ingenieur Bennuti war inzwischen in der Bergmeisterei zum Dienst erschienen. Dragan war nicht zur Stelle, um wie üblich gemeinsam mit ihm aufzusteigen und den Tag zu beginnen. Der Sprengmeister nahm es als böses Omen. „Der ist heute früher gekommen. Er hat eure Siebensachen zusammengepackt und wollte noch vor der Hitze des Tages in die Wand aufsteigen.“ Die

Worte des Platzmeisters ergaben Sinn, und doch klangen sie ihm wie Kassandrarufe im Ohr.

Carlo griff wortlos nach seinem Fernglas und marschierte los. Dragans Vorausgehen musste wirklich nichts Böses bedeuten. Ja, er hatte völlig recht, an diesen Hundstagen so früh wie möglich aufzusteigen. Schließlich lag es an ihm, die ganzen Gerätschaften zu schleppen. Auf halbem Weg legte Bennuti eine Rast ein und atmete durch. Er wischte sich den Schweiß von der Stirn und musterte die Felswände, die beinahe senkrecht aufragten. Stets hatte er bei solchen Gelegenheiten die Kraft der Pflanzen hier bewundert. Ein Teelöffel Erde schien ihnen zu reichen, um in den kleinsten Ritzen dieser Steinwüste zu überleben. Unter der Glut der letzten Tage waren sie allerdings verkümmert. Doch Carlo wusste, ein paar Regentropfen nur, und schon würden sie mit gelben, karminroten und tiefblauen Blüten der Steinwüste Leben einhauchen. Dann roch es in der Wand wie in einem Kräutergarten. Heute aber hatte er weder Augen noch Nase dafür.

Der Ingenieur wollte gerade sein Fernglas ansetzen, um Dragan ausfindig zu machen, als ein langgezogener Schrei die Stille des Morgens durchbrach. Sein vielfaches Echo verschluckte den dumpfen Aufprall. Dunkles Ahnen ließ Carlo erzittern. Seine Hände waren pitschnass, als er sein Fernglas auf das leblose Bündel Mensch zwei Terrassen unter ihm einschärfte. Er hetzte los. Als er sein Ziel erreichte, vibrierte bereits das hässliche Summen von Fleischfliegen in der Luft. Auf dem Poloshirt über dem fremdartig verdrehten Brustkörper sah Bennuti Schriftzug und Wappen von Lamborghini. Keine Frage, der Tote mit dem bis zur Unkenntlichkeit zerschmetterten Gesicht war sein Helfer Dragan Jurić.

8

Vossi hob sein Glas gegen das Licht, prüfte das Bouquet, nippte und nahm einen kräftigen Schluck. Seine Gesichtszüge entspannten sich. Danach beugte er sich über den Terrassentisch unter dem ausufernden Sonnenschirm und studierte auf der Karte die Habsburgermonarchie in den Grenzen nach dem Wiener Kongress. Die Karte war mit einem Inventarstempel des Kriegsministeriums aus 1839 versehen. Ein wahrscheinlich einmaliges Stück. Der Commissario hatte es bei einem Wochenendausflug ins kroatische Hinterland auf einem Flohmarkt entdeckt und zugeschlagen. Hundert Kuna, umgerechnet keine dreißig Euro, hatte er dafür bezahlt. Vossi war beileibe kein Experte, aber so viel war ihm klar: Das war weit mehr als bloß ein Schnäppchen. Als sich dann der Mann hinter dem improvisierten Ladentisch auch noch dafür entschuldigte, dass er kein Papier hatte, um die Karte einzupacken, waren bei Vossi die Blinklichter des schlechten Gewissens angegangen. Aber sollte er etwa sagen: „Sie, die Karte ist viel mehr wert, ich gebe Ihnen das Doppelte"? Seine Frau Jelena wäre imstande gewesen, ihm auf offener Straße den Vogel zu zeigen.

Um aber den Handel nach Ethik und Moral geradezubiegen, erstand Vossi noch eine unscheinbare Fischerrute mit Rolle, die achtlos gegen einen verwackelten Waschtisch gelehnt war. Der Händler wollte hundert Euro dafür. Vossi schien das reichlich überhöht und somit geradezu prädestiniert, den grenzwertigen Kartenpreis auszugleichen. Der Commissario hatte keineswegs die Absicht, der Riege der Sportangler beizutreten. Er dachte dabei primär an sein schlechtes Gewissen, sekundär an seinen Schwiegervater, einen leidenschaftlichen Fischer, der zum Ärger der Schwiegermutter ganze Wochenenden am Oberlauf der Soča herumstiefelte, um „Forellen zu kitzeln".

Jelena hielt den Kauf der Rute für eine Schnapsidee. „Was für ein Unsinn. Mein Vater fängt seit seiner Kindheit die Forellen nur mit der Hand. Was braucht der eine Rute."

Von wegen: Schwiegerpapa zeigte sich hocherfreut. Da er nicht lockerließ, verriet ihm Vossi, was er dafür bezahlt hatte. Die Augen des alten Mannes leuchteten kurz auf, er stieß einen Pfiff aus und kramte einen Katalog für Sportfischer aus seiner Truhe hervor. Unfassbar: Die Rute war eine Hardy Gladstone und sage und schreibe mit neunhundertneunzehn Euro ausgepreist, die Rolle, eine Hardy Arbor, trug einen Listenpreis von fünfhundertneunundneunzig Euro.

An diese Zahlen musste Vossi denken. Jelena befreite die Rosenblätter gerade von Mehltau. Und so fragte er sie: „Ob wir Diebesgut erstanden haben?"

„Na klar", spottete sie und setzte nach kurzem Aufhorchen nach: „Sie sind auch schon hinter dir her."

Tatsächlich näherte sich vom Tal her das Heulen einer Sirene. Dem Quietschen der Autoreifen nach nahmen die Kollegen gerade die ersten Serpentinen. Arme Nachbarn, dachte Vossi bei solchen Gelegenheiten. Bisher hatte sich ja noch niemand beschwert, aber der Tag würde kommen.

„Nur kein Einsatz, nicht jetzt und nicht heute", bat der konfessionslose Commissario eine imaginäre Gottheit. Doch die hörte wieder einmal nicht zu. Schon radierte sich der Polizeiwagen vor dem Gartentor der Vossis in den Asphalt. Der Lenker stellte den Motor ab und schwang sich aus dem Sitz, während das Folgetonhorn mit einem abfallenden Heulen den Geist aufgab.

„Ein Leichenfund. Wir haben Sie telefonisch leider nicht erreichen können, Commissario", erklärte der Fahrer, ein junger Carabiniere.

Roberto erwartete Vossi schon in der Questura. „Ein Toter im aufgelassenen Steinbruch von Jamiano. Abgestürzt."

„Und was geht das uns an?"

„Fremdeinwirkung möglich."

„Wer sagt das?"

„Dottore Lamberti."

„Wahrscheinlich nur, um uns zu ärgern."

Dottore Stefano Lamberti hatte als unverbesserlicher Frauenheld einen allgemein schlechten, als findiger Gerichtsmediziner aber einen speziell hervorragenden Ruf. Obwohl Bruno Vossi für die Frauengeschichten des Forensikers nichts übrighatte, waren die beiden Freunde geworden. Die Familien der beiden stammten ja aus dem gleichen Dorf auf der slowenischen Seite der Grenze.

Er wählte die Nummer Dottore Lambertis, hörte sich ungeduldig den Spruch der Mailbox an und gab sich verärgert. Allerdings auf Slowenisch. Roberto verstand also nur Stipe, das slowenische Stefano.

„Hoffentlich nimmt er mich ernst. Gnade ihm Gott, wenn er uns bei der Hitze da raushetzt, bloß um uns schwitzen zu sehen. Wo ist übrigens Rita abgeblieben?"

„Hat Überstunden abzubauen", antwortete Roberto.

Rita und Roberto waren Vossis Säulen im Berufsalltag. An allen Tatorten traten sie gemeinsam auf. Tatortzeugen und Verdächtige befragten sie immer im Doppel. Es hatte sich so eingespielt, und da es ein ergebnisreiches Zusammenspiel war, folgte Vossi der Losung „Never change a winning team". Einmal hatte ein Kollege der Spurensicherung bei einem internen Umtrunk nach einigen Gläsern posaunt: „Rita und Roberto – RR wie Rolls-Royce." Daraus war ein Standardbegriff für die beiden geworden.

„Überstunden abbauen sollte ich eigentlich auch. Daher: Fahr allein da raus, Roberto. Einem waschechten Sizilianer kann die Hitze doch sicherlich nichts anhaben. Und du bist einmal von meiner ständigen Bevormundung befreit."

Damit steckte Vossi sein Handy ein und Roberto sollte ihn auf dem Weg zum Tatort zu Hause absetzen. Falls es überhaupt einen Tatort gab. Denn die Frage „Aktiv oder passiv? Gestürzt oder gestürzt worden?" war ja noch nicht beantwortet. Wie immer bei solchen Gelegenheiten hatte sich Roberto aus einem Fundus gut gemeinter Ratschläge des Dienstälteren ein paar Proben anzuhören: „Hör mal, Roberto, erzwing nichts. Wenn es keine Fremdeinwirkung gegeben hat, dann hat es eben keine gegeben. In deiner Laufbahn wirst du noch genug mit Morden zu tun haben. Wenn dir aber irgendetwas verdächtig vorkommt, ruf an, und schon bin ich bei dir." Wozu Vossi tatsächlich Goethes Zauberlehrling bemühte: „Ach, da kommt der Meister! / Herr die Not ist groß! / Die ich rief, die Geister / Werd' ich nun nicht los." Roberto sah seinen Chef mit großen Augen fragend an, und der Commissario bewies, dass er lauthals über sich lachen konnte. „Armer Roberto, wie hältst du das nur aus?"

Das Gleiche hatte ihn schon einmal Rita gefragt. Er hatte eine Sekunde nachgedacht und konstatiert: „Ach was, es ist wie im Fernsehen. Die Arbeit ist der Krimi, Goethe and friends sind der Werbeblock. Das eine ist ohne das andere eben nicht zu haben."

Tatsächlich war für Roberto die Häufung der Metaphern aus der Weltliteratur kein Problem. Sein Chef tolerierte ja auch seine Lieder, die sich ihm just bei den Einsatzfahrten aus der Brust drängten. Tatsächlich hatte Roberto eine schöne Tenorstimme, verfügte über eine Palette von sizilianischen Volksliedern und war bei Betriebsfeiern der heftig gefeierte Sänger. Auch bei den Texten war er erstaunlich sattelfest.

„Wie kommt das?", hatte sich der Commissario einmal gewundert. „Kennt die Jugend des Südens keinen Rock, Beat und wie das Zeugs sonst noch heißt?"

„Doch, doch", beschwichtigte Roberto, „aber wirklich singen kann man nur zu den Liedern des Südens."

Darauf wusste Vossi nur ein „Aber bitte nicht jetzt".

9

Das Ziel, das die Carabinieri Roberto vor Ort angegeben hatten, war eine der vielen Suchgrabungen, die an vielerlei Stellen der Gegend getrieben wurden, in der Hoffnung, neue Lagerstätten des Karstmarmors zu finden. Die Schranke am Ende einer Behelfsstraße stand weit offen, daneben befand sich ein kleines Kabuff aus Holz. Am hinteren Ende eines staubigen Platzes parkten etliche Dienst-Alfas vor einer Baracke, darunter auch solche mit Triester Kennzeichen. Dahinter erhob sich wie ein Naturereignis senkrecht die Wand. Schon von Weitem hörte Roberto Schimpftiraden. Vor den Dienst-Alfas stand sich eine Riege honoriger Herren des mittleren Polizeidienstes kampfbereit gegenüber. Ihr Wortschatz war über die Dienstjahre vom hauptberuflichen Umgang mit Dieben, Räubern, Zuhältern und Prostituierten einschlägig erweitert worden. Unterstrichen wurde die Wortwahl von einer Gestik, die unschwer zu deuten war. Roberto kannte sie aus seinem Dorf in Sizilien. Gleich würde es Tote geben. Wenn nicht durch Eskalation der Gewalt, dann durch multiplen Herz- und Gehirnschlag, denn die hochroten Köpfe einiger drohten jetzt schon zu platzen wie überreife Tomaten. Bevor Roberto aber auch nur annähernd begriffen hatte, worum es bei dem Streit ging, machte die eine Hälfte der Kampfhähne kehrt, und die Türen der Autos knallten. Der Platzmeister stürmte aus seinem Kabuff, weil er meinte, jemand hätte ohne sein Wissen und Warnsignal Sprengladungen hochgehen lassen.

„Hallo, Roberto. Deinem Chef war es wohl zu heiß hier draußen.“ Roberto ging auf die Frage des Dottore Lamberti nicht ein, sondern riskierte die Gegenfrage, worum es bei dem Streit soeben gegangen sei. Dottore Lamberti war etwas ratlos. „Streit?“

„Nun ja, mit den Männern, die eben wutentbrannt weggefahren sind.“

„Ach so, die Kollegen aus Triest. Das war kein Streit. Wir waren uns nur nicht gleich einig, ob es sich um ihre oder unsere Leiche handelt.“

„Wie das?“

„Nun ja, die Grenze zwischen der Provinz Gorizia und der Provinz Triest geht mitten durch den Steinbruch. Streng genommen ist der Verunglückte auf der Triester Seite der Provinzgrenze gelandet. Wäre also deren Fall. Doch das Unglück hat seinen Lauf von der Terrasse da oben genommen – sagen der Sprengmeister und der Platzmeister. Also ist es unser Fall, weil das eigentliche Ereignis auf unserer Seite der Grenze seinen Anfang genommen hat. Um nun nicht die Bürokratie der Regionalregierung oder gar Roms strapazieren zu müssen, waren wir um einen unbürokratischen Konsens bemüht.“

„Konsens? Das hat ausgesehen wie Mord und Totschlag. Ich habe nur noch darauf gewartet, dass einer von euch das Messer zieht.“

„Dass ihr Sizilianer immer gleich an ein Messer denken müsst. Relax, Roberto. Du bist im Norden. Da geht man es cool an.“

Das waren die Augenblicke, die Roberto überforderten. Er wünschte sich Rita herbei, die hier groß geworden war. Warum nur wünschen? Kurz entschlossen griff er zu seinem Telefonino. „Rita, ich brauche dich.“

„Worum geht es denn?“

„Genau weiß ich das nicht. Aber Dottore Lamberti und die Kollegen der Spurensicherung hätten beinahe ein paar Herren von Leib und Leben der Dienststelle

Triest umgenietet." In der Leitung blieb es still. „Oder umgekehrt", setzte Roberto nach.

„Ich komme."

Die drei Schlüsselwörter „Leib, Leben und Triest" reichten Rita. Roberto fehlten hingegen die Zusammenhänge. Nur Alteingesessene der Dienststelle Gorizia wussten, dass Bruno Vossi um Nicola Latella, den neuen Leiter des Morddezernats Triest, einen Bogen machte. Und dass Latella jede Gelegenheit begierig aufgriff, um Vossis Bögen zu durchkreuzen. So die Version der Questura Gorizia. In Triest galt eine nicht ganz so blumige Lesart. Dort hieß es ganz einfach, die beiden konnten einander nicht ausstehen.

Nur wenige aber hatten Kenntnis von der tatsächlichen Ursache, dass nämlich dereinst beide Dienstchefs die gleiche Bank der Polizeiakademie gedrückt hatten. Und dass Latella, schon damals ein wenig großspurig in seinem Auftreten, seine Kommilitonen zu einer Kanufahrt überreden konnte. Auf Sloweniens Soča, dem Oberlauf des Isonzo. Wobei er aber unerwähnt gelassen hatte, dass sie wegen Hochwasser für alle Sportarten gesperrt war. Vossi war überrascht, wie wenig diese Soča mit seinem Isonzo gemein hatte. Schäumend nur ließ sie sich von den überhängenden Felswänden in ihr enges Kleid zwängen, wild bäumte sie sich gegen jedes Hindernis auf. Kein Wunder also, dass sie vollkommen erschöpft in der italienischen Ebene ankam und sich als Isonzo friedlich ins Meer ergoss.

Noch nie hatte Vossi Wildwasser live erlebt. Schon nach der ersten Flusswindung steckte er kopfunter im Kajak und schluckte Wasser. Mit letzten Kräften und triefend nass kletterte er die Wand hoch bis zur Straße entlang der Schlucht. Das Gute an dem leichtsinnigen Unterfangen: Er begegnete Jelena. Er sah sie, und sie sah ihn und lachte lauthals auf. Es war nicht zu fassen: Sie lachte! Er wäre darüber abgestürzt, hätten nicht vier mannsstarke Hände zugepackt und ihn auf die Straße gezogen.

Als er wieder klar denken konnte, sah er sich im nahen Dorfgasthaus. Wortlos trank er den Glühwein, den ihm die Wirtin, seine heutige Schwiegermutter, kredenzte. „Nach Hausrezept", hatte Jelena neben ihm auf Italienisch gesagt und nachgegossen. Es war ein Hausrezept für ein gemeinsames Leben. Sie Soča, er Isonzo.

Beinahe aber hätte Polizeikadett Latella alles verdorben. Er hatte gewusst, dass die Soča gesperrt gewesen war, sich aber Vossi gegenüber lakonisch mit „Dann wärst du ja nicht mitgekommen." verantwortet. Als leichtsinnigen und rücksichtslosen Vollidioten verfluchte Vossi ihn deshalb. Nicht so sehr wegen der Gefährdung seines Lebens, sondern weil sie beide von der Akademie geflogen wären, hätte das Dekanat von dem Leichtsinn Wind bekommen. Verbotsmissachtung und Gefährdung von Rettungsmannschaften bedeutete damals in der Polizeiakademie Ende der Fahnenstange. Vossis Familie hätte die Schmach der unehrenhaften Entlassung nur schwer überwunden. In anderen Familien wäre es keine große Tragödie gewesen, Flüchtlingsfamilien aber maßen sich nach strengeren Maßstäben und wurden auch nach solchen gemessen. Dass Jelenas Vater ihn retten konnte und nur so die Funken der ersten Liebe schlagen konnten, stimmte Vossi nicht milder.

Von alledem konnte Roberto nichts wissen. Ihm genügte sowieso die Gewissheit, dass Rita schon unterwegs war. Damit amtshandelte es sich gleich leichter.

„Was haben wir denn?", begrüßte er die hauptberufliche Spürnase Alberto Bettini, den Leiter der Spurensicherung.

„Hier haben wir nur eine Leiche mit zerschmettertem Schädel und multiplen Frakturen. Nicht viel Arbeit für Dottore Lamberti, denke ich. Und wir sind hier total fehl am Platz. Das ist ja nicht der Tatort. Falls es überhaupt einen gibt.“

„Ich denke nicht“, meinte nun Dottore Lamberti. „Wir haben die Leiche eines Mannes, etwa vierzig Jahre alt. Ein Ergebnis ohne Alkohol im Blut würde mich wundern“, gab sich der Forensiker sicher, packte sein spärliches Zubehör in die Tasche und machte auf Abgang.

„Und was jetzt?“, rief ihm Roberto hinterher.

„Das Übliche, Roberto: Feststellen, ob es jemanden gibt, dem der Sturz sehr gelegen gekommen ist. Herausfinden, von wo er abgestürzt ist und ob die Stelle als Tatort in Frage kommt. Die Spusi ist schon ganz wild darauf, die Wand abzuklappern.“

„Ich steig bei der Hitze da nicht in die Wand“, sagte Bettini, zuckte mit den Achseln und war ebenfalls schon unterwegs zu seinem Wagen. „Wenn du einen Tatort hast, ruf mich an und sag mir Bescheid. Du musst aber ganz sicher sein. Die Felswand ist ja der reinste Pizzaofen.“

Das war’s. Das Zetern und Fluchen der Streithähne von eben war schon Geschichte, als das Motorengeräusch der Dienst-Alfas von Dottore Lamberti und Alberto Bettini irgendwo hinter den Büschen verebbte. Nur das gierige Gesumse der grünglänzenden Fleischfliegen um den Leichnam war geblieben. Roberto hätte Bettini von der Spurensuche am liebsten nachgerufen: „Warte, ich komme mit.“

Das Knirschen des Kiesgerölls unter sich nähernden Schritten empfand Roberto wie eine Befreiung. Aber es waren nicht die von Rita, sondern die eines gebeugten Mannes, der sich sogleich mit vergeblichen Gebärden bemühte, die Fliegen von der Leiche fernzuhalten.

„Vermaledeite Biester." Dem Tonfall nach standen die Worte mehr für Endgültigkeit und Resignation denn für einen Fluch.

Roberto riss sich zusammen und wurde dienstlich. Wenn auch mit ganz und gar unpolizeilicher Höflichkeit: „Wer sind Sie, wenn ich fragen darf?"

Zwei unendlich müde Augen sahen ihn glanzlos an. „Mein Name ist Carlo Bennuti. Ich bin Montaningenieur und Sprengmeister der Steinbruchgesellschaft Aurisina. Wir vermuten eine ergiebige Ader von Karstmarmor hier in dem vor Jahrzehnten aufgegebenen Steinbruch. Ich habe den Berg geologisch zu untersuchen. Der Tote ist – war – mein Helfer."

Die Ankunft Ritas befreite ihn von der Pflicht, den gebrochenen Alten mit Fragen zum Ablauf der Katastrophe zu plagen. Es reichte gerade noch für ein tiefempfundenes „Mein Beileid, Signore Bennuti" und Roberto hatte nur noch Bennuti als Bergingenieur vorzustellen.

Rita fuhr fort: „Befrag du doch schon einmal den Platzmeister in seinem Kabäuschen und ich unterhalte mich mit Signore Bennuti. Also, was haben Sie gesehen, Signore?"

„Eigentlich gar nichts. Ich wollte zur Wand aufsteigen, um mit meiner Arbeit zu beginnen, da war dann plötzlich dieser fürchterliche Schrei und ein Aufprall, und schon ist Dragan in seinem Blut gelegen."

„Also der Tote hier ist Dragan. Ihr Arbeitskollege?"

„Mein Helfer. Ich bin hier Sprengmeister. Und Dragan ist mein Helfer."

„Und sein Familienname?"

„Jurić, Dragan Jurić.“

„Aus?“

„Monfalcone, das heißt, eigentlich stammt er aus Zagreb. Er war nicht nur mein Helfer, sondern auch Künstler.“

„Also musste er hier sein Brot verdienen, um zu überleben.“

„Nein, nein. Sie sehen das falsch. Er war ein sehr erfolgreicher Künstler. Seine Plastiken hatten im ehemaligen Jugoslawien hohes Ansehen. Schon als Teenager hat er Partisanendenkmäler und beachtliche Tito-Büsten geschaffen.“

„Und wie ist er zu Ihnen gekommen?“

„Eine lange Geschichte. Der jugoslawische Bürgerkrieg, politische Verfolgung, der Alkohol, der Absturz.“

Rita ließ sich den vollen Namen und die Adresse Dragans geben und überlegte, ob sie den Sprengmeister oben auf der Terrasse dabeihaben wollte. Ein neuerlicher Aufstieg würde ihm ganz schön zusetzen. Es ging ihm gar nicht gut.

„Haben Sie irgendwelche Fremde in der Wand gesehen? Ist Ihnen irgendetwas aufgefallen?“ Bennuti überlegte und verneinte. „Gut, Signore Bennuti. Fürs Erste reicht das. Wir werden uns an Ihrem Arbeitsplatz da oben umsehen. Es ist nicht nötig, dass Sie uns begleiten. Zeigen Sie mir nur genau, wo wir hinmüssen.“

„Ehrlich gesagt, ich wäre froh, mich hier irgendwo hinsetzen zu können. Mir zittern noch immer die Knie.“

Damit reichte er Rita das Fernglas und erklärte ihr genau, wo sie am Freitag gesprengt hatten. Man einigte sich darauf, dass er sie mit dem Fernglas im Auge behalten und per Handy dirigieren würde.

Die Hitze beim Aufstieg setzte ihnen ordentlich zu. Die Sonne stand jetzt voll im Zenit und Rita registrierte, dass nicht wie sonst Eidechsen zwischen den Steinen herumflitzten. Dass sie in rauen Mengen hier vorkamen, wusste sie von ihren regelmäßigen Wanderungen mit Mann und Kind. Wahrscheinlich warteten sie in Erdlöchern oder Hohlräumen unter den Steinen die ärgste Hitze des Tages ab. Robertos Blicke suchten den Bergingenieur. Vom Schatten eines Sonnenschirmes neben dem Häuschen des Platzwarts verfolgte er ihre Schritte.

„Was hast du vom Platzwart erfahren können?", wollte Rita wissen.

„Nicht viel. Er hat einen Schrei gehört, aber nicht gleich gewusst, was er zu bedeuten hatte. Dann hat er gesehen, wie der Ingenieur den Steg heruntergehastet und hinter den Büschen der Talsohle verschwunden ist. Dann hat er ihn jammern gehört."

„Wie ‚jammern'?"

„Habe ich auch gefragt. ‚Jammern eben', hat der Platzwart gemeint."

„Was hat er über das Verhältnis der beiden zueinander gesagt?"

„Wie Brüder. Das heißt, wörtlich hat er sie wie einen großen mit seinem kleinen Bruder beschrieben."

Ritas Handy läutete. Es war Bennuti: „Sie haben jetzt die Höhe erreicht. Zweigen Sie nach rechts ab auf die Terrasse. Die Ausbuchtung im Fels haben wir am Freitag herausgesprengt. Da wollten wir heute weitermachen. Sie müssten Dragans Werkzeuge und seinen Rucksack irgendwo sehen. Er lehnt ihn immer gegen einen Felsen."

Schweißgebadet nahmen die beiden Ermittler die Nachricht zur Kenntnis und schlugen den vorgegebenen Weg ein. Der Rucksack war nicht zu übersehen. Es war mit Sicherheit der des Toten. Er enthielt allerlei Werkzeug, eine Ration Mineralwasser, einen halbvollen Flachmann und eine Brotzeit, deren Prosciutto zwar schmackhaft roch, in der Hitze aber unansehnlich geworden war.

„Glaubst du, dass das Grappa ist?“, fragte Rita und hielt ihrem jungen Kollegen den Flachmann unter die Nase. Dem ekelte davor deutlich.

„Ich kenn mich da nicht aus. Ich bin Weintrinker.“

Sie konzentrierten sich ganz auf das Geröll unter ihren Füßen. Spuren würden sich hier keine finden. Dann aber entdeckte Roberto einen Zigarettenstummel zwischen zwei Steinen.

„Hat Ihr Helfer geraucht?“, fragte Rita über das Telefonino hinunter ins Tal.

„Dragan? Nein. Allenfalls früher mal, vor Jahren. Aber nicht, seitdem wir uns kennen. Also seit zwölf Jahren mit Bestimmtheit nicht!“

Damit stand schon einmal fest, dass sich hier noch jemand aufgehalten haben musste. Also war die ganze Terrasse ein Fall für die Spurensicherung. „Tut mir leid, Alberto“, sagte Rita zu sich selbst und ungewollt auch in das Telefon.

„Wie bitte?“, fragte Bennuti, der das Halbgeflüsterte nicht ganz hören konnte.

„War nicht für Sie, oder doch: Hat Ihr Helfer bei der Arbeit getrunken?“

„Ganz sicher nicht, das hätte ich nie erlaubt. Dafür war auch unsere Arbeit viel zu gefährlich.“

„Hat er sonst getrunken, also in seiner Freizeit?“

„Nicht einen Tropfen.“

„War er früher mal auf Entzug?“

„Soviel ich weiß, ja.“

„Signore Bennuti, wir werden sicherlich noch einige Fragen an Sie haben. Wir können Sie doch sicher die nächsten Tage erreichen, oder planen Sie zu verreisen?“

„Ganz sicher nicht. Ich werde hier sein, bei der Arbeit. Wir stehen mit der Suche nach neuen Marmoradern sehr unter Druck. Wenn wir nicht fündig werden, kostet es Arbeitsplätze."

„Das wär's für heute. Wir melden uns."

Rita beendete das Gespräch und rief anschließend gleich Bettini von der Spusi an. Der fluchte nicht schlecht, als er hörte, dass er mit Mann und Maus unter der prallen Sonne die Wand nehmen müsse. Es wäre nicht Rita, hätte sie ihm nicht ein paar gute Tipps gegeben: „Lass dir beim Packen Zeit und fahr ganz nach Vorschrift. Dann versäumst du wenigstens die Bruthitze der Mittagszeit, der wir ausgesetzt waren."

„Und wie finde ich das schöne Plätzchen?"

„Roberto wird entweder hier oben warten oder dich unten empfangen. Aber du wirst lachen, hier ist es wirklich schön. Die Schlucht, die mächtigen Felsen, das Weißgrau der Wand und der tiefblaue Himmel. Zwanzig Grad weniger und es wäre ein Platz zum Träumen."

Roberto wollte nicht allein in der Gluthitze auf der Terrasse warten. Er würde sich vom Platzmeister das Fernglas leihen und im Stile Bennutis von unten der Spusi über das Handy den Weg weisen.

„Von mir aus okay. Aber du wirst noch in Jahren die Runde machen als der hochnäsige Sizilianer von dereinst, der die Kollegen aus dem kühlen Schatten eines Sonnenschirms zur Arbeit angetrieben hat. Willst du das?"

Roberto war von der Hitze richtig gezeichnet. „Sollen sie. Hier bleibe ich nicht, und ich komme nur wieder hierher zurück, wenn es unbedingt sein muss."

Rita nahm es achselzuckend zur Kenntnis und machte sich auf den Weg, um Vossi zu berichten.

Commissario Vossi erwartete Rita nebst zwei leergetrunkenen Flaschen Bier in einem Liegestuhl unter dem Sonnenschirm, von dem er am Morgen weggerufen worden war. Er hatte seine Füße zur Erfrischung in einen Eimer voll kühlem Wasser gesteckt.

„Bleib doch sitzen, Bruno, nur keine Umstände."

Diese Worte gingen ins Leere. Vossi war flugs auf den Beinen, rückte ihr einen Stuhl zurecht und entschuldigte sich für seine nackten Füße: „Ich habe Jelena bei der Gartenarbeit geholfen. Das ist ihnen gar nicht bekommen."

Rita beäugte sehnsuchtsvoll den Eimer. „Das täte mir nach der Kletterpartie auf die Wand richtig gut. Sicher habe ich mir einige Blasen auf den Füßen geholt."

„Kein Problem. Das haben wir gleich."

Vossi schlüpfte in seine Sandalen, eilte ins Haus, kam mit einem großen Eimer, gefüllt mit kaltem Wasser, und einigen Flaschen Mineralwasser zurück. Rita machte es sich bequem, streifte ihre Schuhe ab, streckte ihre geschundenen Füße genüsslich seufzend in den Eimer und leerte eine halbe Flasche Mineralwasser in einem Zug. Danach berichtete sie Vossi von den ersten Recherchen im Steinbruch und von der Erkenntnis der Datenbankabfrage, die ergeben hatte, dass der Tote wegen schwerer Körperverletzung bereits gerichtsbekannt war und dafür in Triest einige Monate einsitzen musste.

„Interessant. Und der Sprengmeister, wie hieß er doch gleich?"

„Bennuti. Der hat ein Alibi. Der Platzmeister sagt, er hätte kaum die Talstation verlassen gehabt, um aufzusteigen, als schon der Schrei des Toten alle aufgeschreckt hat."

„Talstation?"

„So nennen die vom Steinbruch eine Holzbaracke am Fuße der Wand."

„Erscheint dir das Alibi wasserdicht?"

„Eigentlich schon. Der Tote muss von ziemlich hoch oben abgestürzt sein. Wir haben seine Tasche und sein Werkzeug auf einer Terrasse in gut der halben Höhe der Wand gefunden. Für den Aufstieg haben wir gestoppte zweiundzwanzig Minuten gebraucht. Also das dichtet das Alibi schon ab."

„Wie ist das Verhältnis zwischen Sprengmeister und Helfer?"

„Nach dem, was Roberto herausfinden konnte, vorzüglich. Es soll auch keinen Streit gegeben haben. Der Sprengmeister hält seinen Helfer angeblich für einen bedeutenden Künstler."

„Ein Musiker?"

„Nein, er ist Bildhauer." Ritas Telefonino schlug an – es war Dottore „Stipe" Lamberti. Rita nickte ein paar Mal und gab die Nachricht weiter: „Laut Stipe ist er an Schädelbruch, Lungenriss, Leberquetschung und Serienknochenbrüchen verstorben. Würgemale, Stich- oder Schussverletzungen wie erwartet niente."

„Schau dich doch einmal in der Wohnung des Toten um, ob dir da etwas verdächtig vorkommt."

Vor Ort erwartete Rita bereits ein Carabiniere. Die Wohnung des im Steinbruch zu Tode gekommenen Dragan Jurić lag im zweiten Stock eines Wohnhauses am Rande der Stadt. Das einzig Tröstliche daran war der Blick hinaus auf die Felder und Obstplantagen, die Rita bekannt waren, weil sie an den Holzbuden entlang der Straße nach Aquileia von der Erdbeerzeit bis zur Kürbiszeit erntefrisches Obst und Gemüse kaufte.

Das Haus hatte keinen Lift. Der junge Carabiniere folgte Rita auf Schritt und Tritt und wich ihr nicht von der Seite. Sie kannte die Vorschrift, dass den Ermittlern vor Ort Wachen beigestellt wurden, hatte aber eine so wortwörtliche Umsetzung in zwölf Jahren Polizeidienst noch nicht erlebt. Was sollte das? Hatte man den jungen Mann vor ihr als potentieller Kaufhausdiebin gewarnt?

„Hier ist ein Kellerschlüssel. Schauen Sie sich doch mal unten um." Der Carabiniere zögerte. „Na los, machen Sie schon. Wenn Sie meinen, ich eigne mir hier etwas an, können Sie mich ja anschließend durchsuchen." Das leuchtete dem jungen Spund ein.

Rita konnte kaum fassen, mit wie wenig Zeug manche Männer hausen konnten. Das hier war ein Beispiel dafür. Dieser Dragan Jurić schien extrem genügsam gewesen zu sein. Wohnte er nur gelegentlich hier und die meiste Zeit bei einer Freundin? Im Vorzimmer gab es gerade mal einen Spiegel und einen Haken, auf dem ein Regenmantel hing, im Bad nur die wichtigsten Hygieneartikel und einen tropfenden Hahn, die Toilette markiert nach Mannesart. Weder im Spülkasten noch hinter Spiegel oder über Türrahmen oder im Fenster waren Drogen versteckt.

Ähnlich negativ verlief die Durchsuchung der Küche. Als Vorrat gab es nur Kaffee und Zucker. Kein Mehl, keine Brösel, keine Cornflakes, nur eine Packung Kartoffelpulver und Salz. Rita leerte den Inhalt der Kaffeedose auf einen Teller. Den Inhalt des Salzfasses auf einen zweiten. Nichts. Im Kühlschrank fanden sich zwei Eier, eine Pizza im Tiefkühlfach, ein Sandwichwecken in Alufolie gepackt, etwas Salami und Mayonnaise in der Tube. Und jede Menge Zwiebeln und

Paprikaschoten im Gemüsefach. Kein Aschenbecher in Sicht, keine Zigaretten. Rita sah in den Abfalleimer. Nichts. Also ein Nichtraucher.

Sie wollte sich gerade das Wohnzimmer vornehmen, als der Carabiniere vom Keller heraufkam und keuchte: „Commissaria, das müssen Sie sehen!"

Das Kellerabteil des Toten sah aus wie die Talstation des Steinbruchs im Modellformat: überall Stücke von Karstmarmor und Steinmetzwerkzeug in allen Größen, eine aufwendige Lichtanlage, die fast blendete, wenn man vom dunklen Flur aus das Abteil betrat. Der Fußboden übersät mit Bruchstücken von Gestein in allen Schattierungen. Im einzigen Regal des Raumes war etwas abgedeckt. Rita zog die dunkelgraue Decke zurück und inspizierte die Bruchstücke. Sie stammten von einer Marmorbüste. War sie dem toten Dragan Jurić bei der Arbeit zu Boden gefallen? Das Gesicht aus Stein kam ihr bekannt vor. Kein Zweifel, es sollte den Montaningenieur Bennuti darstellen. Und so, wie die Teile des Ganzen jetzt vor ihr lagen, war es sicher nicht zu Boden gefallen. Das hatte jemand in Stücke geschlagen. Sehr wahrscheinlich mit dem großen Vorschlaghammer, der in der Ecke lehnte.

„Tut mir leid, Bettini, ich muss deine Spusi auch hierher bemühen", sagte Rita halblaut zu sich selbst.

„Wie bitte?" Der Carabiniere hatte nicht verstanden.

Rita sah in das gepflegte Gesicht des jungen Mannes unter der Uniformmütze. Diesen fragenden Blick aus den dunklen Augen hatten sicher schon etliche Damen mit einem geflüsterten Ja beantwortet.

Sie klärte ihn auf: „Die Spurensicherung muss sich das hier ansehen. Und auch das Auto des Toten auf dem Parkplatz des Steinbruchs und natürlich oben die Wohnung."

„Aha“, sagte der junge Mann und mimte Begreifen.

Die Ermittlerin stellte sich vor, wie er wohl aussehen würde in zehn, zwanzig Jahren. Mit durchhängenden Tränensäcken unter den desillusionierten Augen, einem Atem, der nach Bier oder Rotwein roch, eine Masse, die nur noch die Uniform zusammenhielt. Er würde den Rauch seiner Zigaretten in die Luft blasen und von der Pensionierung träumen. Das war doch der Weg, den die meisten der uniformierten Kollegen gingen. Wäre sie nicht verpflichtet, ihm einen Berufswechsel anzuraten?

Vossi hatte derweil ganz andere Sorgen: „Etwas viel für einen Unfall bei sehr wenig für Mord“, bilanzierte er Ritas Bericht, deshalb entschied er, vor weiteren Aktionen erst einmal den Bericht der Spurensuche und Dottore Lambertis Untersuchung im Detail abzuwarten. „Den Ingenieur vom Steinbruch, diesen Carlo Bennuti, befragen wir morgen, der läuft uns nicht weg.“

10

Der endlose Schrei des Hageren hatte kein Ende nehmen wollen und ging durch Mark und Bein. Casari hatte sich klein gemacht und auch nach dem Sprung auf die Terrasse nicht gerührt. Jetzt war er unterwegs nach Monfalcone zur Bank. Mit seinem Chef Beppo war nicht zu spaßen. Der würde ihn glatt umlegen, wenn er nachmittags nicht die Gutschrift auf dem Konto seines Cristallo fände.

Doch was hieß hier zur Bank! Unmöglich. Einer der Geldfüchse würde die Münzen als weitere Maximiliani erkennen. Und was dann? Ein Rennen nach mehr davon würde einsetzen. Im Steinbruch gäbe es ein Drängen wie vor dem Schrein des heiligen Antonio von Padua. Jedenfalls musste er die Münzen aus Beppos Safe holen, so viel war schon einmal klar. Er musste sie haben. Sie gehörten ihm. Wenn er genug Cash hätte, würde er ja den Betrag auf Beppos Konto einzahlen, um ihre Spuren zu verwischen. Hatte er aber nicht. Natürlich würde man ihm mit dem Gold als Sicherstellung den nötigen Kredit geben. Aber dann würden erst wieder Wissende Kenntnis von dem Schatz bekommen. Und der wartete da oben, dass ihn einer ans Tageslicht brachte. Und der Eine musste er sein. Musste!

Die Münzen fühlten sich gut an, als er sie aus dem Safe holte. Sehr gut sogar. Casari dachte daran, dass er so etwas Schönes noch nie besessen hatte. Er dachte „Schönes", nicht „Wertvolles". Er würde sich jetzt zu Hause frisch machen und vor dem Dienstantritt im Cristallo ein wenig ausschlafen und in Ruhe überlegen, wie er den Schatz finden und damit sein Leben ändern könnte. Endlich raus aus diesem Mief zwischen Rotlicht und Spielhölle.

Bevor er das Badezimmer betrat, registrierte er bitter den Schmutz an der Tür. Was für ein schmieriger Typ, dieser Beppo. Ein Grund mehr, für immer von hier zu verschwinden.

Die Tür war nicht verschlossen. Als er sie öffnete, sah er, dass Beppo gerade ein Bad nahm. Zuerst dachte er an einen roten Badezusatz. Es gab ja auch blaue. Dann sah er, dass Beppo in seinem Blut lag. Jetzt roch er es auch. Er sah ihn mit starrem Blick aus Fischaugen an.

Das war zu viel. Casari empfand nur noch Ekel und musste kotzen. Noch nie hatte er einen Toten gesehen. Und jetzt war er Zeuge eines Todessturzes und stand vor der Leiche seines Mitbewohners, der in seinem Blut lag und ihn wie einer dieser toten Fische am Fischstand beäugte. Dazu dieser stickige Waschküchendunst.

Also was tun? War das bereits das Ende seines Traumes vom Schatz, einem beschaulichen Leben in finanzieller Sicherheit, einem kleinen Glück irgendwo in Australien mit freundlichen Nachbarn und seinem Freund in Sydneys Little Italy? Jedenfalls wollte er nicht in dieser Wohnung bleiben und nicht mehr hierher zurückkehren. Sie hatte ihm nur Unglück gebracht. Hier hatte er mit Laura glücklich werden wollen. Sie hatte ihn betrogen. Dann kamen die Anwälte der Bank, gierten nach der Wohnung, trieben ihn in den Ruin. Und als ob das nicht schon genug gewesen wäre, blieb ihm nur, irgendwo an Unterkühlung zu krepieren oder mit Beppo unter diesem Unglück bringenden Dach Quartier zu nehmen. Beppo hasste leere Wohnungen, deshalb hatte er ihm das Angebot gemacht. Eine leere Wohnung war für ihn wie Einzelhaft, hatte er einmal zu Casari gesagt. Wahrscheinlich ein Gefängnistrauma.

Casaris Utensilien waren auf der linken Seite des Alliberts untergebracht. Er griff nach seinem Zahnbecher. Er hatte Blut an seinen Händen. Wie das? Jetzt erst sah er, dass die Griffe der Badezimmertür über und über mit Blut verschmiert waren. Und er hatte hineingegriffen. Der Kassier öffnete den Wasserhahn, um sich die Hände zu waschen und den Mund auszuspülen. Er betrachtete sein Spiegelbild. War er der ewige Verlierer? War der nahe Goldschatz bloß eine Laune des Schicksals, um ihn scheitern zu lassen? Nicht irgendwo auf der Strecke, sondern knapp vor dem Ziel?

Jetzt sah er, dass er auch auf seiner Hose Blut hatte. Casari befreite sich von den Kleidungsstücken, als ob sie auf seiner Haut brennen würden. Alles weg, auch die Unterhose und die Socken. Splitternackt lief er in sein Schlafzimmer. Er hatte nur zwei Hosen – die besudelte Bluejeans und die vom Sonntagsanzug –, also nahm er die vom Sonntagsanzug. Und das seit Wochen im Schrank liegende weiße Hemd.

Frisch angezogen setzte er sich auf sein Bett und dachte nach. Würde die Polizei ihn verdächtigen, hätte er kein Alibi. Wie genau konnten die von der Polizei eigentlich den Todeszeitpunkt festlegen? Im Badezimmer war es nicht mehr badewarm. Also konnte der Mord vor einer Stunde oder vor vierundzwanzig Stunden geschehen sein. „Wieder einmal der große Unbekannte", würden sie auf seine Unschuldsbeteuerungen spotten.

Ob ihn jemand gesehen hatte, als er vom Spielsalon hierhergegangen war? Konnte er nicht sagen, er hatte nicht darauf geachtet. Er hatte ja keinen Grund dazu, also warum auch? Würde die Polizei ihn befragen, käme es darauf an, so wenig wie möglich zu lügen. Im Lügen war er nämlich genau so ein Versager wie im Leben. War das der Grund seines bisherigen Scheiterns, nicht lügen zu können? Jedenfalls hatte immer noch jeder Versuch blamabel geendet.

Also, was würden sie fragen? Sie würden vor allem wissen wollen, was er am Sonntag gemacht hatte und in der Nacht auf heute. Also, was hatte er tatsächlich getan? Er hatte sich vor der Wohnung des Hageren mit dem Jugo-Akzent postiert, dann war er nach Aquileia und nach Grado gefahren. Die Nacht hatte er da oben im Steinbruch verbracht. Das konnte er alles so angeben. Es stimmte und passte. Da er ein Fernrohr hatte, würde er angeben, er sei in die Hügel hinter Duino gefahren, um Sterne zu beobachten. In den Nachthimmel zu schauen war seit Jahren sein großes Hobby, also war auch das stimmig. Das müsste er überzeugend rüberbringen. Konnte doch nicht so schwer sein.

Ein Unbekannter hatte eine Weiche in eine Richtung gestellt, die er schon längst hatte einschlagen wollen. Weg hier, weg aus der einstmals gemeinsamen Wohnung mit Laura, weg von den vielen Erinnerungen an sie, die ihm hier auflauerten, am Strand, im Supermercato, in der Kaffeebar vis-à-vis, im Park.

Er hatte etwa achttausend Euro auf der Bank, um die er Beppo in jeweils kleinen Summen betrügen hatte können. Dann waren da die Goldmünzen, ein Haufen Eheringe, die Spieler eingesetzt und verloren hatten, und etwa zweiunddreißig Euro Jackpot-Geld in Beppos Safe. Diese zweiunddreißig Euro mussten immer da sein, für den Fall, dass jemand tatsächlich das Glück hatte und den Super-Jack knackte. Es würde für eine Australienreise reichen, im Zug von Perth bis nach Sydney, so wie er es sich immer erträumt hatte. Und dann würde man weitersehen. Australien hatte sehr restriktive Einwanderungsgesetze. Aber nicht für weiße Italiener mit Geld. Zumindest mit so viel, dass es für eine gesicherte Existenz reichte. Das wusste er von seinem Schulfreund Antonio, der vor gut zwanzig Jahren dorthin ausgewandert war und seither eine Kneipe in Sydneys Little Italy betrieb. „Wir bringen dich jederzeit unter“, hatte er bei seinem letzten Heimaturlaub zu Casari gesagt.

Die Sache hatte nur einen Haken: Dieses widerliche Schwein Tonelli hatte ihm den Pass abgenommen. „Nur, dass du nicht mit meinem Geld abhaust. Auf die Bank legen kann ich es ja nicht, weil schwarz. Und komm erst gar nicht auf die Idee, einen neuen Pass zu beantragen. Ich würde es ja doch erfahren, und dann gnade dir Gott.“ Also musste er den Pass finden – und zwar jetzt. Bevor der Geruch von Beppos Blut den seines Badezusatzes übertönte und jemanden neugierig machte.

Casari begann mit der Suche in Beppos Schrank oben links, bei den Hemden. Nichts. Er wollte sie alle wieder feinsäuberlich zurücklegen. Da fiel ihm ein, dass Unordnung die Polizei annehmen lassen würde, ein Räuber habe Tonelli auf dem Gewissen. Dafür käme er als Mitbewohner nicht in Frage. Also alles einfach auf das Bett schmeißen. Groß genug war es ja, dieses Kingsize-Schlachtfeld der körperlichen Liebe. Danach die Küchenschränke verwüsten und nochmals ins Bad. Es musste sein. Er hatte mal in einem Krimi gesehen, dass Ganoven Rauschgift, Spritzen und Geld unter dem Deckel des Spülkastens versteckten. Vielleicht war da sein Pass. Beim Blick auf Beppo lachte er hysterisch. Noch nie hatte der so blöd geschaut.

Der Kassier suchte das ganze Klo ab. Nichts. Er wusch sich nochmals die Hände und wurde unruhig: Was tun ohne Pass? Im Cristallo war nichts. Dessen war er sich so gut wie sicher, denn sein Selbsterhaltungstrieb hatte auf alles, was da angeschleppt oder versteckt wurde, ein Auge. Er hatte an Türen gehorcht und durch Schlüssellöcher gelugt. Beppo hatte nichts davon mitbekommen, aber gefühlt hatte er es. Einmal hatte er ihn an der Schulter gepackt und gesagt: „Spionierst du mir nach, oder bist du nur eine willenlose Klette?“ Nachspionieren – das war seine Art, Beppo zu kontrollieren.

Jetzt aber musste er ungesehen weg aus der Wohnung. Er würde, sicher ist sicher, eines von den auffälligen Jacketts aus Beppos Beständen überziehen. Das in Lachsrosa zum Beispiel, das sein Chef fast immer trug. Sollte ihn jemand von Weitem sehen, würde man ihn für Beppo halten. Der war zwar stärker gebaut als er, aber so groß war der Unterschied auch wieder nicht. Die Auffälligkeit des Jacketts würde die paar Kilo schon wettmachen.

Vergiss nicht den Schatz, ermahnte er sich. Als ob er den vergessen könnte! Zeit! Er brauchte Zeit, möglichst viel Abstand zwischen jetzt und der Stunde, wo die Polizei hier herumtrampeln und er womöglich verdächtigt würde. Ob er den Stöpsel ziehen oder Beppo in dem Blutwasser liegen lassen sollte? Nicht den Stöpsel ziehen, sagte die Stimme. Den Eindruck erwecken, dass jemand gekommen war, gemordet und sich auf die Suche nach Beppos Scheinen gemacht hatte. Und beim Weggehen die Wohnung nicht absperren, denn Beppo ließ immer die Wohnung unversperrt, wenn er zu Hause war. Casari hatte ihn einmal darauf angesprochen. Da hatte er geantwortet: „Wenn ich da bin, bleibt die Wohnung offen, verstanden?“ Der Tick aus seiner Zeit hinter Gittern eben.

Damit war Zeit für die Maskerade in Lachsrosa gekommen. Er nahm Beppos Schultertasche, tat die Goldmünzen hinein und besah sich im Spiegel. Für später hängte er sich sein Sonntagsjackett über den Arm, griff sich noch Beppos grünes Seidenhalstuch von der Garderobenwand, genoss den herben Duft des Parfums, der daran haftete, und vergewisserte sich, dass im Treppenhaus alles ruhig war. Dann verließ er die Wohnung.

Im Flur eines Mietshauses der Parallelgasse vertauschte er Beppos lachsrosa Jackett mit seinem Sonntagsstaat und entledigte sich der Kleider, die er bei der Tat getragen hatte. Im Spielsalon hängte er Beppos Jackett auf den Haken im Hinterzimmer, in dem der Hagere um seinen Goldschatz erleichtert worden war. Er brauchte jetzt Zeit, musste planen und wollte vor allem seine Vermutung im Internet bestätigt sehen. In wenigen Minuten hatte er die Meldung gefunden:

Silberdollar aus dem Jahr 1794 erzielte 7,85 Millionen Dollar. Steven L. Contursi verkaufte den Liberty Dollar aus dem Jahr 1794 nach eigenen Angaben für den Rekordpreis von 7,85 Millionen Dollar an die Cardinal Collection of Sunnyvale. Nach Angaben von Numismatikern ist die Münze der älteste der insgesamt rund 150 Silberdollars, die es noch gibt. Bisher galt eine US-amerikanische Goldmünze, der Double Eagle von 1933, als teuerste Münze der Welt. Ein anonymer Käufer hatte bei einer Versteigerung in New York 2002 inklusive Aufgeld 7,59 Millionen Dollar bezahlt.

Er hatte es gewusst. Die Münzen, die er in der Tasche hatte, konnten sich zwar nicht mit dem Liberty Dollar messen, aber wenn er es sich genau überlegte, würden Numismatiker wahrscheinlich schon an die zehntausend Euro pro Stück hinblättern. Und falls man bloß eine Münze in einem der renommierten Auktionshäuser als Unikat anpreisen konnte, wäre es gut möglich, dafür hunderttausend Euro und mehr zu erzielen. Mit den weiteren dürfte man erst nach und nach mit einem Abstand von Monaten, wenn nicht Jahren herausrücken. Diese Möglichkeit hatte er aber nicht. Für eine Auktion in Häusern mit Renommee brauchte man den richtigen Zugang. Casari wusste schon, wer ihn hatte und zudem noch über ein beruhigendes Defizit an Ethik und Moral verfügte: Paolo Feri, in dessen Bankfiliale er regelmäßig Beppos Geld einzahlte.

Feri hatte Casari schon mehrmals gefragt, ob man das Cristallo nicht kaufen könnte. Er wüsste da jemanden, und Casari könnte bei Zustandekommen des Handels eine Provision erwarten. Das war deutlich genug für Casari. Paolo Feri war ein Mensch, dem Cash wichtiger war als kleinliche moralische Bedenken. Eine Basis für Verhandlungen war also gegeben.

Telefonisch erfuhr er, dass Feri in Udine und erst morgen, Dienstag, wieder in der Bank sei. Diese Zeit musste ihm das Schicksal gewähren, um alles so durchziehen zu können, wie er es vorhatte. Und den Pass, den musste er finden. Hoffentlich verwahrte ihn Tonelli nicht in seinem Bankschließfach. Dann kam er nie an ihn ran. Es sei denn ...

11

Am nächsten Morgen ging es in der Questura um das Geschehen im Steinbruch. Jeder der Ermittler der Mordkommission Gorizia legte seine Argumente wie einen Fehdehandschuh auf den Konferenztisch. Vossi griff keinen davon auf. Er glaubte an einen Unfall und begründete dies damit, dass die Terrasse schmal wie ein Hühnersteig war und der Tote 1,6 Promille Alkohol im Blut hatte, wie er Stipes Bericht entnehmen konnte. Eher lustlos musterte er danach die Fundstücke der Spurensicherung, die feinsäuberlich in Plastiktüten verpackt vor ihm ausgebreitet waren.

Der Commissario griff nach dem Säckchen mit einer grünschwarzen Münze. „Und was ist das?“

„Eine alte Kupfermünze.“

„Kupfer wird schwarz?“

„Nicht das Kupfer wird schwarz, aber das, was als Legierung beigemengt ist und oxidiert. Der Rest kommt aus der Umwelt“, zitierte Roberto die Spurensicherung.

„Diese Spürhunde. Wissen zwar nicht, was sie suchen, finden es aber. Irgendwie unheimlich, diese Mischpoche“, sagte Vossi anerkennend und alle lachten.

Rita machte Vossi auf die zerschlagene Büste aufmerksam, die im Kellerabteil des toten Dragan gefunden worden war. „Wir meinen, dass das Gesicht dem von Bennuti auffallend nahekommt. Er wartet draußen, um von dir befragt zu werden. Jedenfalls lässt die Skulptur auf ein sehr enges Verhältnis der beiden zueinander schließen. Fragt sich nur, welcher Art es war.“ Vossi nahm jedes der Stücke einzeln in die Hand und besah es genau. Rita erklärte die Kerben: „Die Büste ist mutwillig mit einem Hammer zerschlagen worden. Bettini hat sich die Kerben angesehen und ist sich ganz sicher. Wir haben auch den Vorschlaghammer, mit dem die Plastik zerschlagen worden ist."

„Ist ja hochinteressant. Mal sehen, ob unser Mann dafür eine Erklärung hat, und wenn ja, ob sie uns überzeugt. Deckt das bitte ab. Ich will nicht, dass er es sofort sieht, wenn er hereinkommt."

Roberto hielt den Tod von Bennutis Gehilfen ebenfalls für einen Unfall: „Dottore Lamberti hat gemeint, bei 1,6 Promille stehst du nicht mehr ganz sicher. Das würde allemal für einen falschen Schritt reichen."

Rita wollte nicht so recht an einen Unfall glauben. Irgendetwas musste Dragan Jurić ins Ungleichgewicht gebracht haben. Er war vor Jahren auf Entzug gewesen, nie rückfällig geworden und hatte auf einmal Alkohol im Blut. Und dann gab es ja auch noch den halbleeren Flachmann. „Wenn wir herausfinden, wer oder was ihm da seelisch zugesetzt hat, wissen wir mehr. Ein Streit mit diesem Bennuti zum Beispiel."

„Das heißt, du meinst, der Montaningenieur hat seinem Helfer einen Stoß gegeben, und wir müssen nur herausfinden, warum?", fragte Vossi ganz und gar nicht beeindruckt.

Für Roberto das Stichwort, sich zu wiederholen: „Der war doch gar nicht dabei, als Dragan Jurić in die Tiefe gefallen ist. Also kann er ihn auch nicht gestoßen haben. Das Alibi ist hieb- und stichfest. Der Platzmeister ist sich da ganz sicher. Laut ihm ist es unmöglich, dass Ingenieur Bennuti die Terrasse erreicht haben kann, bevor Jurić in den Tod gestürzt ist. Er wäre jederzeit bereit, das zu beschwören."

Rita blieb hartnäckig: „Wenn wir davon ausgehen, dass der Tote von der Terrasse gestürzt ist, zu der uns Bennuti über sein Handy dirigiert hat, dann hast du recht, Roberto. Was, wenn er lügt und der Tote nicht von ganz oben abgestürzt ist? Nehmen wir an, auf einer Terrasse fünfzig oder mehr Meter tiefer hat sich ein Drama abgespielt. Schon sieht das Bild ganz anders aus. Hast du den Platzmeister ausdrücklich gefragt, ob er den Toten auf der oberen Terrasse ankommen gesehen hat?“

„Hat er nicht. Darum hat er sich nicht gekümmert, sagt er.“

„Siehst du. Keiner hat den Helfer stürzen sehen. Der Platzmeister nicht und die Männer in der Baracke am Fuße der Wand auch nicht. Alle haben den Schrei gehört. Das Geräusch des Aufpralls aber hat nur Bennuti gehört. Und gesehen hat den Sturz niemand. Wir wissen nur aus den Verletzungen, die Stipe festgestellt hat, dass der Tote von beträchtlicher Höhe gestürzt sein muss. Aber für die Verletzungen hätte auch die halbe Höhe gereicht. Sagt auch Stipe.“

Roberto beschrieb für alle die Reaktion von Ingenieur Bennuti, als er ihm die ersten Fragen kurz nach der Katastrophe gestellt hatte. „Und ich glaube nicht, dass Bennuti uns etwas vormacht. Der hat echt gelitten, das war echter Schmerz.“

„Na gut, kann ja sein. Vielleicht haben wir es aber mit einer plötzlichen Meinungsverschiedenheit zwischen Boss und Helfer zu tun. Wegen irgendeiner Lächerlichkeit. Unter Männern soll das ja mitunter zu einem Stoß führen. Nichts Ernstes, wenn man dabei nicht ungewollt ins Leere tritt.“

Vossi erschien das nachvollziehbar, aber er glaubte nicht, dass es tatsächlich so gewesen war. „Danke, genug gesponnen. Bittet den Montaningenieur herein. Du stellst die Fragen, Rita. Wir hören zu.“

Ein leicht gebeugter Bennuti begrüßte sie mit einem kurzen, beinahe abweisenden „Buongiorno“. Am linken Rockärmel trug er einen Trauerflor, wie man sie früher bei Verlust eines lieben Angehörigen getragen hatte.

Rita wollte ganz sichergehen: „Ich sehe, Sie tragen Trauer, Signore Bennuti. Jemand von der Familie."

Bruno Vossi schnaubte. Er erkannte, dass das die ganz falsche Eröffnung war. Bennuti kniff die Augen zusammen, straffte sein Jackett. Seine Körpersprache war nicht falsch zu interpretieren: Er panzerte sich. Der Commissario übernahm: „Mein aufrichtiges Beileid, Signore Bennuti. Der Verlust Ihres Freundes hat Sie sicherlich sehr getroffen. Auch wir sind immer aufs Neue erschüttert, wenn es zu so tragischen Unfällen kommt." Dazu bat er mit einladender Geste doch Platz zu nehmen und meinte zu den Kollegen: „Also bitte, genug zu tun, lasst euch nicht aufhalten."

Rita erkannte sofort ihren Fehler. Der Letzte machte die Tür von außen zu.

Vossi stand von seinem Stuhl auf und reichte Bennuti die Hand. „Erlauben Sie, dass ich mich vorstelle: Bruno Vossi. Ich leite hier die Abteilung."

Bennuti, der eben Platz genommen hatte, erhob sich ebenfalls und sagte mit belegter Stimme: „Bennuti, Carlo Bennuti."

„Wir haben nur ein paar Fragen zum Unfallhergang, Signore Bennuti. Mehr können wir ja nicht mehr tun. Dieser Rucksack hier auf dem Tisch, bitte sehen Sie ihn sich genau an und sagen Sie mir, ob der dem Toten gehört hat."

„Eindeutiges Ja."

„Und der Inhalt? Bitte prüfen Sie ihn genau."

Bennuti seufzte, als er den Flachmann in der Hand hielt. Oder bildete sich Vossi das nur ein?

„Hat Ihr Helfer geraucht?"

„Nein, nie. Das heißt, nicht in den zwölf Jahren, in denen ich mit ihm gearbeitet habe.“

„Und getrunken?“

„Eigentlich nicht.“

„Was so viel heißt wie?“

„Was so viel heißt wie: Er ist rückfällig geworden. Er hatte vor Jahren gravierende Alkoholprobleme und hat dann einen Entzug gemacht. Das war, bevor ich ihn kennengelernt habe. Und dann ist er vor zwei Jahren rückfällig geworden. Hat aber auch seither nie wieder getrunken. Keinen Tropfen.“

„Unmittelbar vor seinem Tod hat er aber getrunken. Das hat das Post mortem ergeben. Wissen Sie dafür eine Erklärung?“

„Vielleicht eine Weibergeschichte?“, sagte Bennuti nur vage.

Vossi erkannte sofort, dass er der Frage auswich. Bennuti wusste mehr, das war sicher.

„Signore Bennuti, Sie sagen, Ihr Freund – er war doch Ihr Freund?“

„Ganz sicher war er das. Er war ein guter Mensch, wertvoll, ein schweres Schicksal und doch immer noch ein wenig zu gutgläubig seinen Mitmenschen gegenüber.“

„Frauen?“

„Nichts Festes.“

„Schwul?“

„Muss heute wirklich jeder schwul sein, der keine feste Freundin hat?“

„Ich bin sicher, Sie können meine Frage präziser beantworten.“

„Also gut. Ich meine, nein. Ich glaube zu wissen, nein. Ich jedenfalls hatte kein sexuelles Verhältnis mit ihm, falls Ihre Frage in diese Richtung zielt. In was für

Zeiten leben wir eigentlich? Wenn sich zwei Männer durch eine Männerfreundschaft verbunden fühlen, fragt sich die Kollegenschaft gleich, ob die beiden schwul sind oder nur einer der beiden. Ich zum Beispiel bin oft ganz begeistert vom Anblick eines Kindes. Was für ein schönes Format Mensch. Ich darf es aber nicht zeigen, sonst hält man mich gleich für pädophil. Was für eine Welt."

„Sie sagen, Ihr Freund hat nicht geraucht. Wir haben auf der Terrasse, zu der Sie unsere Kollegen geführt haben, aber eine Zigarettenkippe gefunden. Könnten da oben noch andere Personen gewesen sein?"

„Ich habe zu keiner Zeit jemanden gesehen."

„Früher vielleicht? Haben Sie früher öfter Personen gesehen, die eigentlich nichts im Steinbruch verloren hätten?"

„Das schon. Was ganz normal ist. Sie müssen wissen, dieser Teil des Steinbruchs ist vor gut vierzig Jahren stillgelegt worden. Geologische Untersuchungen nach neuester Technik haben nun aber hoffen lassen, dass im rechten Winkel zur Wand doch noch ergiebige Lager stecken könnten. Das sollte ich mit meinem Helfer Dragan überprüfen. In all den Jahrzehnten aber, wo in diesem Teil des Steinbruchs nicht gearbeitet worden war, ist er zum Freizeiteldorado von Kletterern und zum beliebten Sommerlager einer Pfadfindergruppe aus Udine geworden. Jetzt ist er wieder für Firmenfremde gesperrt. Aber Gewohnheiten lassen sich nicht von heute auf morgen abstellen. Der Platzmeister hat schon mehrfach gegen Wochenendalpinisten einschreiten müssen."

Commissario Vossi bat Bennuti an den Tisch am Ende des Zimmers und nahm die Decke von den Fundstücken, die Rita im Keller des Toten entdeckt hatte.

„Ist Ihnen das hier bekannt, Signore Bennuti?" Bennuti streckte die Hand nach einem der Bruchstücke aus, so als ob er es streicheln wollte, seufzte und bejahte die Frage. „Finden Sie nicht auch, dass das Gesicht der zerbrochenen Skulptur dem Ihren nachempfunden worden ist?"

„Wenn Sie das sagen."

„Haben Sie Ihrem Helfer Modell dafür gesessen?"

„Um Gottes willen, nein. Ich kann nur Vermutungen anstellen."

„Bitte, stellen Sie."

„Ich vermute, Dragan wollte mich damit zu meinem fünfzigsten Geburtstag beschenken."

„Und? Ist es ihm runtergefallen? Was meinen Sie?"

„Das halte ich für sehr unwahrscheinlich."

„Also, was meinen Sie, was passiert ist?"

„Ich weiß nur, dass Dragan einige Wochen vor meinem Geburtstag alkoholrückfällig geworden ist. Damit musste er eine als bedingt ausgesprochene Gefängnisstrafe absitzen. Ich wollte mich währenddessen um die Wohnung kümmern, ein wenig nach dem Rechten sehen. Und da habe ich die Bruchstücke im Kellerabteil gefunden."

„Unser Mann von der Spurensicherung hat herausgefunden, dass sie nicht zu Boden gestürzt, sondern zerschlagen worden ist. Und jetzt vermuten wir, dass es zwischen Ihnen und Dragan Jurić zu einem Streit gekommen ist und der Tote die Skulptur wutentbrannt zerschlagen hat."

„Unsinn."

„Und wie erklären Sie sich die Zerstörung?"

„Ich kenne Dragan. Er hat schon seit Jahren nicht mehr an einer Skulptur gearbeitet. Ich weiß, dass er damals extra ein neues Handy angeschafft hat, so eines, mit dem man fotografieren kann. Und er hat mich bei jeder Gelegenheit fotografiert. Mir war das schon lästig. Er aber hat nur ‚Überraschung, Überraschung' gesagt. Bis er dann plötzlich wieder gesoffen hat wie ein Loch. Ich glaube, das Vorhaben Skulptur hat ihn künstlerisch überfordert. Dragan war seit Jahren aus der Übung. Er hat auch darüber gejammert, ohne genau zu sagen, was sein Jammer war. Ich glaube, das sind die Zusammenhänge. Ich kenne Dragan besser als Sie."

„Da haben Sie recht. Ich habe ihn überhaupt nicht gekannt. Ich weiß nur, dass es zwischen Lehrer und Schüler, zwischen Meister und Geselle zu plötzlichen Gefühlswallungen kommen kann. Auch ich habe einen Helfer, bin für ihn verantwortlich. Glauben Sie mir, ich weiß, wovon ich rede."

„Aha. Also, Sie meinen, ich hätte Dragan über die Kante gestürzt. Dass das gar nicht möglich war, weil ich ihn gestern erst gesehen habe, als er tot vor mir gelegen ist, scheint Sie nicht zu interessieren. Sie wissen nicht, wie mich diese Unterstellung verletzt. Aber ich nehme zur Kenntnis, dass Sie nur Ihre Pflicht tun. Also, was machen wir? Sperren Sie mich jetzt ein, will man mir den Prozess machen? Will man das?"

„Kein Grund, heftig zu werden, Signore Bennuti. Von alldem kann keine Rede sein."

„So? Na gut. Dann kann ich ja gehen. Ich empfehle mich, Commissario."

Bennuti wartete ab, ob Vossi etwas einwenden würde, dann ging er zur Tür und verließ, ohne sich umzusehen, den Raum.

Rita, Roberto und die anderen stürmten herein. „Und was jetzt?", wollte Rita wissen.

„Nichts. Wenn ihr mich fragt, war das ein Unfall. Und das gilt so lange, bis ihr mir das Gegenteil beweisen könnt. Ich betone: beweisen. Und noch etwas: Für den Zigarettenstummel gibt es eine Erklärung. Die Wand ist nicht der menschenleere Flecken Erde, für den wir sie gehalten haben. Über die Jahre ist sie für Hobbyalpinisten ein Kletterparadies geworden. Vermutlich hat einer der Klettermaxen da oben eine Pause eingelegt, eine geraucht und die Kippe weggeworfen. Das erklärt doch den Fund der Spurensicherung, oder?"

„Nicht für mich", widersprach Rita. „Ein Aufstieg in die Wand fordert den Körper ordentlich. Da braucht die Lunge bei einer Rast erst mal Sauerstoff statt Rauch und Nikotin. Da heißt es tief durchatmen und neue Kräfte sammeln. Eine Zigarette ist da nicht angesagt."

„Ausnahmen bestätigen die Regel", warf Roberto altklug ein.

Vossi aber hatte auch ein Problem mit der Kippe: „Es erscheint mir unwahrscheinlich, dass ein Freizeitalpinist irgendeinen Abfall auf seinem heiligen Berg wegwirft. Auch nicht so etwas verhältnismäßig Kleines wie eine Zigarette. Die verfluchen doch die gesamte Gesellschaft, wenn sie auf dem Weg nach oben auch nur einen Stecknadelkopf irgendwo zwischen Edelweiß und Enzian herumliegen sehen." Das Diensttelefon läutete. „Wo?", fragte Vossi in den Hörer.

Damit war für sein Team klar: Es gab neue Arbeit.

12

Roberto fuhr wieder einmal so, als ob sie von der Polizei gejagt würden und nicht sie die Polizei wären. Vossi war dieser sizilianische Fahrstil zutiefst zuwider: „Calma, Roberto. Einer ist schon tot, warum noch einen auf der Fahrt zu ihm töten, womöglich einen von uns?“

Vor dem Haus hatte ein Carabiniere freundlicherweise eine Parklücke für die Ermittler freigehalten. „Roberto, du wartest auf Bettini. Ich gehe mit Rita voraus, und Sie zeigen uns den Weg.“

Mit „Sie“ war der Carabiniere gemeint, der vor dem Eingangstor zum Mietshaus gelangweilt herumstand.

Der Tote lag in einer Mischung aus Badewasser und Blut in der Wanne. Die Brühe füllte den Raum mit einem ekelerregenden Geruch.

„Lange ist er noch nicht tot, sonst würde das noch einmal schlimmer riechen“, sagte Rita.

„Mir riecht es heftig genug“, meinte Vossi voll Ekel und wandte sich an den Einsatzleiter der Polizei: „Wer hat den Toten entdeckt?“

„Sie werden es nicht glauben: der Briefträger. Die Wohnungstür war offen und er wollte sich die Übergabe eines Schreibens vom Gericht bestätigen lassen.“

Der noch anwesende Briefträger hörte dies und trat hinzu. „Kennen Sie den Toten?“, fragte ihn Commissario Vossi.

„Ja, das ist Beppo Tonelli. Ihm gehört das Café Cristallo, ist jetzt aber ein Spielsalon.“

„Was wissen Sie über ihn?“

„Nichts.“

„Welche Sorte Post bekommt er so für gewöhnlich?“

„So gut wie keine.“

„Wann haben Sie Signore Tonelli zuletzt gesehen?"

„Das ist Wochen her. Das war, als ich im Café Cristallo zum Champions-League-Spiel gegen Bayern auf Juventus gewettet habe. Leider."

Vossi ließ sich von dem Briefträger die Besitzverhältnisse des Cristallo erklären und dass es hier einen Mitbewohner gab, einen gewissen Casari.

„Wann haben Sie diesen Signore Casari zuletzt gesehen?"

„Ach, das ist mindestens eine Woche her."

„Was ist dieser Casari für ein Mensch?"

„Wie soll ich sagen? Nie freundlich, nie unfreundlich. Meine Mutter würde sagen, ‚eine geprügelte Katze'. Aber er gab immer ein Trinkgeld, wenn er etwas zu unterschreiben hatte."

„Hatte er oft?"

„In letzter Zeit überhaupt nicht. Aber vor drei Jahren jede Menge. Da hat er sich scheiden lassen, oder so ähnlich. Na, Sie wissen ja, Commissario."

„Nein, weiß ich Gott sei Dank nicht und will ich auch nie erfahren. Aber das bringt mich zur nächsten Frage: Gibt es Damen in diesem Haushalt hier?"

„Früher ja. Signora Casari. Die hat ja hier mit Signore Casari gewohnt. Dann haben sich die beiden getrennt. Er ist ausgezogen und Signore Tonelli eingezogen. Aber plötzlich war Casari wieder da und Tonelli auch, dafür war die Signora weg."

„Haben Sie eine Ahnung, wo ich Casari antreffen könnte?"

„In zwei Stunden macht das Cristallo auf. Da wird er sicher dort sein, er arbeitet ja an der Kassa."

„Interessant. Haben Sie vielen Dank, Signore ..."

„Guzzo, Fulvio Guzzo, Commissario."

„Wenn Sie meiner Kollegin noch Ihre Adresse bekanntgeben würden. Das war's dann auch schon, Signore Guzzo."

Roberto kam mit einem Trupp von der Spurensicherung, angeführt von Alberto Bettini, die Treppe herauf.

„Madonna mia", sagte Bettini. „Nur das Bad oder die ganze Wohnung?"

„Die ganze Wohnung, Alberto, und übrigens guten Morgen."

„Was du nicht sagst." Der Trupp stülpte sich Plastiküberzieher über die Schuhe und machte sich an die Arbeit. „Ihr verlasst jetzt aber alle die Wohnung. Außer Dottore Lamberti, dem Fotografen und meinen Männern will ich hier keinen mehr sehen. Sonst brauche ich gar nicht erst anzufangen."

Draußen stießen Vossi und die Seinen auf den Forensiker Lamberti. Der wunderte sich über den Abzug: „Na, falsche Adresse?"

„Nein, Beamtenstreik", antwortete Bruno Vossi. „Unser Bettini ist schlecht gelaunt und braucht Ruhe. Aber er hat Sehnsucht nach dir."

„Wie schaut's aus?", wollte der Dottore wissen.

„Mit Taschentuch vor der Nase geht es so."

Die paar Schritte zum nicht weit entfernten Café Cristallo taten nach dem Anblick des schrecklichen Blutbades gut. Vossi war noch nie in einem Lokal wie dem Cristallo gewesen. Er kannte solche Kaschemmen nur aus den Filmen im Fernsehen, daher schärfte er Rita und Roberto ein, immer auf dem Sprung zu sein, falls irgendwer bei ihrem Anblick losrennen würde.

„Würde man uns als Polizisten erkennen? Ich meine, Rita wäre für mich einfach die tolle Mamma in der

Familienserie der Rai, und Roberto, tja, lass dich ansehen, mein Junge." Vossi blieb tatsächlich stehen und musterte Roberto, als ob er ihn noch nie zuvor gesehen hätte. Der lachte ihn verlegen an. „Tja, und dich, Roberto, würde ich für den jungen Siciliano halten, der meine Tochter zu einem Tanz abholt, um sie danach zu verführen. Italienischer Durchschnitt also. Wie sollen die von uns auf Bullen kommen?"

„Du vergisst auf dich", sagte Rita. „In dir erkennt man doch schon von Weitem den bösen Commissario, der seine beiden jungen Mitarbeiter erbarmungslos auf Mörder hetzt."

Das Cristallo war wohl gerade geöffnet worden. Im Nebenraum wurde noch gesaugt, und ein jüngerer Mann beeilte sich beim Anblick der Kundschaft, die Spielautomaten hochzufahren. „Einen Moment noch, wir sind gleich so weit", meinte er schuldbewusst, als ob er zu spät zur Arbeit erschienen wäre.

„Wann macht denn der Laden hier eigentlich auf?", fragte Bruno Vossi streng.

„Normalerweise um zehn Uhr. Nur heute sind wir etwas später dran. Sie können aber gleich spielen."

„Das ist gut so, wir wollen heute nämlich reich werden", sagte Vossi und gab Roberto und Rita einen Wink, seinem Beispiel zu folgen und vor den Spielautomaten Platz zu nehmen.

„Können Sie wechseln?"

„Sie brauchen die Banknoten nur einzuschieben, der Automat bucht sie automatisch. Und wenn Sie Ihr Spiel beenden wollen, drücken Sie einfach auf ‚Abbruch' und Sie bekommen Ihr Geld ausbezahlt. Allerdings nur in Münzen."

„Gibt es vielleicht schon Kaffee?", fragte Rita über ihre Schulter.

„Serviere ich Ihnen sofort. Was wünschen Sie?“

„Wir nehmen jeder einen Cappuccino“, entschied Vossi. „Haben Sie auch ein Croissant dazu?“

„Heiß oder kalt?“

„Wenn Sie so fragen, heiß und für jeden eines.“ Bei diesen Worten rutschte Vossi von seinem Hocker und sagte zu seinen beiden Gefährten: „Ihr spielt mal schön. Jeder einen Zehner auf meine Rechnung. Ich sehe mich einstweilen um.“

Die Kassa war offensichtlich noch nicht besetzt. Sie war nach allen Seiten gesichert. Die Sitze waren mit grünem Leder bespannt, Tische und Holzverkleidungen aufwändig mit Mahagoni furniert, der Fußboden ein englischer Strapazteppich vom Feinsten und Teuersten. Vossi hatte einmal in einem Londoner Pub beobachtet, wie Gäste auf solchen Teppichen folgenlos Zigaretten ausgetreten hatten. Beppo Tonelli war mit seiner aufgemöbelten Kaschemme also offensichtlich erfolgreich gewesen.

An der Automatenwand klimperten Münzen. Rita oder Roberto konnten offensichtlich schon den ersten Gewinn einfahren. Der Commissario sah sich aber nicht nach ihnen um, sondern fragte eine Frau von etwa vierzig, die aus der Küche kam: „Ist Signore Casari heute nicht hier?“

„Nein, tut mir leid.“

„Ist er krank? Er war gestern nicht telefonisch zu erreichen.“

Sie zögerte: „Es ist, wie Sie vermuten. Er ist krank.“

„Es wird doch hoffentlich nichts Ernstes sein?“

„Nein, nur eine Sommergrippe, soviel ich weiß.“

„Und Signore Tonelli?“

„Der ist um diese Zeit nie hier. Der kommt meist erst abends.“

„In Zukunft nicht mehr."

„Wie bitte?"

„In Zukunft nicht mehr. Er ist tot, liegt erstochen in seiner Badewanne."

Die Frau wich zurück, wankte leicht, hielt sich am Zapfhahn der Biersäule fest und starrte ihn an. „Wer sind Sie?"

„Sie brauchen keine Angst zu haben, Signora, ich bin von der Polizei, Commissario Vossi."

„Ich habe schon gedacht ..."

„Was haben Sie gedacht, Signora?"

„Nichts. Ich habe nichts gedacht."

„Wer leitet denn das Unternehmen, wenn Signore Tonelli abwesend ist?"

„Niemand. Ich kümmere mich um die Bar, Angelos Dienst in der Küche beginnt kurz vor Mittag und Casari sitzt hinter der Kassa. Alles läuft von selbst."

„Wann haben Sie Signore Casari zuletzt gesehen, Signora – wie war Ihr Name?"

„Tina. Tina Renzi."

„Also, wann haben Sie Casari zuletzt gesehen, Signora Renzi?"

Im Hintergrund rasselte eine Ladung Münzen in den Fangkorb eines der einarmigen Banditen. Das war aber wohl ein größerer Gewinn, dachte Vossi und fragte sich, ob Rita oder Roberto der Glückspilz war. Signora Renzi reagierte nicht auf das Klimpern: „Freitag. Freitagmittag ist er zum Dienst erschienen. Er war dann die ganze Zeit da, hinter der Kassa, bis ich um elf Uhr nachts gegangen bin."

Der junge Mann erschien mit drei Cappuccini und drei Croissants auf einem Tablett. „Wo darf ich es abstellen?"

„Können wir irgendwo ungestört miteinander reden, Signora Renzi?"

„Ja, im Nebenzimmer. Mirko, servier den Herrschaften den Kaffee im Nebenzimmer. Also bitte, folgen Sie mir."

Die beiden gingen – mit Rita und Roberto im Schlepptau – an den Banditen vorbei in das Nebenzimmer, einen fensterlosen, ziemlich großen Raum.

„Dana, lass das Saugen sein", befahl die Barchefin der Putzfrau. Dana ließ das Saugen sein, marschierte ab und man nahm um einen Tisch Platz.

„Wie bei einer Frühstückspause", dachte Rita und kostete von ihrem Kaffee. Der war ausgesprochen gut, im Unterschied zu dem staubigen Croissant aus abgestandener Butter.

„Arbeiten Sie schon lange hier?", begann Vossi die Fragestunde von Neuem.

„Seit zwei Jahren."

„Nebenberuflich?"

„Nebenberuflich ist gut, da schlafe ich. Leben tu ich hier."

„Wie war denn Signore Tonelli so als Chef und als Mitmensch?"

„Als Chef in Ordnung. Er hat ordentlich gezahlt, die Dinge laufen gelassen, wie sie laufen – und sie laufen gut. Er ist eigentlich nur gekommen, um sich die Taschen zu füllen. Das ist alles, was ich mitbekommen habe."

„Um diese Zeit scheint hier ja alles gediegen zuzugehen. Wie sieht es denn nachts aus?"

Tina Renzi lehnte sich zurück und sah Vossi voll ins Gesicht. „Eine andere Welt, wie Sie sich vorstellen können, Commissario. Untertags haben wir Familienväter, Pensionisten und Arbeitslose als Kunden. Nie

Ärger, und wenn doch, kümmern sich darum Ado und Edi. Die beginnen ihren Dienst jeweils um zwei und werden abends von Mirko und Enzo abgelöst. Die sind dann mehr fürs Grobe."

„Und jetzt sagen Sie mir noch, wie war Signore Tonelli so als Mensch?"

„Also da kann ich nur sagen, ich bin froh, ihn nicht näher gekannt zu haben. Ich hatte ja auch nie mit ihm zu tun. Eingestellt worden bin ich von Casari. Der war so etwas wie Filialleiter hier."

„Ach, hatte Herr Tonelli noch ein weiteres Geschäft?"

„Nun ja, er war einer der großen Zuhälter hier in der Gegend. Und es heißt, er habe Jahre im Zuchthaus verbracht. Aber damit hatten wir absolut nichts zu tun. Wir hatten hier nie Polizei oder so was." Dabei sah sie Commissario Vossi und sein Begleiterpaar vorwurfsvoll an, so als gehörten sie wirklich nicht hierher.

Bruno Vossi warf einen Blick auf die Couch, eines jener Modelle, die mit wenigen Handgriffen in ein Bett verwandelt werden konnten. „Schläft hier jemand?"

„Ja, manchmal übernachtet unser Kassier, Signore Casari, hier. Wenn besondere Stammkunden länger spielen wollen. Das geht ja manchmal bis zum Sonnenaufgang."

„Und was wissen Sie sonst über Signore Casari? Wenn er sich zum Beispiel krankmeldet, ruft er da Sie an?"

„Nicht unbedingt. Er ist nur einfach nicht gekommen. Das kommt aber nur ganz selten vor. Wenn er mal wegmuss, zum Zahnarzt zum Beispiel, kommt der Chef und übernimmt den Laden."

„Was kann man denn hier so gewinnen? Oder sollte ich besser verlieren sagen?"

„Unser höchster Jackpot waren achtundzwanzigtausend Euro. Da hatte ich sogar Dienst."

„Und wie wurde der ausbezahlt?"

„In bar natürlich. Der Safe steht im Chefzimmer, Casari hat dazu die Schlüssel und kennt die Kombination. Damit habe ich nichts zu tun."

„Aber ausbezahlt worden ist in bar, das wissen Sie?"

„Ja. Aber das war ein Ausnahmefall. Meist fällt der Jackpot so bei fünftausend Euro, manchmal auch bei sechs. Casari hat einmal gesagt, die Automaten wären so eingestellt. Aber ob und wie das geht, weiß ich nicht."

„Oh, das macht gar nichts, Signora Renzi. Da haben wir Fachleute. Aber zurück zu Casari. Haben Sie eine Ahnung, wo ich den antreffen könnte?"

„Keine Ahnung. Aber soviel ich weiß, wohnt er ja in dem Haus, in dem auch der Chef wohnt."

„Das ist durchaus richtig. Aber da war er leider nicht. Ist er eigentlich verheiratet?"

„Ist oder war er, aber seine Frau ist verreist."

„Ach, verreist? Hat er das gesagt?"

„Nein, Casari redet kaum mit jemandem. Aber seine Frau war Kundin bei meiner Friseurin. Die scheint sie zu kennen."

„War Kundin, haben Sie gesagt. Ist sie schon so lange verreist?"

„Ein Jahr wird es schon sein."

„Damit wollen Sie sagen, sie hat ihn verlassen, ist es so?"

„Ja, kann man so sagen." Vossi ließ Roberto Namen und Adresse der Friseurin notieren und trank von seinem Kaffee, der mittlerweile kalt geworden war. Tina Renzi hieß Mirko, einen neuen zu bringen. „Und was soll ich jetzt machen?"

„Ehrlich gesagt, genau weiß ich es nicht. Ich habe so einen Fall noch nicht gehabt, kann also nur raten. Also, wenn ich Sie wäre, würde ich alle Geräte abstellen und wegen Todesfall schließen. Wer hat denn alles einen Schlüssel zu dem Lokal?"

„Ich, der Chef und Casari."

„Das heißt, Casari muss heute Nacht abgesperrt haben."

„Oder der Chef."

„Falls er da nicht schon tot war."

„Das sind vielleicht Sachen", stieß die Barchefin noch zwischen den Lippen hervor und machte sich an die Arbeit. Geld abzählen, Kassenstand niederschreiben, von jeder Flasche den Stand nehmen, Alarmanlage einschalten, Lichter auf den Toiletten abdrehen und einarmige Banditen abschalten.

Währenddessen bekam Vossi einen Anruf von Dottore Lamberti: „Also, Bruno, Todeszeitpunkt deines Freundes zwischen Sonntagmittag und Montag, acht Uhr früh. Genauer geht's fürs Erste nicht. Täter meiner Meinung nach eher ein Mann, Rechtshänder, hat wohl sein Opfer gekannt und Dampf abgelassen. Neun schwere Stichverletzungen, zwei davon wahrscheinlich tödlich."

Vossi dankte Dottore Lamberti und wollte noch vor dem allgemeinen Abgang das Chefbüro mit dem Tresor inspizieren. Die schwere Tür war abgesperrt, aber Roberto hatte sicherlich das nötige Werkzeug dabei, um sie aufzukriegen.

Draußen heulte die Alarmanlage auf – jemand versuchte, die Straßentür des Lokals zu öffnen, dann hörte man, wie sich ein Schlüssel im Schloss drehte. Ein Mann trat ein. „Was geht hier vor?"

Die forsche Frage passte nicht zur Statur des Eintretenden und erschien Vossi aufgesetzt.

„Oh, Signore Casari", entfuhr es Signora Renzi. „Sie hier?"

„Ja, natürlich. Es ist auch hoch an der Zeit. Weshalb ist die Tür abgesperrt? Und warum sind die Automaten nicht an? Die Herrschaften wollen sicher spielen."

„Die Herrschaften sind von der Polizei und haben Fragen", sagte Vossi und wollte Namen, Geburtsdaten und Adresse des Neuankömmlings wissen. Casaris Angaben deckten sich fast wörtlich mit denen von Tina Renzi.

„Und jetzt erzählen Sie uns noch, was Sie von Samstag fünf Uhr morgens bis jetzt gemacht haben. Aber präzise und lückenlos, wenn ich bitten darf."

„Samstag habe ich bis zwei Uhr früh hier gearbeitet und bin dann nach Hause."

„Sie teilen sich die Wohnung mit Signore Tonelli, Ihrem Chef, richtig?"

„Ich bin sein Untermieter."

„War Signore Tonelli zu Hause, als Sie in der Wohnung angekommen sind?"

„Nein. Er hatte es ja übernommen, den Laden hier zu schließen."

„Na gut. Also Sie sind um zwei Uhr früh nach Hause gegangen. Was haben Sie dann gemacht? Nehmen Sie sich Zeit. Mein Assistent schreibt mit und hat heute seinen Radiergummi nicht dabei. Nicht, dass es uns stören würde, im Nachhinein korrigieren zu müssen. Es sieht nur immer so aus, als ob der Befragte etwas vor uns verbergen oder uns gar belügen wollte. Daher: Überlegen Sie in Ruhe, kein Grund zur Eile."

„Ich habe mich hingelegt und bis etwa elf Uhr vormittags geschlafen. In der Tabacchi vis-à-vis habe ich einen Cappuccino getrunken und dann meine Wäsche von der Lavanderia geholt. Danach war ich im Einkaufszentrum Hemisphero, einfach so, und abends im Billardcafé in Triest. Wie immer an einem freien Samstag. Am Sonntag bin ich spazieren gegangen, danach bin ich mit dem Auto nach Aquileia gefahren, dort habe ich eine Kleinigkeit gegessen, im Ristorante am Domplatz. Danach habe ich mir bei einem Spaziergang am Lungomare in Grado ein Eis gegönnt und bin schließlich wieder nach Hause."

Klingt wie auswendig gelernt, sagte Vossis Blick für Rita. Dann setzte er nach: „Wie spät war es da?"

„Es war etwa acht Uhr abends."

„Und dann haben Sie sich hingelegt? Oder sind Sie nochmals weggegangen?"

„Schlafen gegangen bin ich überhaupt nicht. Ich liebe es nämlich, Sterne zu beobachten. Ich habe also mein Köfferchen mit dem Fernrohr und das Stativ genommen und bin mit dem Wagen hinauf in die Hügel, wo kein Licht stört und man die Sterne richtig studieren kann."

„Irgendetwas Bemerkenswertes entdeckt?"

„Da oben ist alles bemerkenswert. Das ganze sogenannte Himmelszelt."

„Dann kennen Sie sich da oben ja aus?"

„Es geht so."

Vossi dachte, ich leider gar nicht. Aber Rita würde sich mit der Universität Triest in Verbindung setzen, um sich einige Fragen an Sternkundige geben zu lassen. Und gnade diesem Casari Gott, wenn er nicht fünf von zehn beantworten konnte. Dann hatte er kein Alibi.

„Und warum das Ganze, wenn ich fragen darf?"

„Ihr Chef ist ermordet worden. Wir suchen den Täter."

„Das hat ja so kommen müssen."

„Wie meinen Sie das?"

„Beppo Tonelli hat ein Doppelleben geführt. Hier eher den soliden Geschäftsmann, in der Rotlichtszene den großen Paten mit Verbindungen in den Orient. Dazu immer wieder Streit mit einer Gruppe von Arabern, die ihm das Geschäft streitig machen wollten."

„Sprechen Sie als Insider?"

„Nein, als Leidtragender. Die Streitgespräche über Telefon von unserer Wohnung aus, nicht auszuhalten. Deshalb suche ich auch schon seit einigen Wochen nach einer neuen Wohnung für mich allein. Aber ich musste nach meiner Scheidung erst einmal finanziell auf die Beine kommen."

„Ihre Frau hat Sie verlassen?"

„Stimmt nicht ganz, Signore Commissario. Beppo Tonelli hat sie sich eingefangen, ich musste ausziehen. Da wo ich jetzt zur Untermiete wohne, das war einst unser eheliches Zuhause. Also ist Tonelli eingezogen, ich musste raus. Zu allem Überdruss habe ich dann noch meinen Posten bei der Bank verloren. Die große Finanzkrise. Ich und einige mehr, wir wurden eingespart. Sehr zur Freude meines Anwalts, der sich die Abfertigung mit der gegnerischen Kanzlei geteilt hat. Tja, und dann stehen Sie blank auf der Straße. So schnell kann das gehen, Commissario."

„Und wie sind Sie dann in der Wohnung von Tonelli gelandet, also in Ihrer alten Wohnung?"

„Weil die Alte genug von dem Zuhälter hatte. Wahrscheinlich hat sie etwas Besseres gefunden oder arbeitet auf eigene Rechnung in einem Bordell. Vielleicht hält man sie aber auch irgendwo als Sexsklavin, weiß man's?"

„Wie kommen Sie darauf?"

„Nun ja, das Letzte, was ich von ihr gesehen habe, war ihr Arsch auf der Gangway zu einem Schiff ab ins Nirgendwo."

„Erschüttert Sie das nicht?"

„Mal mehr, mal weniger. Es gibt aber auch Momente, da kann ich darüber lachen."

Mit dem wortkargen Kassier nach Signora Renzis Beschreibung hatte dieser höchst sonderbare Typ wenig zu tun. Die Barchefin selbst schien auch ziemlich fassungslos: „Aber Signore Casari, was ist denn in Sie gefahren?"

„Was in mich gefahren ist, Signora? Das kann ich Ihnen schon sagen. Nichts ist in mich gefahren, nichts. Eben hatte ich noch einen Job, jetzt habe ich keinen, und der Tod eines Menschen, der mich eigentlich erschüttern sollte, lässt mich kichern. Ich habe gewusst, der Tag würde kommen. Ich habe gewusst, ich würde ihn erleben. Und jetzt weiß ich nicht: Ist das das Ende oder ein Neubeginn? Verzeihen Sie, Commissario. Darf ich kurz auf die Toilette? Ich laufe Ihnen nicht weg. Ich habe Tonelli nicht umgebracht."

Damit stürmte Casari in Richtung WC. Er musste durchatmen und brauchte eine Pause, um sich zu bestätigen, dass er das fürs Erste hervorragend gemeistert hatte. Angriff war die beste Verteidigung. Das hatte er auch früher schon gewusst. Aber wollen und nicht können, das war die Crux. Die war jetzt überstanden. Hoffentlich für immer.

Roberto war verunsichert: „Was war das jetzt, Commissario? Ein halbes Geständnis oder das genaue Gegenteil?"

„Gute Frage, Roberto. Zu blöd, dass er sich im entscheidenden Augenblick auf die Toilette geflüchtet hat. Im Vernehmungszimmer wäre er uns nicht ausgekommen, und wir wüssten vielleicht die Antwort auf deine Frage."

Casari kam in das Zimmer zurück. „Verzeihen Sie, es geht schon wieder."

„Also, wie geht es weiter?“

„Ich verstehe nicht?“

„Nun ja, stehen geblieben sind wir bei den Sternen, die Sie von den Hügeln oben beobachtet haben. Was kommt danach?“

„Dann bin ich hierher zur Arbeit.“

„Bis wann? Bis wann haben Sie hier gearbeitet und wann sind Sie nach Hause?“

„Gearbeitet habe ich bis zwei Uhr früh. Dann Abrechnung, danach war es etwa drei, und da es nach heißen Sommertagen in meinem Schlafzimmer über dreißig Grad hat, habe ich das Zimmer hier durchgelüftet und hier übernachtet. Auf der Couch. Bis vor etwa vier Stunden, also etwa neun Uhr. Dann bin ich zur Bank einzahlen, habe vis-à-vis in der Espressobar gefrühstückt, Zeitung gelesen und bin dann wieder hierher zurück. Seither beantworte ich Ihre Fragen.“

Vossi ließ sich die Einzahlungsquittung der Bank zeigen, Roberto ging die paar Schritte hinüber zur Bank, ließ sich vom Mann hinter dem Schalter bestätigen, dass Casari persönlich die Einzahlung getätigt hatte. Zur gleichen Zeit überprüfte Rita auf der anderen Straßenseite die Geschichte mit dem Frühstück in der Espressobar. Auch das wurde bestätigt. Damit gab es nichts an der Darstellung Casaris als Anfangsverdacht gegen ihn. Fest stand nach dem Anruf Dottore Lambertis, dass Casari zur Tatzeit in die Sterne geschaut haben sollte, und falls das niemand bezeugen konnte, hatte er ein schwaches Alibi, und wenn er die Fragen zur Sternenkunde nicht beantworten konnte, gar keines. Das würde sich ja noch zeigen.

„Tja, Signore, bleiben Sie bitte für uns erreichbar. Wir melden uns. Aber wie soll es jetzt hier weitergehen?“

„Keine Ahnung. Ich habe keine Anweisungen für so eine Situation. Wer rechnet denn mit so was?"

„Wo werden Sie heute übernachten? Die Wohnung von Beppo Tonelli wird oder ist schon versiegelt. Wenn Sie etwas daraus brauchen, müssen Sie sich an die Carabinieri wenden. Die werden Sie einlassen und dann neu versiegeln. Wenn unsere Spurensicherung nichts dagegen hat. Aber das erfahren Sie ja dann von den Kollegen."

„Ich werde in einer Pension absteigen. Was ich hier im Schrank habe, reicht schon für zwei bis drei Tage, aber danach brauche ich frische Hemden, Unterwäsche, meinen Anzug und andere Dinge aus der Wohnung."

„Wie gesagt, kein Problem, über die Carabinieri."

Casari überlegte laut: „Ich schätze, ich werde mit Signora Renzi den Laden dichtmachen und alles dem Anwalt von Beppo Tonelli übergeben."

„Machen Sie das. Mein Kollege wird warten, bis Sie damit fertig sind, und nach Ihrem Weggehen auch hier versiegeln. Danach wird jemand von der Wirtschaftspolizei alles unter die Lupe nehmen. So hat dann alles seine Ordnung und niemand kann Ihnen oder Signora Renzi vorwerfen, Sie hätten sich am Nachlass bereichert. Ich glaube, das ist am besten so."

Vossi wollte noch Casaris Schrank inspizieren. Auch hier war alles so, wie er es sagte. Es lagen drei Hemden aufgestapelt, vier oder fünf Unterhosen und einige Paar Socken. In einem Fach hatte er eine Tube Rasiercreme, einen Satz Rasierklingen und Rasierwasser.

„Sie rasieren nass?", wollte Vossi wissen.

„Nur hier, Commissario. In der Wohnung habe ich meinen Elektrorasierer. Hier habe ich nämlich keine Steckdose über dem Waschtisch. Dafür war das WC nicht geplant."

„Eine Dusche haben Sie hier auch?“

„Ja, hat Tonelli im Abstellraum installieren lassen.“

Wiederum musste Vossi feststellen, dass alles so war, wie Casari sagte, und schlüssig war es noch dazu. Er hatte ein ungutes Gefühl. Ein ungutes Gefühl reichte zwar, um Casari vorzuladen, aber keinesfalls, um ihn mitzunehmen. Also wandte er sich zum Gehen.

„Die Cappuccini und die Croissants, Commissario“, unterbrach ihn Rita.

Signora Renzi winkte ab. „Ich glaube, die gehen schon aufs Haus, oder, Signore Casari?“

„Oh nein, meine Kollegin hat wie immer recht. Besser zahlen, sonst kommen wir womöglich noch alle in Teufels Küche. Und noch etwas, Signore Casari: Sie machen uns noch einen schönen Fingerabdruck auf eines der Gläser hier. Da Sie auch in der Tatortwohnung gewohnt haben, gehört das zu unserer Routine. Und wenn wir schon dabei sind: Eine Speichelprobe und das Schwarze unter Ihren Fingernägeln brauchen wir auch noch. Sie werden doch kooperieren, oder? Es dient ja nur zum Beweis Ihrer Unschuld, und unsere Spurensicherung freut sich immer, wenn wir ihr Arbeit abnehmen. Die ist nämlich heute in Ihrer Wohnung ziemlich ausgelastet.“

Vossi merkte sehr wohl, dass der Kassier leicht blass um die Nase wurde. Aber solche Maßnahmen verunsicherten mitunter auch Unschuldige. Außerdem, mehr konnte er im Augenblick nicht tun. Unter Umständen hätte schon ein unfreundliches Wort gereicht, und Casari hätte die Proben abgelehnt. Dann hätte Vossi eine richterliche Anordnung gebraucht, um sie zu bekommen.

Auf dem Weg in die Questura fragte der Commissario Roberto, wie viel er beim Spielen gewonnen hätte.

„Ach was, ich habe einen Fünfzigeuroschein eingeführt, weil ich's nicht kleiner hatte, und irrtümlich die Wechseltaste gedrückt. Das hat den Geldregen ausgelöst."

13

Nachdem das Cristallo polizeilich versiegelt war, konnte Casari endlich Feri in der Bank aufsuchen. Ob ihm jemand von der Polizei folgte? Na wenn schon, er ging auf die Bank. Was war daran schon verdächtig?

Banker Feri ließ Casari warten. Der Kassier zögerte, doch er musste mit Direttore Feri ins Geschäft kommen. Er war sein Tor in die Freiheit, um alles zurückzulassen: dieses grässliche Zusammenleben mit diesem widerlich groben, widerlich ungebildeten Klotz Beppo und den Erinnerungen an Laura. Die schmatzende Gier des Bankdirektors, der immer, wenn er auf Beppos Konto einzahlte, beim Anblick der Geldbündel feucht um die Mundwinkel wurde, bedeutete seine Zukunft.

Feri hätte diesen Casari beinahe abgewiesen, dann aber besann er sich. Bei den Geschäften im Café Cristallo konnte man ja nie wissen, ob es sich nicht vielleicht doch lohnte, auch mal Subalternen Gehör zu schenken. Vielleicht gab es sogar eine Möglichkeit, den Betrieb zu kaufen. Er hatte ja Casari einmal darauf angesprochen und ihm sogar eine Provision für das Zustandekommen einer Übernahme in Aussicht gestellt. Der Direttore hatte da schon seine Vorstellungen. Wie Beppo Tonelli würde er Casari für sich alles machen lassen, nur abkassieren und sich dann von der Bank den goldenen Handschlag der vorzeitigen Pensionierung sichern. Er dachte dabei auch an Rebecca, die üppige Blonde, die für Beppo Tonelli anschaffte und die er regelmäßig und gerne frequentierte. So eine Gefällige würde auch er sich zulegen, ihr ein Appartement einrichten und seinen Spaß an ihr haben. Dafür kam auch Rebecca in Frage. Warum nicht? Sie hatte das gewisse Etwas.

Was Casari ihm mitzuteilen hatte, machte ihn sprachlos. Wurde er damit sogar zum Mitwisser eines Mordes? Wie hatte der Kassier es genau formuliert? „Signore Feri, ich mache Ihnen eine Mitteilung, die für Sie ein Vermögen wert sein kann. Beppo Tonelli ist tot, noch wissen es ganz wenige. Ein Briefträger, ein paar Polizisten, ich und jetzt Sie. Dieser Wissensvorsprung kann Ihnen ein Vermögen einbringen, wenn Sie jetzt das Richtige tun." Feri überlegte im Bruchteil einer Sekunde: Tonelli tot bedeutete unkontrollierten Zugang zu seinem Bankschließfach, eventuell Plünderung des Geschäftskontos des Cristallo, vielleicht auch Rebecca.

„Was ist passiert?" Feri stellte die Frage eher unwillkürlich. Die genaueren Umstände interessierten ihn wenig. Tonelli war tot, Schluss, aus, fertig.

Casari war offenbar gleicher Meinung: „Das tut doch nichts zur Sache. Wichtig ist doch jetzt nur noch das." Mit diesen Worten legte Casari ein Goldstück auf Feris Schreibtisch.

„Darf ich?" Der Bankdirektor sah sich das gute Stück genauer an, las den Schriftzug „Maximilian Emperador". Nun war Feri zwar kein ausgesprochener Numismatiker, aber einige „Leckerbissen" hatte er schon in seinem privaten Schließfach im Kellergewölbe der Bank. Dass es Münzen aus der Zeit Maximilians von Mexiko geben sollte, mit seinem Konterfei und der Einheitszahl 100 auf der Rückseite, wusste er. Und dass vor Jahren ein Rotarierfreund bei einem Meeting sogar einen Vortrag gehalten und gemeint hatte, eine solche Münze könnte bei einer Auktion unter günstigen Umständen eine Million Euro erzielen, daran erinnerte sich Feri auch noch. Inzwischen war ein Maximiliano tatsächlich für neunhundertzwanzigtausend Euro in London versteigert worden. Damit war es mit der Einmaligkeit vorbei. Der Preis war im Keller. Offen aber blieb die Frage: Wie tief im Keller? Damit lohnte es sich, die Rückseite des Goldstückes unter die Lupe zu nehmen und zu prüfen, ob es überhaupt Gold war. Sie war mit einem Adler als Wappentier und der Zahl 100 geprägt. Mit der Lupe konnte er eine Schriftzeile unter dem Adler erkennen: „Equidad en la Justicia". Dem Gewicht nach war es Gold. Feri nahm die nötigen Utensilien aus seiner Schreibtischlade. Dem Säuretest nach ebenfalls Gold, vermutlich vierzehn Karat. „Woher haben Sie das?", fragte er schließlich.

„Aus einem Gartenhaus von Miramare. Dort muss es hundertfünfzig Jahre unbemerkt gelegen haben." Casari war selbst erstaunt, dass ihm schon wieder eine brauchbare Lüge einfiel. Wurde aus seiner Schwäche jetzt eine seiner Stärken?

„Und wie sind Sie da rangekommen?"

„Einer von der Putzfirma vom Schloss hat es bei Tonelli eingesetzt und verloren."

„Es kann also noch weitere davon geben."

„Kaum. Ich weiß aus Erfahrung: Wenn einer so etwas einsetzt, dann spielt er weiter, auch um das letzte Stück."

„Das heißt, Sie haben noch welche?"

„Ja, weitere sechzehn Stück – sechs große und zehn identische mit dem, das Sie in der Hand haben. Die kleinen Münzen wiegen sieben Gramm, die großen etwas über achtundzwanzig, also exakt eine Unze." Casari legte eine der großen Münzen auf den Tisch. Feri war beeindruckt. Er erkannte in ihr das Zwanzigpesostück, das unter Maximilian 1866 geprägt worden war. Bei Weitem nicht so rar wie die kleine Münze, aber ebenfalls weit über dem Goldwert im Kurs. „Sie können von mir alle Münzen für hunderttausend haben, zahlbar in einer

Stunde. Ein gutes Geschäft. Richtig platziert können sie eine Million wert sein. Und keine Tricks. Gegen Tricks werde ich mich durch Hinterlassen eines Schreibens in meiner Pension absichern. Nur für den Fall, dass es mir nicht möglich sein sollte, dorthin zurückzukehren."

„Niemand kann sagen, ob es nicht noch einen ganzen Sack davon gibt. Also kommen Sie mir nicht mit hunderttausend."

„Und wenn, ist jede einzelne Münze als Rarität immer noch zigtausend Euro wert. Sie wissen das doch. Denken Sie an die Eier von Fabergé. Es gibt fünfzig davon, und trotzdem ist jedes einzelne für sich zehn Millionen Euro wert."

„Das ist aber sehr gewagt, dieses Goldstück hier mit einem Fabergé-Ei zu vergleichen."

„Warum? Entscheidend ist doch die Rarität, so viel weiß auch ich. Vergessen Sie nicht, ich habe eine langjährige Erfahrung im Ankauf von Klunkern. Was haben wir nicht alles in Zahlung genommen im Café Cristallo. Da muss man sich schon informieren."

Feri überlegte: Alles hing davon ab, wie viele Münzen es von dieser Prägung tatsächlich gab. Gab es davon hundert Stück, sank der Wert sofort auf etwa fünftausend Euro, aber mit viel Luft nach oben. Man durfte sie nur nicht im Pulk anbieten und musste immer den richtigen Handelsplatz wählen. Bei Maximilian vielleicht Wien, Mexico City? Aber auch London, Frankfurt, Paris und New York waren immer gute Plätze für solche Angebote in Auktionen. „Und wo soll ich in einer Stunde hunderttausend Euro hernehmen?", fragte er schließlich.

Damit war für Casari klar, dass der Bankdirektor angebissen hatte. „Direttore Feri, das ist für Sie sicherlich das geringste Problem. Wollen Sie das Geschäft machen?"

Um Casari abzulenken, während er über den Deal nachdenken wollte, sagte er: „Sie wollten mir doch beim Erwerb des Cristallo behilflich sein. Es soll Ihr Schaden nicht sein."

„Geht nicht. Ich glaube kaum, dass ich von der Karibik aus dazu beitragen kann."

Feri dachte an Beppo Tonellis Bankschließfach. Verwaist, wie es war, konnte er sich ohne Risiko daran schadlos halten. Vielleicht enthielt es gar ein Vielfaches der hunderttausend Euro. „Kommen Sie nach der Mittagspause wieder, dann kriegen Sie das Geld. Sollten Sie eine einzige Münze zurückhalten, werde ich Sie suchen und töten lassen. Glauben Sie mir, ich habe die Mittel."

Davon ging Casari aus.

Inzwischen war es Mittag geworden und die Belegschaft zum Essen ausgeschwärmt. Bis drei Uhr nachmittags ruhte hier jetzt alles. Feri begleitete seinen Besucher zum Hinterausgang. „Ich gehe jetzt auch, Direttore", sagte der Mann von der Security.

Damit war Feri allein in der Bank. Sollte er oder sollte er nicht? Er blickte auf seine Uhr. Es würde sich locker ausgehen. Eine, maximal eineinhalb Stunden würden reichen, um sich in seinem Haus am Rilkeweg Tonellis Zweitschlüssel zu greifen und wieder in die Bank zurückzukehren. Danach blieb noch reichlich Zeit, um sich vor Ende der Mittagspause unbemerkt an Tonellis Schließfach zu bedienen. Feri fuhr los.

Nie war er sich restlos sicher gewesen, ob er sich je an den Schließfächern vergreifen würde. Auch jetzt war er noch nicht überzeugt davon. Sollte der Zufall entscheiden. Wenn irgendwo ein Stau war, dann eben nicht. Genau. Der Zufall sollte entscheiden. Fast bedauerte Feri, dass ihm alle Platz zu machen schienen. „Der Weg in die Hölle ist nicht mit guten Vorsätzen gepflastert, sondern mit grünen Ampeln", sagte er halblaut und schob die Verantwortung für das, was kommen würde, von sich weg auf die Straße.

Die Umgebung seines Hauses war menschenleer. Klar, die Touristen saßen zu dieser Zeit in irgendeiner Trattoria oder genossen ein Gelato. Im Halbdunkel der Garage glänzten die ergaunerten Zweitschlüssel an ihren Plätzen auf dem Hängebrett zwischen den Werkzeugregalen. Sie waren sein Tor zu den Steuerschlupflöchern der Betuchten der Region. Feri griff nach dem Schlüssel zu Tonellis Schließfach. Seine Hand zitterte. So ein Blödsinn. Er war in seiner Garage, hatte hier Hausrecht. Wovor zittern? Verärgert darüber nahm er zusätzlich auch noch den Nachschlüssel zum Fach des Installateurs an sich. Der bekam immer die fettesten Aufträge der Stadtverwaltung und hortete sicher Bares als Schmiergeld für die Beamten und Politiker.

Auch bei der Rückfahrt gestaltete sich der Verkehr flüssig. Wenn das kein Zeichen war. Aber ein Zeichen in welche Richtung? Feri fröstelte unwillkürlich. Hatte er etwas übersehen? Wohl kaum.

Da war diese Lücke im Organisationsschema der Bank. Er hatte sie als kleiner Angestellter entdeckt, als er die Vermietung der Fächer übertragen bekommen hatte. Grundsätzlich galt, dass jeder Mieter einen Schlüssel ausgefolgt bekam. Gegen Aufzahlung gab es auch weitere. Einmal hatte er irrtümlich für einen Kunden einen Schlüssel zu viel angefordert. Die zwölf Euro Aufzahlung wollte der Kunde nicht berappen. Um einem Tadel zu entkommen, hatte Feri die Gebühr aus eigener Tasche bezahlt und den Schlüssel behalten. Damit hatte er für etwas Wechselgeld den Schlüssel zu einem Bankfach, in dem vielleicht mehrere hunderttausend Euro vor der Steuer versteckt wurden. Mit der Zeit entwickelte er einen ausgesprochenen Schlüsseltick. Jederzeit hätte er dem einen oder anderen Fach zehntausend Euro entnehmen können. Kein Kunde würde wegen eines Griffs in seine Lade großes Aufsehen riskieren. Totalverlust und Strafverfahren vor der Guardia di Finanza wären ihm dafür nämlich sicher. Nach Todesanzeigen von Kunden hatte er sich schon das eine oder andere Mal bedient. Tote wurden nicht hysterisch. Also nahm er, was da war, aber stets nur Bargeld. Die Ausbeute war jedoch ziemlich überschaubar, alles in allem vielleicht zwanzigtausend Euro.

Eines Tages aber drohte seinem System ein Ende. Eine Sicherheitsfirma installierte ein neues, verbessertes Überwachungssystem, das rund um die Uhr den Tresorraum und das Kellergewölbe von vier Kamerapositionen aus im Auge behalten sollte. Doch der Monteur war einer der redseligen Art. „What man can do, man can undo", meinte er und verriet, dass es für einen Insider trotz allem einen verblüffend einfachen Weg gäbe, das System zu überlisten. „Einfach abschalten und nach fünf Minuten wieder in Gang setzen. Eine verdammt lange Zeit, um da unten Blödsinn zu machen."

„Blödsinn machen! Wenn der wüsste", spornte sich Feri an. In fünf Minuten konnte er locker zehn Schließfächer öffnen, leeren und fein säuberlich wieder verschließen. Bei seinem etappenweisen Aufstieg zum Direktor war es ein Leichtes gewesen, die Zuständigkeit für die Verwaltung der Schließfächer zu behalten. Keiner von den Kollegen war an Aufgaben interessiert, für die es kein Lob gab und die nicht karriereförderlich waren. „Klar, wer keine Fantasie hat, denkt so", sagte sich Feri. Und weil er sie hatte, würde er jetzt das Schließfach Tonellis plündern. Das eines Toten ohne gesetzliche Erben. Also Risiko null.

Was Feri jetzt vorhatte, war er schon hundertmal im Geist durchgegangen: die Videoüberwachung des Kellergewölbes unterbrechen, die Sicherheitstür zum Gewölbe öffnen, den Schlüssel einführen und – Sesam öffne dich! Exakt danach ging er nun vor.

Doch in Tonellis Schließfach lag nur ein einziger Zettel: „Feri, du Schwein."

Der Bankdirektor war sprachlos. Was für ein gerissenes Ekel! Wie hatte ihn Tonelli verdächtigen können? Um diesen Cristallo-Chef war es wirklich nicht schade. „Scheiße", schoss es ihm durch den Kopf.

Nach der ersten Panik wurde ihm bewusst, dass er ja noch den Schlüssel zum Schließfach des Installateurs aus dem Haus mitgenommen hatte. Drei Minuten blieben ihm noch. Schnell öffnete er das Fach – es hatte sich gelohnt. Um die Päckchen aus Fünfhundertern war jeweils ein Gummiband geschlungen, die Banderole besagte fünfzigtausend Euro. Hastig nahm er zwei Bündel, schloss ab und hetzte nach oben zum Schaltkasten der Alarmanlage. Seine Hand zitterte so sehr, dass er kaum imstande war, den kleinen Schlüssel zu drehen. Doch dann blinkten die drei Anzeiger grün auf. Geschafft.

Schweißgebadet kam er in seinem Büro an. Ob der Installateur den Mut haben würde, die hunderttausend öffentlich zu vermissen? Bei Schwarzgeld? Und wenn schon. Behaupten konnte ein Schließfachinhaber alles Mögliche. Wichtig war, dass er und die Bank nachweisen konnten, dass die Systeme einwandfrei und ohne Unterbrechung funktionierten. Feri zählte das Geld und steckte zwanzigtausend in seine Gesäßtasche.

„Schwer genug verdient", sagte er sich im Stillen. Achtzigtausend für Casari mussten reichen.

Nach der Mittagspause meldete die Sekretärin Casari an. Der Kassier roch nach Schweiß und traute sich kaum, sich richtig hinzusetzen. In seinen geröteten Augen flackerten Misstrauen und Gier.

„Ich habe Ihr Angebot überprüft. Es birgt eine Fülle von Risiken für mich. Jederzeit könnten weitere Münzen auftauchen und den Einzelpreis vom Sammlerwert auf den Goldwert abstürzen lassen. Andererseits, wenn sich die Stückzahl in überschaubaren Grenzen hält, könnte es sich lohnen. Und das muss es ja auch. Wozu würden wir sonst darüber reden? Offensichtlich sind Sie einem gewissen Druck ausgesetzt. Daher: achtzigtausend Euro, oder Sie suchen woanders Ihr Glück. Haben Sie nicht etwas von Karibik gesagt? Also Karibik mit oder ohne achtzigtausend – Sie entscheiden. Doch bedenken Sie: Bargeld lässt sich bei den Sicherheitskontrollen von heute um vieles leichter an Bord eines Flugzeugs bringen als Edelmetall."

Casari überlegte. Dieses Problem hatte er noch gar nicht bedacht. Es blieb ihm also gar nichts anderes übrig, als auf den Vorschlag dieses geldgierigen Schweines einzugehen. Achtzigtausend und das, was er hatte, würden über hundertzwanzigtausend Euro ausmachen. Damit würde er es locker bis nach Sydney schaffen. „Also gut, Signore Feri, hier ist das Gold." Damit fingerte Casari den Lederbeutel mit den Münzen hervor und zählte den Inhalt auf den Tisch.

Der Direttore prüfte jede einzelne, holte ein Bündel Banknoten aus der Schreibtischlade. „Achtzigtausend. Sie brauchen es nicht zu zählen. Es würde unangenehm auffallen, sollte jemand hereinplatzen."

Casari nahm das Bündel und ließ es in seiner Rocktasche verschwinden. Gott sei Dank war er das Gold los. Dennoch machte er keine Anstalten, zu gehen. Offensichtlich bedrückte ihn noch irgendetwas.

„Gibt's noch was?", fragte Feri ungeduldig.

„Sie könnten mir einen großen Gefallen tun. Tonelli hat meinen Pass zur Aufbewahrung in seinem Bankschließfach hinterlegt. Den bräuchte ich dringend. Kommen Sie da ran?"

„Da war kein Pass", hätte Feri beinahe gesagt, besann sich aber rechtzeitig. „Wir kommen da nicht ran. Wo denken Sie hin? Ganz ausgeschlossen."

Enttäuscht ging Casari zur Tür. Feri folgte ihm und sagte in unüberhörbarer Lautstärke: „Tut mir leid, dass ich nicht mehr für Sie tun kann, Signore Casari, und schönen Urlaub noch."

Die Sekretärin schloss sich dem an und fragte den stets freundlichen und zuvorkommenden Casari: „Und wohin soll es gehen, Signore Casari?"

Der aber war mit seinen Gedanken schon ganz woanders und sagte nur: „Danke der Nachfrage."

„Was ist denn mit dem los, der wirkt ja ganz aufgelöst?", fragte sie Feri besorgt.

„Ach, Sie wissen doch, immer das Gleiche: Kredit wollen, aber keine Sicherheiten bieten können."

14

Casari überlegte. Und wenn Beppo den Pass bei einer seiner Nutten deponiert hatte? Falls überhaupt, kam da nur Rebecca Bregoli in Frage. Mit der schien er in einem gewissen Vertrauensverhältnis zu stehen. Mal schauen, was die Dame so draufhatte – als Mensch. Der Kassier kannte sie flüchtig von einem Nachmittag, an dem sie im Cristallo hinter der Bar ausgeholfen hatte. Eine echte Lady: offenes Gesicht, dezent geschminkt, toller Busen, Dekolleté vielleicht ein wenig gewagt, aber zum Stil des Hauses passend, etwas üppig die Figur, auf nicht gerade langen, aber schlankgeschwungenen Beinen. Sie war flink, konnte mit den Gästen gut reden, sie bei Bedarf auf Abstand halten. Eigentlich eine intelligente und brauchbare Frau. Wie konnte die für einen Mann wie Beppo fallen? Aber Menschen schalteten oft ihre Intelligenz ab, wenn sie sich für einen anderen Menschen entschieden. War es bei ihm nicht genauso gewesen? Seine Liebe für Laura, die umso heftiger wurde, je deutlicher sie zeigte, dass sie seine Gefühle nicht erwiderte, ihn von Anfang an hintergangen hatte. Jahrelang. Doch halt: Gar nicht daran denken. Sich Laura aus dem Kopf schlagen. Das hatte er sich vorgenommen. Also nicht an Laura denken.

Stattdessen legte er sich einen Plan für seinen Besuch bei Rebecca zurecht. Er würde ihr die Meldung von Beppos Tod überbringen. Wie würde sie reagieren? Egal. Wichtig war nur, dass er die Meldung mit dem Zweck seines Kommens verband. Also, Beppo wurde ermordet. Und er, Casari, wisse, dass Beppo ihr etwas zur Aufbewahrung anvertraut hatte. Das könnte sie gefährden. Man wisse ja nicht, wer das Verbrechen begangen hatte. Und dann würde er an ihrer Reaktion ja erkennen können, ob Beppo tatsächlich etwas bei ihr deponiert hatte. Er könnte dann allenfalls die Geschichte ausbauen und sagen, es könnte sie in Schwierigkeiten bringen, wenn es die Polizei bei ihr fände. „Wieso soll die Polizei auf mich kommen?", würde sie beunruhigt fragen. „Denken Sie mal nach", würde er sagen. „Die von der Sitte werden doch von Ihrer besonderen Partnerschaft mit Beppo wissen. Und Partner werden bei Mord immer unter die Lupe genommen. Sie werden sogar unter den Ersten sein, die sie befragen."

Er musste zweimal läuten, bevor ihm nach mehrmaligem „Wer ist es?" geöffnet wurde. Rebecca sah schrecklich aus. Sie ging voraus ins Wohnzimmer, er folgte ihr und schloss die Tür.

„Aber woran ist er denn gestorben?", fragte sie. Tränen hatten ihr Make-up verschmiert.

Casari war platt. „Sie wissen ...?"

„Euer Banker hat mich gerade angerufen und es mir gesagt."

Was hatte Feri mit Rebecca zu schaffen? „Ich kenne die Todesursache nicht", log Casari. Beinahe hätte er das Lügen wieder nicht hingekriegt. Rebecca musterte ihn für eine Sekunde zweifelnd, dachte nach und ließ sich eher von der Plausibilität der Aussage überzeugen als von der Aussage selbst.

Casari brauchte unbedingt den Pass. Er fragte schüchtern, ob Beppo Tonelli etwas hinterlassen habe, für den Fall, dass ...

Rebecca hörte kaum zu. Er musste seine Frage wiederholen. Sie sah ihn verständnislos an und sagte nur: „Nein. Warum auch, er war voll des Lebens und hatte Pläne. Er wollte sich nicht damit begnügen, ein Lokal mit Spielautomaten zu führen, sondern wollte in das Aufstellergeschäft einsteigen. Hat die Automatenmafia mit seinem Tod zu tun? Ist er umgebracht worden? Wo ist es denn geschehen? Was wissen Sie?“

Beppo hatte mehrmals davon gesprochen, dass er nicht länger gewillt sei, nach der Pfeife der Bosse in Udine zu tanzen, aber der Kassier beantwortete die Frage nur mit: „Nichts, Signora, ich weiß nichts.“ Rebeccas Gesichtsausdruck zeigte Casari, dass sie ihm glaubte. „Ist Lügen so leicht? Warum habe ich es nie beherrscht und jetzt ist es auf einmal kein Problem mehr?“, grübelte er. Damit war die Unterhaltung der beiden ins Stocken gekommen. Er verbeugte sich kurz und ging.

Die hatte also nichts von Beppo zur Aufbewahrung bekommen. Wenn sie ihn aber genauso belog wie er sie? Immerhin wusste sie Dinge über Beppo, die er trotz seines ständigen Lauschens nicht kannte. Da steckte viel mehr in der Beziehung der beiden, als er bisher vermutet hatte. Aber was? Er musste es nochmals bei ihr versuchen. Aber wie an sie rankommen? Einmal, nach einer langen Nacht im Cristallo, hatte er ihre Liebesdienste in Anspruch nehmen wollen. Beppo war irgendwo in Udine, und Casari hatte vor, im Büro zu übernachten. Also fragte er Rebecca, was sie verlangen würde. Sie hatte ihn grob abgewiesen und gefragt, ob er verrückt geworden sei. Gleich danach tat ihr ihre Grobheit leid und sie hatte gemeint: „Wenn du was brauchst, geh zu Elvira, da ist ihre Telefonnummer. Die besorgt's dir.“ Er hatte damals tatsächlich diese Elvira gebucht, nur um Rebecca zu bedeuten, dass sein Begehren nicht auf sie persönlich bezogen war.

Gegenüber den Polizisten hatte der Kassier angegeben, er würde in der Pension Monte Baldo übernachten. Das würde er nicht. Aber er würde per Handy ein Zimmer reservieren. Und jetzt? Als Casari sich das fragte, fiel sein Blick in eine Espressobar, in der die Lokalnachrichten auf dem Bildschirm flimmerten. Die Visage darin kannte er. Beppo Tonelli. Und gleich darauf das Portal des Cristallo. Jetzt würde auch Rebecca bald mehr wissen.

Eine Nahaufnahme zeigte die Eingangstür des Cristallo und das Siegel der Polizei. Ob er sich dennoch Zugang verschaffen würde? Falls ja, dann über das Stiegenhaus durch den Hintereingang. Casari hatte alle Schlüssel zum Lokal dem jungen Polizisten ausgefolgt – alle bis auf den einen, den er in der Hosentasche herumtrug. Eine weitere, noch gründlichere Suche nach dem Pass war fällig.

15

Am nächsten Morgen suchten Commissario Vossi und Roberto noch immer nach einem Tatmotiv zum Mord an Beppo Tonelli. Es stellte sich heraus, dass das Opfer vorbestraft war und wegen Totschlags im Zentralgefängnis von Udine eingesessen hatte. Damit erweiterte sich der mögliche Täterkreis auch auf Mithäftlinge.

„Bleiben wir also bei Raub als Tatmotiv. Der Täter schleicht sich rein, schaut sich um und horcht. Er hört sein Opfer im Bad plantschen. Zieht er da nicht Leine?"

„Wenn er aber nun schon mal da ist?", hielt Roberto dagegen.

„Er könnte jederzeit wiederkommen. Vielleicht hat er gewusst, dass Tonelli seine Wohnung nie absperrt, weil er einen Zellentick hat. Die Wohnung ist nur offen, wenn Tonelli zu Hause ist. Also muss er damit rechnen, Tonelli irgendwo in der Wohnung anzutreffen. Nicht dazu passt, dass er unbewaffnet kommt. Zu diesem Schlägertyp Beppo Tonelli geht er unbewaffnet, um ihn zu berauben? Casari sagt, das Messer gehört zum Küchensatz, und überzeugend ist, dass es zu den anderen dreien passt."

„Vielleicht hatte er eine Pistole dabei, wollte sie aber nicht verwenden, wegen des Lärms", gab Roberto zu bedenken.

„Wenn er gewusst hat, dass Beppo Tonelli in der Wanne liegt, ist das eine mögliche Antwort. Aber er hat nur Tonellis Schlafzimmer durchsucht. In Casaris Zimmer hat er nichts angerührt, darin gibt es auch nur Fingerabdrücke von Casari und Tonelli. Im Schlafzimmer von Tonelli hingegen jede Menge fremder Abdrücke."

„Die meisten dürften von den Damen sein, die mit ihm die Nächte vor der Tat verbracht haben. Wir wissen ja, dass da für Abwechslung gesorgt war."

„Ich hätte nichts gegen eine Mörderin, wäre da nicht die Einschätzung des Dottore. Der geht ja aufgrund der Heftigkeit davon aus, dass höchstwahrscheinlich ein Mann zugestochen hat."

Roberto erwartete weitere Ausführungen Vossis, der aber blieb stumm, weshalb Roberto bilanzierte: „Sie wollen mir also sagen, Commissario, dass der Mörder die Wohnung gekannt hat."

„Mit der gleichen Sicherheit, mit der Dottore Lamberti davon ausgeht, dass der Täter ein Mann war."

„Dann war es Casari. Er hat gewusst, dass das, was er sucht, nicht in seinem Schrank versteckt war, sondern in dem seines Mitbewohners."

„So ist es. Wir brauchen aber mehr, um ihn in die Zange nehmen zu können. Damit bekomme ich noch lange keinen Haftbefehl. Schon allein, weil sich alle Angaben Casaris, was er wann und wo gemacht hat, bestätigt haben. Und niemand hat ihn zur fraglichen Zeit am Tatort gesehen."

Bei den letzten Worten Vossis war Rita dazugekommen: „Da kann ich vielleicht abhelfen. Sternenkunde als Bestätigung eines Alibis. Hatten wir auch noch nie. Soll ich euch vorlesen?"

Da keiner etwas dagegen hatte, las Rita die zehn Fragen zu den Himmelskörpern vor, von denen das Institut der Universität von Triest meinte, dass ein Hobby-Sternbeobachter alle, mindestens aber fünf beantworten können müsse. Das war ja Vossis Bedingung, Casaris Nacht von Sonntag auf Montag in den Hügeln von Sistiana als halbes Alibi anzunehmen. Rita machte eine Probe aufs Exempel: Roberto konnte keine einzige Frage beantworten, Vossi nur eineinhalb. Käme Casari also auf fünf von zehn, hätte er an Glaubwürdigkeit zugelegt.

In die letzte Frage des Ratespiels platzte Alberto Bettini von der Spurensicherung. „He, Alberto, hast du gewusst, dass es in unserem Sonnensystem jenseits von Neptun noch Welten gibt?“, stellte ihn Rita auf die Probe.

„Nein, aber ich weiß, dass unser Täter ins Klo gekotzt hat, nachdem er Tonelli erstochen hat.“

„Na bitte, willkommen auf der Erde! Wissen wir auch, wer?“, fragte Vossi.

„Ich weiß nur: Wer immer es war, es muss ihm sauschlecht gewesen sein. Und so hat er sich beim Kotzen an der Muschel festgehalten. Mit den Händen, auf denen Blut war. Blut auch an den Wasserhähnen des Waschtisches und an den Klinken der Badezimmertür. Falls das Blut vom Täter in der Wohnung verteilt worden ist, muss er sich seiner Sache sehr sicher gewesen sein. Mit Blut auf seinen nackten Füßen hat er vor dem Schlafzimmerschrank gestanden und ihn vermutlich geöffnet, also findet sich ganz sicher Blut auf den Kleidern und Schuhen des Täters. Wenn ihr ihn habt, sagt mir Bescheid, und ich liefere euch die Beweise auf dem Silbertablett.“

„Hast du nicht etwas Handfestes, das uns zu ihm führt?“

„Natürlich. Einige der blutigen Fingerabdrücke sind allerdings verschmiert.“

„Könnten sie von einer weiteren Person stammen?“, wollte Vossi genau wissen.

„Wir arbeiten noch daran. Von der Spurenlage höchst unwahrscheinlich. Fast alle stimmen mit denen eures Kellners vom Café Cristallo hundertprozentig überein. Damit wisst ihr mehr über ihn als er über sich selbst. Ihr braucht ihn nur noch hopsnehmen.“

„Alles klar, Leute. Bringt ihn mir und bringt mir seine Klamotten. Und wenn wir jeden Mülleimer und jede Deponie zwischen Venedig und Triest durchsuchen müssen. Auf geht's."

Später seufzte Roberto vor Rita: „Wir hätten ihn gleich mitnehmen sollen."

„Wie denn? Wir hatten doch keinen begründeten Verdacht. Hätten sein Fingerabdruck und seine DNA im Computer was gebracht, hätten wir ihn uns gestern schon greifen können. So aber hatten wir keine wie immer geartete Handhabe."

Die beiden fuhren zuerst zur Wohnung des Ermordeten. Das Siegel war aufgebrochen. Es roch noch immer nach Schlachthaus, der Tatortreiniger war noch nicht da gewesen. Im Schlafzimmer Casaris war das Bett saubergemacht, der Schrank abgeschlossen. Rita öffnete ihn: keine Hemden, keine Unterwäsche. Ein paar Jacketts und Hosen hingen auf der Stange. Alles in allem sah es so aus, als ob sich Casari bedient hätte. Ob im Beisein der Carabinieri oder siegelbrechend auf eigene Faust, würde sich ja telefonisch feststellen lassen.

„Was jetzt?", fragte Roberto.

„Was hat Casari gesagt? Wo wollte er die Nacht verbringen?"

„Als er sich telefonisch gemeldet hat, hat er die Pension Monte Baldo am Bahnhofsplatz als Quartier angegeben."

„Also, was zuerst: das Café Cristallo oder die Pension?"

Das Siegel an der Eingangstür zum Cristallo war säuberlich durchschnitten. Im Raum war alles ruhig, die Alarmanlage war aus, der Safe im Chefzimmer unversperrt und leer.

„Leer oder geleert – was meinst du?“, fragte Rita.

„Wissen wir nicht. Wir haben ja nicht nachgeschaut. Wie hat der Chef gesagt? ‚Wir sind ja nicht von der Wirtschaftspolizei.‘ Das war suboptimal.“

„Aber richtig. Hätten wir in die Buchhaltung des Ladens hier auch nur einen Blick geworfen, wären uns die Kollegen von ebenjener Wirtschaftspolizei, der Anwalt von Tonelli und der Nachlassverwalter auf den Pelz gestiegen. Braucht nur irgendein Beleg oder ein Kontoauszug fehlen, schon stehen wir alle drei unter Verdacht und Saintrope bekommt einen Ohnmachtsanfall.“

Jeder in der Questura wusste, dass mit Saintrope der Questore gemeint war. Vor sieben Jahren hatte er hier seinen Dienst angetreten. Optisch war er ein Ebenbild von Louis de Funès, dem Darsteller des Kommissars von Saint Tropez aus den französischen Komödien. Der gleiche Haarkranz um die Glatze, das fahrige Schusseln, die kleine Gestalt mit doppelten Absätzen an den Schuhen, um größer zu scheinen, als er war, mit einer Stimme zwischen Bariton und Fisteln.

„Ob die hier eine ordentliche Buchhaltung haben?“

„Fragt so ein gebürtiger Sizilianer, aufgewachsen in Rufweite von Palermo?“

„Das heißt, Casari konnte alles einstecken und das war’s?“

„Sieht ganz so aus. Ist aber nicht wirklich unsere größte Sorge.“

„Vielleicht aber ein Mordmotiv.“

„Wenn es zu dem Laden hier eine saubere Buchhaltung gibt, werden wir auch herausfinden, ob Geld das Mordmotiv war, und wenn es die nicht gibt, fällt uns sicher was auf die Füße.“

Rita rief Commissario Vossi an, erstattete Bericht und sagte, sie würden jetzt in die Pension Monte Baldo fahren.

„Macht das. Und dann gleich her mit ihm."

Gleich nach dem Telefonat mit Rita setzte sich Vossi mit Luigi Zampis, dem Leiter der Sitte, in Verbindung: „Hör mal, Luigi, du hast doch sicher unsere Meldung vom Mord an Beppo Tonelli, dem Chef dieses Cristallo, gelesen. Seine Strafakte auf Totschlag kenne ich rudimentär. Weißt du sonst etwas über Beppo Tonelli, was wir nicht wissen können, aber vielleicht wissen sollten?"

„Es war nicht bloß Totschlag. Das Urteil hat auf Hilfeunterlassung und ‚Tod billigend in Kauf genommen' gelautet. Also: Dieser Beppo hat sich nach der Haftentlassung als Zuhälter etabliert, aber Erpressung, Nötigung, Schlägereien, Rauschgifthandel wie vor der Haftstrafe – niente. Der Ethikkurs im Gefängnis ist zwar danebengegangen, aber wie man vorzugehen hat, um nicht bei uns anzustreifen, das ist ihm hinter Gittern verklickert worden."

„Wie ist er zu dem Geld für das Cristallo gekommen?"

„Völlig legal. Durch die Einnahmen seiner Nutten."

„Müssen wir jetzt, nach seinem Tod, mit einem Zuhälterkrieg in Monfalcone rechnen?"

„Glaube ich nicht. Dafür ist die Szene zu klein. Zumal sich Beppo immer an die Spielregeln gehalten hat."

„Die da wären?"

„Nun, zum Beispiel, seinen Kollegen in Triest und Udine nicht in die Suppe zu spucken."

„Was, glaubst du, wird aus dem Cristallo?"

„Ein gutgehender Laden. Beppo hat ihn gut geführt, saubergehalten von Drogen und Nutten. Ich muss sagen, das hat er gut gemacht. Hätte ich ihm gar nicht zugetraut."

„Und, was wird jetzt daraus?"

„Ach, da mach dir keine Sorgen. Solche Läden sind immer fest im Griff der Automatenaufsteller. Bei uns jene aus Padua oder Udine. Auch Beppo Tonelli war da nur Beteiligter vor Ort. Die Aufsteller kontrollieren den Lauf der Kugel, sie haben das Sagen."

„Also brauchen wir uns nicht auf einen Zuhälterkrieg einzustellen?"

„Bestimmt nicht, Bruno."

Das klang beruhigend.

Roberto rief an und meldete sich mit Neuigkeiten aus der Pension. Ein Casari war dort weit und breit nicht zu finden. Der hätte zwar ein Zimmer gebucht und sein Kommen angekündigt, sei aber nie erschienen. Das wäre gestern so um vier Uhr nachmittags gewesen.

„Gut, ich besorge mir einen Haftbefehl und kümmere mich um das Suchbild. Dürfte nicht schwer sein, ihn aufzugabeln. Haben wir ein Foto?"

„Sicher, jede Menge. Von der Videokamera im Spielsalon."

Als Rita und Roberta wieder zurück in der Questura waren, galt es, eine Aufnahme zu finden, auf der Casari deutlich zu erkennen war. Das war so gut wie unmöglich, denn die Kamera war immer auf die gerichtet, die vor der Kassa standen, und nie auf Casari hinter der Kassa.

„Halt an!", sagte Rita unvermittelt zu Roberto, der den Computer bediente. „Kommt euch der nicht bekannt vor?"

Die Einstellung zeigte einen Mann, der vor Casaris Kassa stand und offensichtlich Geld umtauschte.

„Moment, das haben wir gleich.“ Rita ging in ihr Büro, griff sich die Akte zur Mordsache Dragan Jurić, betrachtete eines der Fotos daraus und sagte anerkennend zu sich selbst: „Na bitte, hab ich's doch gewusst.“

Zurück im Büro hielt sie das Foto so neben den Bildschirm, dass auch Vossi und Roberto die beiden Gesichter vergleichen konnten.

„Dragan Jurić, wie er leibt und nicht mehr lebt“, sagte Roberto.

Vossi nickte Rita anerkennend zu: „Zwei zeitgleich in einem Spielsalon, den einen suchen wir wegen Mordes, der andere liegt tot in Stipes Prosektur. Etwas viel für einen Zufall, meint ihr nicht auch?“

„Macht das unsere Arbeit jetzt leichter oder noch komplizierter?“, wollte Roberto wissen.

„Wissen wir spätestens im Nachhinein“, brummte Vossi.

Am frühen Nachmittag trabte Roberto mit einer Liste von Namen an, die zum Fall Beppo Tonelli abzuklappern waren. „Commissario, ich habe da einige zusammengesucht und war bei Signore Zampis von der Sitte, um mir die Namen der Frauen geben zu lassen, die seiner Meinung nach für Beppo Tonelli anschaffen gehen. Würden Sie die Befragungen übernehmen und ich komme mit Ihnen? Ich mag allein nicht zu diesen Nutten, und Rita ist nochmals im Steinbruch unterwegs, wegen dieses Dragan Jurić.“

„Gib zu, dir wäre es unangenehm, die Befragungen im Milieu mit Rita durchzuführen. Das ist verständlich, aber unangebracht. Und vor den Nutten brauchst du dich nicht zu fürchten. Da gibt es die, die sich und die Welt hassen. Denen weiche aus. Sie hassen auch dich. Dann gibt es solche, die ihre Rolle professionell übernehmen. Ich habe mir von unserem Psycho sagen lassen, es gäbe Männer, die pflegen einerseits ein völlig normales partnerschaftliches Sexualleben, trotzdem gehen sie zwischendurch zu Prostituierten, wie du und ich zum Friseur. Mit einer ähnlichen Regelmäßigkeit übrigens. Also gut, lassen wir Rita aus dem Spiel und klappern wir gemeinsam die Nutten ab. Unter Männern sozusagen."

16

Die erste Adresse führte sie ins Paradiso, unweit des Cristallo. Es war dereinst wohl ein großes Familienhaus, das in Wohnungen aufgeteilt worden war. Wer immer in einem solchen Haus dem horizontalen Gewerbe nachgehen würde, bekäme mit Sicherheit Ärger mit den Nachbarn. Nicht aber in diesem Haus. „Paradiso“ blinkte es über dem Hauseingang und fünf Türschilder an der Vorgartentür trugen allesamt weibliche Vornamen auf rotem Hintergrund mit einem Herz. So las sich das Schild der Dame, die Vossi und Roberto aufsuchen wollten: I ♥ Elvira.

Vossi läutete. Eine Stimme aus der Gegensprechanlage forderte ihn auf, sich so hinzustellen, dass er über die Überwachungskamera gesehen werden konnte. Die beiden warteten, läuteten nochmals, jetzt langgezogen und mehrmals, bis sich die Stimme wieder meldete und kreischte: „Ich mache keine Dreier, verzieht euch.“

„Machen Sie auf, wir sind von der Polizei“, sagte Vossi, doch ein Knacks in der Gegensprechanlage verriet, dass am anderen Ende schon aufgelegt worden war. Der Commissario läutete nochmals, aber nichts rührte sich.

Für solche Fälle hatte Roberto seinen kleinen Sizilianer dabei, ein Blaulicht mit eingebauter Sirene, kaum größer als eine Taschenlampe. Er holte das Ding aus dem Handschuhfach des Dienstwagens und schaltete es ein. Das Folgetonhorn heulte auf.

Sofort ging die Haustüre auf und ein Mann mit der Figur eines Gewichthebers zeigte sich. „Was gibt’s? Haut ab, sonst lernt ihr mich kennen.“

„Das möchten wir ohnedies. Sie lassen uns jetzt ein, wir wollen Elvira sprechen“, wetterte Roberto.

„Dienstlich natürlich", stellte Vossi klar.

Der Türsummer knarrte, die Vorgartentür gab nach und jemand hielt Vossi und Roberto die Haustüre auf. Im sauberen Treppenhaus standen drei jüngere Frauen in Dienstkleidung – das heißt, sie hatten einen Morgenmantel übergeworfen. Der einen hingen die Brüste heraus – oder sie ließ sie mit Absicht heraushängen –, die andere stellte in gewollter Pose ihr Schamdreieck zur Schau, die dritte trug zu ihrer Schminke nur hochhackige Schuhe. Aus einer Tür huschte ein gutgekleideter Mann und versuchte, an Vossi und Roberto vorbeizukommen.

„Moment", sagte Vossi. „Uns interessiert nicht, was Sie hier machen, und auch nicht, wohin Sie wollen. Nur Ihren Namen und Ihre Adresse brauchen wir, falls wir darauf zurückkommen müssen. Mit anderen Worten: Ihren Ausweis bitte." Der Commissario hielt ihm dazu seinen Dienstausweis unter die Nase, nahm den des eiligen Herren und diktierte Roberto Namen und Adresse. Dann gab er das Dokument mit den Wünschen für einen schönen Tag zurück.

Die Damen hatten inzwischen den Flur geräumt, das Appartement zu dieser Elvira war eine Treppe höher. Vossi läutete, eine Frau Mitte dreißig öffnete. Immerhin, sie trug einen Bademantel, der sie einigermaßen bedeckt hielt. Dem Commissario reichte es. Ohne zu grüßen, überreichte er seine Karte und sagte mit strenger Stimme „Sie sind vorgeladen. Morgen acht Uhr auf der Questura in Gorizia."

Auf dem Weg zum Wagen erklärte er Roberto: „Wir überbringen einfach mündlich die Vorladung und basta. Welche wäre die Nächste?"

„Rebecca Bregoli."

Das Haus unterschied sich sehr von der Kaschemme, die sie eben besucht hatten. Es war ein normales Wohnhaus mit Lift, eine Wohnungstür ohne Namensschild, aber über die Türnummer leicht zu finden.

Vossi läutete, und eine total verweinte Frau öffnete.

„Signora Rebecca Bregoli?"

„Sì?"

„Wir sind von der Polizei. Wir sollten reinkommen, meinen Sie nicht auch?" Sie entschuldigte sich mit tränenerstickter Stimme und wies den Weg in ein geräumiges Wohnzimmer. „Was ist geschehen, können wir Ihnen helfen?"

Die Frau schüttelte nur verschlossen den Kopf und stieß schließlich ein „Va bene" hervor.

„Ist es der Todesfall?", fragte Commissario Vossi mit genau dem richtigen Unterton in der Stimme.

„Beppo Tonelli, ja." Ein Durchatmen noch, unterbrochen von einem leichten Aufseufzen, und die Frau hatte sich unter Kontrolle.

„Signora Bregoli, vieles von dem, was jetzt zu unserer Arbeitsroutine gehört, wird uns allen dreien, wie wir hier sitzen, einiges abverlangen. Glauben Sie uns bitte, es sind Fragen darunter, die wir nicht stellen wollen, sondern müssen."

„Ich verstehe das und werde auch ganz sicher nichts davon für taktlos halten."

„So kommen wir gut weiter, Signora. Und bitte, sagen Sie nur, was Sie ganz sicher wissen. Wenn Sie etwas bloß vermuten, sagen Sie ‚Vermute ich', und bitte, halten Sie sich an die Wahrheit. Es ist meine Pflicht, diese Empfehlung auszusprechen. Zunächst unsere erste Frage: Wie sind Sie zu Beppo Tonelli gestanden?"

„Ich kenne Beppo seit ziemlich exakt sechsundzwanzig Jahren. Wir waren ein Paar. Er hat sich als Hafenarbeiter versucht, ich mich als Friseuse, aber es hat vorne und hinten nicht gereicht. Ich weiß nicht, was wir falsch gemacht haben. Andere junge Paare sind mit weniger ausgekommen, als wir hatten – bei uns hat es nicht geklappt. Irgendwie hat Beppo angefangen, mit Rauschgift zu handeln. Nichts Großartiges. Er war nur Kurier. Vom Schiff runter mit dem Zeug und weiter damit zum Hauptverteiler. Als der hopsgegangen ist, war Beppo dran. Vier Jahre hat er dann im Zentralgefängnis von Udine abgesessen. Als er rausgekommen ist, hat er als Zuhälter angefangen. Und als wir uns wiedergesehen haben, war er schon voll im Geschäft und hat mich als Puffmutter eingesetzt. In dem Bordell, in dem Sie heute schon gewesen sind. Man hat mich angerufen und mir berichtet."

„Und war es dann so, dass Sie beide ein Paar waren?"

„Eigentlich mehr geschäftlich. Ich habe natürlich nichts gegen Nutten, aber nicht für den Mann, der zu mir gehört. Ob er meinetwegen aus dem Zuhältergeschäft aussteigen wollte oder ob es noch andere Gründe gegeben hat, weiß ich nicht. Er hat gesagt, meinetwegen. ‚Für uns', hat er gesagt. Und für uns wollte er auch möglichst rasch zum Aufsteller aufsteigen. Hier gibt es keine freien Plätze mehr. Aber er hatte Verbindungen in Slowenien und Österreich."

„Er hat doch aber auch wegen Totschlags eingesessen."

„Dazu weiß ich nur: ein Unfall, ungewollt."

„Wie ist er überhaupt ins Spielautomatengeschäft gekommen?"

„Nun, über das Paradiso hatte er das Kapital, um das Cristallo zu übernehmen. Und für das Spielautomatengeschäft hat er jedenfalls einen Aufsteller als Partner gebraucht. Das war mit allem Zubehör nur über eine

Beteiligung möglich. So mit Firmenbucheintragung und Notaio und allem, was dazugehört."

„Hat es zuletzt irgendwelche Probleme mit dem Aufsteller gegeben?"

„Ich meine ja. Beppo hatte in letzter Zeit sehr oft in Udine zu tun. ‚Antreten beim ganz Großen', hat er das genannt."

„Ich komme jetzt zu der Routinefrage nach Ihrem Alibi."

„Ja, aber in den Nachrichten ist die Tatzeit nicht genannt geworden. Wann ist es denn geschehen?"

„In der Nacht von Sonntag auf Montag. Wo waren Sie da?"

„Da habe ich mich um das Paradiso gekümmert. Meine Mädchen können das bezeugen."

„Wir hätten dennoch gerne alle Ihre Röcke und Hosen mitgenommen. Für unsere Spurensuche. Morgen haben Sie alles wieder, es sei denn, wir finden etwas Belastendes."

„Und womit soll ich raus?"

„Müssen Sie denn raus?"

„Natürlich, ich muss ins Paradiso."

Commissario Vossi meinte, eine der Damen vom Paradiso könnte ja ihrer Chefin etwas vorbeibringen, und man verabschiedete sich mit einer großen Einkaufstasche, in der Signora Bregoli alle ihre Röcke und Hosen verstaut hatte.

„Wenn sie die Täterin war, dann liegt das bewusste Kleidungsstück sicher nicht mehr in ihrem Schrank."

„Da hast du vollkommen recht, Roberto. Es ist mir aber darum gegangen, ihre Reaktion auf unsere Anforderung festzustellen."

„Sie meinen, ob sie protestieren würde?"

„Nein, ich meine, ob sie irgendein Überlegenheitsgefühl zu erkennen geben würde. Ein gedachtes ‚Ihr blöden Bullen, da könnt ihr lange suchen'. So was ist manchmal erkennbar."

„Und das funktioniert?"

„Selten. Aber sehr oft merkst du den Aufwand, genau diesen gedachten Triumph zu verbergen."

„Und, war was?"

„Nein, nichts. Weder das eine noch das andere."

„Und was machen wir jetzt mit dem ganzen Zeugs in der Tasche?"

„Wir befragen jetzt gleich noch einmal die Nymphen des Paradiso. Wenn die Rebecca Bregolis Angaben bestätigen, geht morgen alles zurück. Wir wollen doch der Spusi keine unnütze Arbeit machen."

„Und was halten Sie von der Frau?"

„Ach, es gibt schlimmere."

„Hat sie was mit dem Mord zu tun?"

„Kaum, aber mit dem Opfer. Da heißt es für uns immer, dranbleiben."

17

Wenn man nicht eins der großen Fangboote hatte, konnte man von der Fischerei am Golf von Triest längst nicht mehr leben. Luciano hatte nicht. Seine Adresse klang daher wie ein Hohn oder eine Erinnerung an alte Tage: Villaggio del Pescatore oder Ribiško naselje, deutsch Fischerdorf, ein Landstreifen zwischen Strand und Steilküste mit ein paar Häusern. Vor vierhundert Jahren war da noch ein Nest der Piraten gewesen, unzugänglich vom Land aus, tückisch der Zugang vom Meer. Der einzigen Anlegestelle waren Untiefen vorgelagert, Felsen, die die Erosion von der Küstenwand gesprengt hatte, die meisten schon vor Jahrtausenden. Sie erforderten von einem Skipper genaue Ortskenntnis.

Luciano Sede hatte sie. Er war als Sohn eines Fischers hier aufgewachsen. Sein Vater hatte ihm beigebracht, Netze zu flicken, da war er kaum acht. Mit zwölf durfte er mitfahren und sie auslegen, einholen und die Reusen für den Hummer über Bord schubsen. Davon konnte jetzt keiner mehr leben. Der Hohn dabei: Wären die Preise seinerzeit nur annähernd so hoch gewesen wie heute, hätte ihre Familie beizeiten eines der großen Fangboote anschaffen und im Geschäft bleiben können. Das Preisniveau des Auslangens wurde aber erst erreicht, als kein Fisch mehr da war. Was für eine zynische Gleichung für Leute wie die Sedes. Deshalb hatte Luciano froh sein müssen, in der Werft von Monfalcone Arbeit gefunden zu haben. Und er war es auch. Sie arbeiteten gerade an einem Kreuzfahrtschiff, das nach seiner Auslieferung zu den größten der Welt gehören würde. Ein Stolz der Region.

Luciano Sede arbeitete als Schweißer. Das ging an die Lungen, und der Lärm ließ das Trommelfell vibrieren. Da brauchte er zum Ausgleich das Klettern in der Wand des Steinbruchs. Mal alleine, mal mit seiner Freundin Daniela. Es befreite. Jedes Wochenende, wenn die ersten Sonnenstrahlen die Wand berührten und diese dann wie ein riesiger Lampenschirm leuchtete, war er bereit für die ersten Klimmzüge, den Kamin hinauf. So nannte er eine Rinne, die alle Schwierigkeitsgrade zu bieten hatte, Überhang inklusive.

Auf halbem Weg hielt er an, um zu verschnaufen. Unmittelbar vor seinen Augen war eine Pflanze, die auf sechs, sieben Stängeln rosarote Blüten hatte. Wie Kleeblumen. Der einzige botanische Farbtupfer in der sonnengebleichten Dürre der Wand. Luciano, der Mann aus den Bäuchen großer Schiffe, genoss den Anblick in stiller Freude und atmete ruhig durch, wie er es im Training gelernt hatte. Da entdeckte er die kleine Ronde aus Metall.

Wahrscheinlich eine alte Münze, die irgendwann irgendwie hierhergekommen war. Da er sie nicht gleichzeitig halten und klettern konnte und der Abstand zur Wand zu klein war, um den Blick darauf einzuschärfen, nahm er sie zwischen die Lippen. Weiter oben wusste er einen Vorsprung, groß und einladend wie ein Balkon.

Auf dem Felsvorsprung besah er sich seinen Fund. Die Münze war vermutlich aus Kupfer. „Emperador“ konnte er entziffern. Dazu in Fragmenten das Profil eines Bärtigen und „Max“. Ob sie einen besonderen Wert hatte? Er kannte jemanden von einer Bank, Paolo Feri. Der hatte ein großes Anwesen unweit von Sistiana Mare mit eigenem Felsgarten. Wie ein Adlerhorst saß es auf der Oberkante der Steilküste beim Rilkeweg. Luciano putzte für Paolo Feri jeden Frühling die Wand unter dem Haus. Das war Sicherheitsvorschrift und eine Auflage zur Baugenehmigung von seinerzeit. Direkt am unteren Ende der Wand standen nämlich Imbissbuden und Souvenirstände, die von den Badegästen stark frequentiert wurden. Diesen Feri würde er fragen.

Paolo Feri speiste jeden Samstagmittag mit seiner betagten Mutter im Ristorante Gabbiano. Das wusste jeder im Villaggio. Jetzt war es zehn, und in irgendeinem Restaurant wollte Luciano ohnedies essen. Warum nicht im Gabbiano? Paolo Feri würde ihm sicher Auskunft geben. Wahrscheinlich würde sich dessen Mutter an ihn erinnern. Ob gern, ließ er dahingestellt. Vier Jahre lang war er ihr Schüler gewesen, aber kein besonders fleißiger und keiner von den besonders braven. Hausaufgaben waren nie nach seinem Geschmack gewesen, und sein Onkel, der Fischer, fälschte auch mal die Unterschrift des Vaters, wenn ihn das Wetter zum Hinausfahren geradezu zwang. Ewig schade um Onkel Riccardo. Er hatte damals alle Warnungen des Radios vor einer drohenden Bora ignoriert. Nur Teile seines Bootes fand man nach dem Sturm zwischen den Felsen. So war eben Onkel Riccardo, ein Draufgänger, sagte man noch heute von ihm in der Nachbarschaft.

Luciano wurde mit Freude von Aldo, dem Restaurantbesitzer, begrüßt. Da das Lokal noch voll war, hielt er ihn an der Theke fest und kippte mit ihm einen Grappa. „Wir haben erst unlängst von deinem Onkel Riccardo gesprochen. Mein Gott, waren das Zeiten, als wir alle noch da draußen gesessen sind und die Netze geflickt haben. Wie lange ist es jetzt her, dass er ausgeblieben ist?" „Ausbleiben" hieß für die Wissenden hier, dass er hinausgefahren, aber nicht mehr wiedergekommen war.

„Bald sechzehn Jahre."

„Paolo Feri suchst du also? Mein Freund ist er ja nicht. Dass er zum Filialdirektor der Bank aufsteigen konnte, ist ein weiterer Beweis für die Schräglage dieser Branche. Aber über seine Mutter lasse ich nichts kommen. Eine Grandezza. Du bist ja auch bei ihr zur Schule gegangen, oder?"

„Ja, sicher. Wo sitzt sie denn?"

Aldo deutete in den Nebenraum und wurde in die Küche gerufen. Luciano näherte sich Mutter Feri und Sohn.

Paolo Feri gabelte gerade an seinem Branzino herum: „Iss, Mamma. Hast du eine Ahnung, was das hier kostet? Aldo wird immer unverschämter."

Das reichte Signora Feri. Sie legte Gabel und Messer über den fast unberührten Teller, trank vom Minerale und dozierte: „Beim Essen spricht man nicht über das, was es kostet. Schließlich gibt es Speisekarten. Man studiert sie, überlegt, wie viel man ausgeben will, rechnet im Geiste das Trinkgeld hinzu und entscheidet danach. Ob du es überteuert findest, kannst du mir danach im Wagen erzählen, nicht hier bei Tisch."

Bevor der Bankdirektor darauf reagieren konnte, trat Luciano mit einer angedeuteten Verbeugung an ihren Tisch. Paolo Feri war das recht angenehm, so musste er wenigstens nicht auf die Belehrung seiner Mutter reagieren. Das samstägliche Mittagsessen mit seiner Mutter war von der nicht unangenehmen Abwechslung der Wochenroutine zur lästigen Pflicht geworden – die er ernst nahm, war es doch die unauffälligste Möglichkeit für ihn, durch zwanglose Gespräche die finanziellen Angelegenheiten seiner Mutter zu kontrollieren. Deren philanthropische Neigungen hatten nämlich besorgniserregende Ausmaße angenommen –

zumindest aus Sicht ihres Sohnes, des einzigen Erbberechtigten. Am Erbrecht lag ihm wenig. Das Haus der Mutter hatte er bereits mit einem endfällig gestellten Kredit über dreihunderttausend Euro belastet. Mit einer gefälschten Unterschrift.

Luciano stellte sich Feris Mutter vor.

„Ach ja, Luciano. Du warst doch in meiner Klasse."

„Jawohl, Signora Feri."

„Jetzt erinnere ich mich. Ein lieber Bengel, aber die Rechtschreibung, stimmt's?"

„Da könnte ich noch heute so manche Nachhilfestunde bei Ihnen brauchen."

„Also war ich als Lehrerin nicht wirklich gut."

„Im Gegenteil, Signora Feri. Alle Ihre Schüler von einst sprechen in den höchsten Tönen von Ihnen."

„Weil sich im Rückblick das Schöne und Angenehme vordrängt. Das haben Erinnerungen so an sich. Glauben Sie einer Achtzigjährigen, Luciano. Die weiß, wovon sie redet. Ich darf doch Luciano sagen?"

„Ich bitte Sie sogar darum, Signora Feri."

„Und wie geht es dir? Schon verheiratet? Kinder?"

„Weder noch, Signora Feri. Aber meine Mutter lässt nicht locker."

„Deine Mutter will dich heiraten? Dio mio!"

Luciano wurde rot, wie seinerzeit als Schüler, wenn er einen Fehler gemacht hatte: „Sie wissen, wie das gemeint ist, Signora Feri. Sie will Enkelkinder um sich haben und zählt mir beinahe täglich vor, wie viele andere Frauen in ihrem Alter schon an der Schürze hängen haben."

„Ich kann sie gut verstehen, Luciano. Ich finde zum Beispiel, dass das schöne Haus meines Sohnes auch ein paar Kinder vertragen könnte." Direttore Feri machte Anstalten, darauf etwas zu erwidern, seine Mutter aber ließ sich nicht unterbrechen. „Und was willst du von meinem Sohn? Einen Kredit? Soll ich euch ein wenig alleine lassen?“

„Nein, nein, nur eine Frage. Können Sie mir sagen, was das ist?“

Damit legte er das Fundstück auf den Tisch. Direttore Feri prüfte es mit der Genauigkeit eines Apothekers. Es war mit größter Wahrscheinlichkeit Gold. Dass es jahrzehntelang der Umwelt ausgesetzt und oxidiert war, lag auf der Hand, zudem hatte es auch unter der Einwirkung eines schweren Schlages gelitten. Als er die Worte „Max“ und mit größerem Abstand „Emperador“ erkannte, begann seine Hand leicht zu zittern und Feri schien um Luft und Worte zu ringen.

„Was ist denn los mit dir, Paolo? Ist dir nicht gut?“

„Geht schon wieder. Du weißt doch, der Kreislauf.“

„Du solltest wirklich abnehmen, mein Junge. Ich habe keine Lust, dich zu überleben.“

Als sich Direttore Feri wieder erholt hatte, wollte er wissen: „Wo hast du das her?“

Da war er bei seiner Mutter an die Falsche geraten. „Aber Paolo, so etwas fragt man doch nicht. Beantworte lieber Lucianos Frage!“

„Irgendein alter Schrott aus Kupfer, völlig wertlos“, sagte er geringschätzig und schob es von sich.

„Gib mal her, Luciano. Vielleicht kann ich dir helfen.“ Sie nahm ihre Lesebrille aus der Tasche und studierte das Fundstück. Halblaut las sie: „‚Max ... Emperador‘. Da stand sicherlich einmal ‚Maximiliano Emperador‘. Ganz sicher.“ Sie wendete das Fundstück und las weiter: „‚Equidad en la Justicia‘.“ Sie erkannte das Wappen, danach holte sie tief Luft. „Also doch, unglaublich! Wenn dieses Stück echt ist, und davon gehe ich aus, dann ist es mindestens tausend Euro wert. Weißt du, was du da besitzt? Soll ich dir die Geschichte zu deinem Fund erzählen?“

„Ich bitte darum, Signora Feri.“

„Also, Luciano, setzen.“ Ihr Ton und ihre Körpersprache dazu waren noch immer die seiner Grundschullehrerin. Luciano tat, wie befohlen, selbst Direttore Feri beugte sich gespannt vor. „Eine hochdramatische Geschichte. Eine der verrücktesten des neunzehnten Jahrhunderts. Aber man muss schon ein wenig ins Detail gehen, damit du die Bedeutung dieser Münze hier ermessen kannst. Offensichtlich ist doch etwas Wahres an der Geschichte von Maximilians Schatz, über den erst unlängst in der *Repubblica* gemutmaßt worden ist.“ Direttore Feri kannte offensichtlich die Geschichte von dem Schatz. Statt konzentriert zuzuhören, drängte er zum Aufbruch und wollte zahlen. „Sei nicht so unhöflich, Paolo. Luciano will die Geschichte hören. Also gedulde dich.“

Und dann fing sie an zu erzählen: Maximilian war der jüngere Bruder von Kaiser Franz Joseph. Er war in der Thronfolge als österreichischer Kaiser zunächst einmal auf Platz zwei, wäre aber um ein Haar Kaiser geworden, als Franz Joseph ein Attentat als Dreiundzwanzigjähriger nur ganz knapp überlebte. Maximilian war angeblich aufgrund seines Charmes am Wiener Kaiserhof beliebter als Franz Joseph und auch der Liebling seiner Mutter Sophie. Das Verhältnis der Brüder war eher als gespannt zu bezeichnen. Franz Joseph beobachtete misstrauisch, dass der Bruder aufgrund seines unkomplizierten und freundlichen Wesens auch bei der Wiener Bevölkerung sehr beliebt war.

Mit Geld konnte er nie umgehen. Das zeigte sich schon in seinen frühesten Jahren. Während der junge Franz Joseph genaue Aufzeichnungen über seine Ausgaben führte, kaufte Maximilian ständig Bücher und Bilder, was seine Finanzen bei weitem überstieg. Seine Mutter half ihm jedoch jedes Mal aus, da sie für die Leidenschaft des Sohnes großes Verständnis hatte.

Maximilian interessierte sich vor allem für die Seefahrt. Mit nur zweiundzwanzig Jahren wurde er zum Kommandanten der k. u. k. Kriegsmarine ernannt. Es hieß, Franz Joseph wollte den Günstling aller von Wien weghaben. Damit residierte Maximilian in Triest und reorganisierte die Kriegsmarine mit beachtlichem Erfolg. 1857 heiratete er die belgische Prinzessin Charlotte und wurde zum Generalgouverneur von Lombardo-Venetien ernannt. Als die Lombardei 1859 für Österreich verlorenging, ließen sich Maximilian und Charlotte Schloss Miramare bauen. Das Geld dafür hatte Charlotte in die Ehe mitgebracht. Maximilian hatte in Brüssel mit ihrem Vater, Leopold I., König der Belgier, monatelang um die Höhe der Mitgift gefeilscht. Mit Erfolg. Charlotte wurde zur besten Partie des neunzehnten Jahrhunderts. Über das wahre Ausmaß der Mitgift wurde an allen Höfen des Kontinents nur geflüstert. Unter Historikern galt als Minimum: Bares im heutigen Gegenwert von zwölf Millionen Euro, Gold und Diamanten und sechsunddreißig Millionen Euro in Wertpapieren. Plus x, wie sie betonten.

Damals, in der Mitte des neunzehnten Jahrhunderts, wollte der französische Kaiser Napoleon III. in Mexiko ein militärisch und wirtschaftlich an Frankreich angelehntes Reich begründen. Er ließ dort seine Truppen kämpfen, weil Mexiko die Zahlung von Schulden eingestellt hatte. Napoleon hielt es für den Clou der Geschichte, Maximilian gegen den Widerstand des mexikanischen Volkes zum Kaiser von Mexiko einzusetzen. Maximilian hatte zur Bedingung gemacht, dass das mexikanische Volk dies aber auch wünsche. Für Paris kein Problem: Man präsentierte einen manipulierten Volksentscheid, von dem sich Maximilian nur zu gern überzeugen ließ. Trotz schwerer Bedenken und Warnungen des Wiener Hofes nahm er 1864 die Kaiserkrone Mexikos an.

Bereits die Ankunft Maximilians und seiner Gattin ließ nichts Gutes erwarten: Der Triumphbogen war von einer Sturmbö umgeworfen worden, und das neue Kaiserpaar musste sich mühsam seinen Weg durch den Morast bahnen. Der Regierungspalast war derart verwanzt, dass der neue Kaiser die erste Nacht auf einem Billardtisch verbringen musste.

In Mexiko musste der Habsburger feststellen, dass sämtliche amerikanische Staaten den von Napoleon abgesetzten mexikanischen Präsidenten Juárez unterstützten. Um sich zu halten, verabschiedete er ein Dekret, das die Anhänger des Revolutionärs Benito Juárez als Räuber kriminalisierte, die ohne Gerichtsurteil getötet werden durften. Diesem Dekret fielen rund neuntausend Menschen zum Opfer.

Inzwischen war der US-amerikanische Bürgerkrieg zu Ende gegangen. Washington hatte wieder Handlungsspielraum und forderte Napoleon ultimativ auf, die französischen Truppen aus Mexiko abzuziehen. Damit war Kaiser Maximilian ein Getriebener der Revolutionäre. Zuletzt verschanzte er sich mit ein paar Getreuen in der Stadt Querétaro. Dort wurde er überwältigt und von einem Kriegsgericht zum Tode verurteilt. Vor der Erschießung am 19. Juni 1867 soll Maximilian die Linie der Soldaten des Exekutionskommandos abgeschritten und versichert haben, dass sie nur ihre Pflicht täten. Er steckte ihnen Goldmünzen zu und ersuchte sie, genau zu zielen, damit sein Gesicht nicht verunstaltet werde. Seine Mutter in Wien würde sich sonst zu Tode erschrecken.

Angeblich hatte Maximilian große Mengen seines Goldes zu Münzen pressen lassen. Es hieß weiter, ein Getreuer habe diesen Goldschatz aus Querétaro herausgeschmuggelt und der Witwe in Miramare überbringen wollen. Fischer an der Mole berichteten später, ein vornehmer Herr vom Linienschiff aus Übersee habe zwei ihrer Kollegen beauftragt, ihn nach Miramare zu segeln. Er hätte zwei große Koffer bei sich gehabt. Ob das Maximilians Getreuer war, vermochte niemand zu sagen. Sicher war, dass der vornehme Herr, die zwei Fischer, das Boot und der Schatz nie mehr wiedergesehen wurden.

Als Signora Feri ihre Geschichte beendet hatte, trank sie von ihrem Minerale, lehnte sich zurück und sagte zu ihrem Sohn: „Und jetzt brauche ich meinen Mittagsschlaf."

„Warte noch, Mamma. Von dem Gold hat man nie wieder etwas gesehen?"

„Habe ich doch gesagt. Ausgenommen von der Münze, die unlängst in London versteigert worden ist. Die hat alte Geschichten über die Existenz und den Verbleib des Schatzes neu aufleben lassen."

„Wenn aber damals, also nach 1867, der Schatz in den Handel gekommen ist, müsste sich das doch aus den Tagesberichten der Geldwechsler von damals ablesen lassen."

„Das wäre ja dein Metier, mein Sohn. Finde es heraus und du wirst berühmt. Und jetzt können wir gehen."

18

Die Geschichte von der Münze und Maximilians sagenumwobenem Schatz schwirrte Luciano noch immer im Kopf herum, als die Limousine Direttore Feris neben ihm stehenblieb.

„Luciano, steig ein, ich muss mit dir reden." Für Feri war die Feststellung, dass offensichtlich noch weitere Münzen im Umlauf waren, ein Schock. Er musste unbedingt herausfinden, wo der Fischerjunge die Münze gefunden hatte und ob es da noch mehr gab. Wäre ihm seine Mutter nicht dazwischengekommen, wüsste er das vielleicht schon alles. „Lass uns wegen der Münze auch in meinen Büchern nachblättern, damit du weißt, woran du bist. Zuerst machen wir einen Gold-Test, die nötigen Utensilien habe ich in meinem Büro", sagte er zu Luciano, nachdem dieser auf dem Beifahrersitz Platz genommen hatte.

Mit aufgesetzter Freundlichkeit führte Feri den Fischer in den Salon seines Hauses. Von hier gab es einen spektakulären Blick auf die blauen Weiten der Bucht von Triest und die Serpentinen des Rilkewegs vor der senkrecht abfallenden Felsküste. Er kredenzte einen Grappa und forderte Luciano auf, doch endlich Platz zu nehmen.

„Erzähl doch, wo hast du die Münze gefunden?", wollte Feri wissen, während er das Metallstück auf Echtheit prüfte. Luciano wich der Frage aus, Feri insistierte nicht, sondern stellte fest: „Na bitte, Gold ist es schon einmal. Die Münze hat das Gewicht einer Dublone, also 6,8 Gramm, Goldwert etwa zweihundertzehn Euro." Danach polierte er das Fundstück mit einer speziellen Lösung und einem weichen Tuch.

„Dublonen?"

„Genau. Du hast von Dublonen mit Sicherheit schon gehört. Du hast nur den Namen des Goldstückes vergessen. Du kennst doch Moby Dick und Kapitän Ahab."

„Die Romanfigur kenne ich, ja."

„Nun, Kapitän Ahab nagelt eine Golddublone an den Mast seines Schiffs. Sie soll eine Belohnung für denjenigen sein, der den weißen Wal Moby Dick als Erster sichtet."

„Ich erinnere mich."

„Die Dublonen waren ziemlich reines Gold, und Gold hat die Eigenschaft, nicht nur zu glänzen, sondern auch relativ weich zu sein. Nur deshalb kann Kapitän Ahab die Münze mit einem Nagel durchbohren. Du kennst sicher auch die Westernszenen Hollywoods, wo die Goldsucher immer an den Nuggets herumbeißen."

„Kenne ich."

Feri musste Lucianos Fund unbedingt haben. Um seine Chancen zu verbessern, versuchte er, mit Kompetenz und Fachwissen zu beeindrucken. Er wusste vom Feilschen mit Großkunden um für ihn möglichst gute Kreditzinsen, wie sehr es sich bewährte, mit Zahlen aus der Weltwirtschaft zu nerven und abzulenken. Bei Luciano würde ihm das auch gelingen. Er hatte beobachtet, wie beeindruckt er vom Wissen seiner Mutter war. Auch er konnte mit Wissen auftrumpfen, wenn es um Devisen, Valuten und Gold ging, also fuhr er fort: „Um diese Schwäche des kostbaren Metalls wettzumachen, vermischt man seit Jahrhunderten, wenn nicht Jahrtausenden Gold mit harten Metallen zu Legierungen. Das ergibt oft willkommene Nebeneffekte. So dient eine Legierung aus Gold und Kupfer nicht nur der Härtung von Münzen, sondern ergibt eine vielfach gewünschte Verfärbung ins Rötliche. Andererseits mischt man Gold und Silber zu Weißgold. Silber ist neben Gold das glänzendste aller Metalle, es weist den höchsten Reflexionsgrad auf. Natürlich reduzieren die Legierungen den Anteil an Gold und damit den Wert des Ganzen. Die verbreitetesten Legierungen sind acht, zwölf, achtzehn oder vierundzwanzig Karat, während man beim 999er Gold eigentlich nicht mehr von einer Legierung sprechen kann – es handelt sich um nahezu reines Gold, aus dem zum Beispiel Barren, der österreichische Dukaten und auch viele Anlagemünzen und Medaillen gefertigt werden. Deine Münze hier entspricht wohl vierzehn Karat Gold, denn Gold oxidiert nicht in der Natur. Auch nicht in tausend Jahren. Dein Goldstück hat aber oxidiert, ins Schwarzgrüne. Das heißt, das Kupfer in der Legierung hat sich verfärbt und hat in der Reaktion mit dem Gold nicht Grünspan angesetzt, sondern ist viel dunkler geworden. Das heißt, es hat weniger Gold als vierundzwanzig Karat, ist also weniger wert. Das ist aber hier nicht das Entscheidende. Entscheidend ist die Frage nach der Seltenheit. Und dieses Goldstück hier ist längst nicht so selten, wie bei der Versteigerung in London angenommen. Dort hat es ja geheißen, dass es sich um ein Unikat handelt. Doch sieh mal, allein ich habe als völlig unbedeutender Sammler siebzehn Stück davon. Gleich in zwei Größen. Warte mal, ich zeig dir was."

Mit diesen Worten verschwand er in sein Arbeitszimmer und kam mit den goldglänzenden Maximiliani zurück, die er auf der Tischplatte auffächerte.

Luciano beäugte enttäuscht die Fülle des Angebots. Feri nahm sich indes vor, keinesfalls den Fischerssohn mit seinem Fund aus dem Haus zu lassen. Der ginge sonst zum nächsten Juwelier oder zur nächsten Bank, und das Geheimnis von der Existenz des Maximiliano machte die Runde. „Ich mach dir ein Angebot. Ich habe nämlich einen Kunden für genau diese Münze. Der Mann, ein reicher Österreicher, sammelt den Maximiliano. Ich sammle und verkaufe an ihn weiter. Mit welchem Ergebnis, siehst du ja selbst. Ich kaufe dir also deinen Maximiliano ab. Natürlich muss ich daran etwas verdienen, aber fünfhundert Euro kann ich dir geben."

Luciano wusste, dass das mit Sicherheit ein Versuch des Bankers war, ihn über den Tisch zu ziehen. Und zu feilschen hatte er von seinem Vater gelernt. Er erinnerte sich an die Fischversteigerungen in der Markthalle, von denen er kein Wort verstand, bis sein Vater plötzlich einen Pack Banknoten in der Hand hielt und der Fisch den Eigentümer wechselte. „In so einem Fall nie zu früh einschlagen. Abwarten", sagte sein Vater immer. Und dann erwähnte er stolz, um wie viele tausend Lire mehr er für seinen Fang herausschlagen hatte können. Daran dachte Luciano jetzt ganz intensiv und sagte: „Nein, vierstellig muss die Zahl schon sein."

Feri war aber auch kein Anfänger. „Was willst du? Tausend Euro? Unmöglich, da würde ich ja Geld verlieren. Schau mal, ganz entscheidend bei Münzen ist neben Rarität und Legierung auch der Zustand. Da gibt es alles von eingekerbt über unzerkratzt bis hin zur polierten Platte. Und deine Münze ist in gar keinem guten Zustand. Bei Maximilian fehlen die letzten sieben Buchstaben und das Profil des Kaisers ist sehr mitgenommen. Lass mich rechnen ... Also der doppelte Goldwert wäre vierhundertzwanzig Euro. Ich gebe dir fünfhundert bar auf die Hand."

Luciano überlegte: Fünfhundert Euro würden ein Wochenende in den Bergen Sardiniens und einen Hüpfer hinüber auf Korsika finanzieren, um dort auf der Granitwand im Ascotal zu klettern. Davon hatte er schon immer geträumt. „Achthundert“, hielt Luciano dagegen.

Schließlich einigte man sich per Handschlag auf siebenhundert. Feri holte das Geld aus einer Schublade der Hausbar. „Jetzt kannst du es mir ja sagen: Wo hast du die Münze gefunden?“

„Vorsicht!“, befahl sich Luciano. Da aber die Wand für den rundlichen Bankdirektor so gut wie unerreichbar war, gab er den Fundort dennoch preis: „Auf der Vertikalen im aufgelassenen Steinbruch von Jamiano.“

„Glaubst du, dass dort noch mehr davon zu finden ist?“

„Kann sein.“

„Wenn du noch welche finden solltest: Mein Angebot steht. Bring sie mir. So viel wie heute kann ich dir nicht mehr bezahlen. Aber den doppelten Goldwert halte ich.“

Danach schien es Feri eilig zu haben. Mit einem „Tut mir leid, ich habe noch Termine“ schob er Luciano förmlich aus dem Haus, der jetzt ohne Auto dastand. Das zwang ihn dazu, den Rilkeweg zum Schloss von Duino zu nehmen. Es war ein herrlicher Tag, die Föhren verteilten diesen typischen, einmaligen mediterranen Duft, den sie nur bei praller Sonneneinstrahlung ausatmeten, und den ganzen Weg entlang hörte man die Brandung des Meeres.

Ob er noch so ein Goldstück finden würde? Er hatte in der Zeitung von dem Todessturz des Bergarbeiters gelesen. Nun ja, sie würden später auf gut Glück nach Münzen suchen ...

19

Einmal im Jahr – immer an einem Freitagabend im eher veranstaltungsarmen Juni – lud Questore Luigi Donadoni alias Saintrope zu seinem großen Gartenfest. Ursprünglich war es ein reines Mitarbeitertreffen, keiner sollte ausgeschlossen bleiben, alle Beamten der Questura, egal welcher Dienstklasse, sollten kommen, essen, trinken und Saintropes Haus und Garten bewundern.

Zwei Jahre hatte das auch alles so funktioniert. Dann aber hatte der Presidente der Region von dem Zusammensein erfahren, und da gerade Wahlen ins Haus standen und er Polizisten für wertvolle Multiplikatoren in seinem Wahlkampf hielt, hatte er sich bei Donadoni eingeladen. Der Presidente war mit einem Tross von Fernsehjournalisten und Kameraleuten erschienen, es wurde ausgiebig gefilmt und fast ebenso ausgiebig gesendet. Seither bemühten sich lokale VIPs und Adabeis, auf die Gästeliste und dadurch ins Fernsehen zu kommen. Das hatte eine Kürzung der Gästeliste für die Angestellten der Questura nach Dienstrang zur Folge, und der Personaltreff war zum Selbstzweck diverser Partylöwen geworden.

Vossi war das ziemlich egal. Er ging zu dem Gartenfest, weil Saintrope mehrfach betont hatte, dass er gesteigerten Wert auf sein Kommen lege. Und er kam nicht ungern, da er in Saintropes herrlichem Garten irgendwo in einer Ecke mit Rita, Dottore Lamberti und Alberto Bettini zusammenstehen und nach Herzenslust trinken, plaudern und lachen konnte. Für gewöhnlich ging das so lange, bis Rita von der Fresslust der Stechmücken genug hatte und man gemeinsam die Nacht in einer der Cantinas der Weingüter ausklingen ließ.

In diesem Jahr aber war die Zweckentfremdung der Party Saintropes nicht egal. Es hatte sich herausgestellt, dass Roberto und Rita nicht auf der Gästeliste standen. Roberto hatte das gefreut. Fand er die Gesellschaft seines Chefs, Lambertis und Bettinis etwa langweilig?

„Nein, aber ich habe endlich Anschluss an ein paar Gleichaltrige gefunden. Und da ich sowieso nie sicher sein kann, ob ich sie an einem bestimmten Abend treffen kann, möchte ich an diesem Freitagabend frei sein, wenn es irgendwie geht."

„Ist da vielleicht eine junge Dame darunter, die wir unter Umständen bald kennenlernen könnten?", fragte Vossi ehrlich interessiert.

„Oder in anderen Umständen?", ergänzte Rita schnippisch. Robertos Wangen wurden um einen Hauch röter.

„Ach so ist das, Rita weiß wieder einmal mehr als ich", donnerte Vossi leicht theatralisch.

Roberto blieb ernst. „Wir wissen noch nichts Genaues."

„Aber das ist doch heute ganz leicht herauszufinden, habe ich mir sagen lassen."

„Für einen zuverlässigen Test ist es noch zu früh", klärte Rita auf.

„Aber du kommst selbstverständlich zur Party, Rita. Dann gehst du eben als meine Begleiterin."

„Und Jelena?"

„Die macht sich nichts daraus, und das ist noch eine höfliche Beschreibung. Hast du sie je bei Saintropes Wiesenspektakel gesehen? Also."

„Wenn du meinst. Geht's danach wieder ab ins Subida?"

„Und ob."

Der Tag der großen Party war gekommen. Über dem Feuer am Grillplatz drehten sich vier Spieße mit Spanferkeln, vier weitere waren gerade knusprig gar geworden. Zwei slowenische Grillchefs tranchierten, es duftete köstlich. Keiner wusste eben so perfekt Spanferkel zuzubereiten wie die Südslawen zwischen Ljubljana und Skopje.

Etwa hundert Gäste waren gekommen, manche in betont zwangloser Kleidung, andere mit weißem Sommerjackett. Commissario Vossi war gekleidet wie immer: Hut, Hose, Jacke und Gilet, knöchelhohe Schuhe. Er hätte als Delegierter der slowenischen oder kroatischen Landwirtschaftskammer mächtig Eindruck schinden können.

Dottore Lamberti wartete auf halber Höhe zur Villa und begrüßte Rita und Vossi. „Oho, Bruno Vossi im Sonntagsstaat."

„Was an mir ist heute anders?", fragte der Commissario nicht unbegründet.

„Silberknöpfchen auf dem Gilet."

„Das habe ich auch geglaubt, als ich das Gilet gekauft habe. Dann hat es Jelena genau besichtigt und festgestellt: hundert Prozent Plastik, made in China."

„Aber man sieht's nicht."

„Du sagst es. Sind schon alle da?"

„Alle und ein paar, die sich trotz Torwache durchgeschwindelt haben. Rita, schließt du mit unserem Spurenschnüffler auf, Alberto wartet nämlich schon oben beim Grill mit vier Papptellern in der Hand. Damit seid ihr zwei für die richtige Unterlage verantwortlich. Bruno und ich kümmern uns um den Aufguss. Was gilt, Wein oder Bier?"

„Zum Spanferkel Bier", entschied Rita.

Überall standen runde Tischchen – angenehm für die Partygäste, wenn sie in mehreren Gruppen zueinanderfanden. Und überall gierten Mülleimer nach Zigarettenkippen, Papierservietten, Papptellern und Pappbechern. Die Tische erinnerten Dottore Lamberti heftig an ein Fischlokal, das den letzten Winter nicht überlebt hatte.

„Hat Saintrope sie aufgekauft?“, wollte Vossi von ein paar Kollegen wissen, die sich mit ihm und Lamberti ums Bier anstellten.

„Seine Frau hat die ganze Einrichtung vom La Luna ersteigert. Um zweitausend Euro. Und die vielen Mülleimer hat Saintrope in Slowenien ersteigert.“

„Aber darauf steht ‚Eigentum der Stadt Krain‘“, wunderte sich ein Kollege von der Wirtschaftspolizei.

„Ein Schelm, wer Schlechtes dabei denkt“, entgegnete der Vielwisser.

„Kein Grund, eine Überstunde herauszuschinden“, beruhigte ein anderer den Erhebungsbeamten von Wirtschaftsvergehen.

Und da kam sie, die Dame des Hauses. Vossi zählte sie zu den zehn Schönsten Italiens. Sie war in den sieben Jahren, da er sie kannte, jedes Jahr um zwölf Monate schöner geworden. Saintrope der Louis-de-Funès-Verschnitt, sie die feingliedrige Florentinerin. Als ob eine der Grazien Botticellis von seinem Gemälde Primavera herabgestiegen wäre, ausgerechnet auf Gorizia. Bei ihrem ersten Anblick hatte sich Vossi gefragt, ob sein oberflächlicher, schusseliger Chef überhaupt einen Blick für so viel Schönheit hatte. Und jetzt stand sie wieder vor ihm. Sie war in den sieben Jahren fraulicher geworden. Andere hätten vielleicht das Wort „rundlicher“ benutzt. Er überlegte und blieb bei fraulicher. Nicht mehr die stille Grazie, sondern irdischer, nicht mit großen fragenden Augen, sondern mit dem Lachen des Begreifens und Wissens. Ob sie einen Liebhaber hatte?

„Ich weiß genau, was du denkst." Rita hatte sich angeschlichen und zeigte ihm den Tisch, den sie und Alberto gewählt hatten.

„Ich würde zu gern wissen, was Aussehen bedeutet. Ein gewisser Professor Richard Neave aus Manchester hat mir einmal geschworen, dass es nichts zu bedeuten hätte. Ich habe damals gedacht, er müsste es wissen, schließlich konstruiert er aus ein paar Schädelknochen Gesichter, die dann den englischen Kollegen helfen, den Namen zu den Knochen zu finden – und manchmal auch den gesuchten Mörder."

„Und, denkst du das jetzt nicht mehr?"

„Ich weiß, wie er es gemeint hat. Mein Verstand muss sich beugen, mein Gefühl jedoch rebelliert. In einem aber bin ich mir sicher: Das Aussehen gibt nicht den Charakter vor, aber es formt ihn entscheidend mit. Wenn du so aussiehst wie Signora Saintrope, und du siehst dein Spiegelbild, dann gibt dir das Selbstsicherheit. Es könnte dich eitel machen, stolz und vielleicht sogar ein wenig zynisch gegenüber anderen. Andererseits, wenn du so aussiehst wie Saintrope, und du siehst dich im Spiegel, willst du kompensieren. Du denkst nur an deine Karriere, dein Auto muss blitzen, dein Haus muss eine Villa sein, deine Frau eine Madonna. Egal, wie du veranlagt bist, mit der Zeit wirst du wie Saintrope. Wer weiß, welch ein warmherziger, aufrichtiger, gutmütiger Mensch er nach seiner ursprünglichen Veranlagung geworden wäre, hätte er so ausgesehen wie unser Dottore Lamberti?"

„Oh, vielen Dank", bedankte sich Stipe.

„Aber dann ist der Blick in den Spiegel gekommen. Der Spiegel macht die Psyche. Übrigens, in manchen

Sprachen verwendet man das Wort Psyche für eine bestimmte Art Spiegel. Das hat was."

„Und wenn man so aussieht wie ich?", wollte Rita wissen.

„Dann bist du genau richtig. Bleib, wie du bist."

„Soll ich dir glauben?"

„Du kannst dich darauf verlassen."

Alberto kam angelaufen, eine Flasche Grappa in einer Hand: „Wo bleibt ihr? Das Essen wird kalt. Und Stipe, es gibt einen Klaren."

Dafür bekam Alberto einen Schmatz auf die glatzköpfige Stirn gedrückt: „Ach, Alberto, um wie viel die Welt doch schöner ist, wenn sie sich auf deiner Glatze spiegelt."

Am oberen Ende des weitläufigen Grundstückes lagen Saintropes Haus und Terrasse. Um den Tisch des Gastgebers standen die Ehrengäste – unter anderem auch il Presidente, der Regierungschef der autonomen Region Friaul-Julisch Venetien.

Nach einem ausgiebigen Mahl und einigen Drinks machte sich Vossi dorthin auf den Weg, um sich bei Saintrope für die Einladung zu bedanken. Am Ehrentisch ging es bereits hoch her: Einer der gefeierten Winzer der Gemeinde Colognola ai Colli hatte eine Auswahl seiner edelsten Tropfen zur Verkostung mitgebracht. Mit „außergewöhnlich" hatte man begonnen, inzwischen war man bei „erlesen" angelangt.

Nach einem Begrüßungsglas nahm der Presidente den Commissario auf ein Vieraugengespräch zur Seite. „Was ich Ihnen jetzt anvertraue, muss unter uns bleiben. Und kein Wort davon zum Questore. Rom sucht im Kampf um die Budgetsanierung an allen Ecken und

Enden nach Synergieeffekten und will Dienststellen der beiden Provinzen Triest und Gorizia verschmelzen. So auch die Abteilungen Leib und Leben, Forensik und Kriminaltechnik. Meiner Meinung nach macht das sogar Sinn. Könnten wir uns darüber mal ausführlich unterhalten? Vielleicht beim Golfen?"

„Ich spiele kein Golf."

Diese Aussage löste beim Regierungschef eine Verlegenheitspause aus. Er fing sich aber schnell und setzte nach: „Sie, Commissario Vossi, werden die neue Mammutabteilung leiten. Ab sofort sind Sie auch für Triest zuständig. Gratuliere!"

Vossi war völlig überrascht. „Und was wird aus Latella? Der ist doch eben erst zum Chef von Leib und Leben Triest ernannt worden?", fragte er in der hausbackenen Logik von Mittelklasse und Unterbau.

Der Presidente bewies sogleich, dass er zu den Oberen gehörte, die solche Widersprüche nicht kratzten: „Der geht nach Rom."

„Nach Rom? Von hier nach Rom?" Vossi konnte es kaum glauben.

„Nun ja, wir haben mit einem Sprung über zwei Dienstklassen und einer Dienstwohnung neben dem Quirinalspalast nachhelfen müssen."

Und schon war der Präsident wieder Teil der Tischrunde und ergriff zu irgendeiner Belanglosigkeit das Wort.

Als Vossi kurz nach Mitternacht heimkam, lief ein uralter Krimi im Fernsehen, vor dem sich Jelena wie eine Katze zusammengerollt hatte.

„Wie spät ist es?", fragte sie verschlafen.

„Gleich eins."

„Und schon zurück? Was war denn?“

„Nichts. Das heißt, eigentlich doch: Latella geht nach Rom.“

„Ist nicht wahr!“

„Ja, er wird ein hohes Tier im Ministerium, bei fast doppelten Bezügen und einer geräumigen Dienstwohnung in der Nähe des Quirinalspalasts.“

„Siehst du, mein Commissario. Wenn man sich anstrengt, bringt man es auch im Staatsdienst zu was.“

„Gut, ich werde mir Latella als Beispiel nehmen.“

„Unterstehe dich!“

20

Das Wochenende nach der Gartenparty bei Saintrope bot für Rita, Dottore Lamberti und Alberto Bettini ausreichend Zeit, um den Blutalkohol wieder auf Dienstvorschrift abzusenken. Vossi hatte dieses Problem nicht. Für ihn wäre es eine Sünde gewesen, den herrlichen Wein, der später noch spendiert worden war, im Magen mit anderen Getränken zu strecken und die Erinnerung an den herrlichen Genuss zu verdrängen. Selbst die Teilnahme am üblichen Ausklang im Subida verweigerte er. Dafür hatte er sich als Spaßverderber titulieren lassen müssen und Rita ihm mit der Frühpension gedroht. Das machte ihm allerdings weniger zu schaffen als der Absturz dieses Dragan im Steinbruch, die Ermordung des Ganoven Tonelli in seiner Badewanne und die Tatsache, dass Dragan und der Kassier des Café Cristallo einander zumindest einmal begegnet waren.

Seine Schwiegermama, die mit dem Schwiegerpapa im Schlepptau per Bus aus Slowenien angereist war, musterte ihn, nahm ihn mit ihrer Rechten beim linken Ohr und sagte im Tonfall einer Seherin: „Ich sehe es in deinen Augen, dich drückt der Schuh."

Vossi wollte es genau wissen: „Also sag, was siehst du?"

„Deine übliche Frage: Wer ist der Mörder?"

„Nicht ganz richtig, liebe Schwiegermama. Heute heißt die große Frage: War es Mord?"

„Erzähl!" Und Vossi erzählte ganz gegen seine Art von dem Todessturz im Steinbruch. „Da fehlt mir der Bezug. Und wo drückt er noch, der Schuh?"

Vossi sah in die klugen Augen der Wirtin an der Soča. In ihrem Gastraum hatten schon die Soldaten von Kaiser Franz Joseph auf einen glorreichen Sieg angestoßen, bevor sie weiter unten im Tal zu Hunderttausenden verbluteten. An den Umtrunk am 29. Mai 1915 erinnerte ein vergilbtes Foto über dem Stammtisch. Italien hatte Österreich-Ungarn den Krieg erklärt. Die Soldaten mussten für Gott, Kaiser und Reich in den Krieg. In zwölf Schlachten am Isonzo starben sie binnen drei Jahren. An ihren Tod erinnerte ein Grabhügel, der als Massengrab von Ronchi zu einem Berg angewachsen war. Der Habsburgermonarchie folgte das Königreich Jugoslawien, dem Bild des Kaisers über der Schank folgte das des serbischen Königs Peter I., dann das Adolf Hitlers, der wiederum wurde von Josip Broz Tito abgelöst. In der schrecklichen Zeit des jugoslawischen Bürgerkriegs blieb die Wand leer und der Fleck vakant für den Dreck der Fliegen. Doch als Slowenien am 1. Mai 2004 der EU beitrat, stieg die Wirtin auf einen Sessel, verwischte die rauchgeschwärzten Ränder der Bilder von Franz Joseph bis Tito und die Hinterlassenschaft der Fliegen mit einem Lappen und hängte ein alles überdeckendes Bild von Beethoven darüber. Wer nach dem Namen des Mannes auf dem Bild frage, müsse eine Lokalrunde zahlen, warnte ein handgeschriebener Zettel darunter. In den ersten Jahren nach 2004 waren etliche Runden zusammengekommen.

Eine Frau, aufgewachsen in einem Schmelztiegel der Kulturen, umgeben von so viel Geschichte und so vielen Schicksalen, verdiente sich eine Antwort. Und so erzählte Vossi von dem Kassier und dem Toten in seiner Badewanne.

„Keine Frage, da brauchst du nicht weiterzusuchen. Der ist der Mörder."

„Wir fahnden bereits nach ihm. Aber was macht dich so sicher?"

„Der hat doch nur darauf gewartet, sich für alles zu rächen, was ihm sein Boss, dieser Automatenkönig, angetan hat. Schau mal, der hat ihm seine Frau weggenommen. Und er hat nicht wieder geheiratet. Also liebt er sie noch immer. Nein, nein, der hat nur auf eine Gelegenheit gewartet."

„Aber was war dann die Gelegenheit? Die haben doch unter einem Dach gelebt, sich das Badezimmer geteilt. Der Kassier hätte jeden Tag zustechen können, sogar in der Wanne."

„Irgendetwas muss passiert sein. Etwas, das vorher noch nie passiert ist. Vielleicht hat es mit dem Absturz dieses Bergarbeiters zu tun. Du sagst, sie haben einander gekannt. Vielleicht war da mehr? Vielleicht sind sie miteinander zur Schule gegangen, vielleicht wollten sie beide den Automatenkönig um sein Vermögen bringen und das Weite suchen? Herrgott, hast du einen tollen Job. Wirklich aufregend, was du so tust. Und halte dich an diese Rita. Frauen haben in solchen Dingen ein besseres Gespür als Männer."

„Das ist nicht fair, Schwiegermama. Aber ich gebe zu, sie hat oft Glück."

„Aha, Glück nennst du das."

Danach hatte er mit Jelena die Schwiegereltern ins Hotel Palazzo Strassoldo gebracht, das erste Haus in Gorizia, denn die beiden bevorzugten es, im Hotel abzusteigen, egal, wie groß das Haus des Gastgebers und wie groß und zahlreich seine Gästezimmer waren. „Gäste sind wie Fische. Nach einiger Zeit stinken sie. Im Hotel aber stinken sie nie", beharrten Jelenas Eltern. „Wir brauchen unsere Freiräume, erst recht beim Reisen." Zu ihrem Ritual gehörte auch, gleich nach der Anreise im Hotel einzuchecken und zu duschen. „Akklimatisieren", nannte Vossis Schwiegermutter diese Rast nach der Fahrt. Am Tag danach war ihre Energie dann nicht kleinzukriegen. Das war auch dieses Mal nicht anders.

21

Am Montagabend nach Saintropes Gartenparty saßen Vossi und sein Team mit einigen Kollegen der Spusi in seinem Büro zusammen, um auf Dottore Lambertis Geburtstag anzustoßen. Angesichts der Zeitnähe zu Saintropes Sommerfest war es zwar keine so große Feier wie in den früheren Jahren, aber ganz übergangen sollte er auch nicht werden. Rita hatte etliche Flaschen Prosecco gekühlt und Geburtstagskind Stipe ließ Köstliches aus dem Meer auffahren.

Der Commissario hatte die Losung ausgegeben, die Arbeit außen vor zu lassen, schließlich wollte man Stipes Geburtstag begehen. Für die meisten kein Problem – für Vossi selbst aber schon. Was hatte seine Schwiegermama zum Mord an dem Ganoven in der Badewanne gesagt? „Irgendetwas muss passiert sein." Erstaunlich, wie die reiche Lebenserfahrung einer Gastwirtin die Dinge des Lebens auf den Punkt brachte. Doch auch Robertos junge graue Zellen ackerten. Zumal er die Geschichten Dottore Lambertis und Albertos bereits alle kannte: „Was, wenn wir das Zusammentreffen der beiden als auslösenden Moment nehmen?"

„Sag das noch einmal", reagierte Vossi sofort.

„Tut mir leid, ich wollte nicht stören", gab sich Roberto kleinlaut.

„Nein, nein. Sag das noch einmal!"

„Dieser Kassier Casari und der Bergarbeiter Dragan begegnen sich in der Spielhölle, und kurz danach gibt es zwei Todesfälle. Vielleicht sollten wir diese Begegnung einmal als Auslöser der Ereignisse sehen."

Rita war noch nicht ganz bei ihnen: „Drück dich klarer aus, Roberto."

„Klarer geht's eigentlich nicht mehr, Rita", sekundierte Vossi. „Roberto hat völlig recht. Stellen wir uns doch einmal die Frage, was dieser Dragan im Cristallo getan hat."

„Spielen und verlieren, wie alle, die so blöd sind, da reinzugehen."

„Schon, aber was hat er an der Kassa getan? Er hat Geld getauscht. Wieso hat er Geld getauscht?"

„Ihm sind die Münzen für den Banditen ausgegangen."

„Gut, aber warum schiebt er dann nicht einfach einen Zehner in den Automatenschlitz? Oder einen Zwanziger, Fünfziger oder Hunderter? Wir wissen, dass der Automat Banknoten dem Spieler gutschreibt. Du selbst, Roberto, hast damit einen ganzen Lawinenabgang von Münzen in den Gewinnkorb ausgelöst. Erinnere dich, ich habe dich noch gefragt, wie viel du gewonnen hast. Und du hast gesagt, du hättest auf den falschen Knopf gedrückt und der Bandit hätte dir deine Banknote in einen Berg Münzen gewechselt."

„Vielleicht hat er mit einer Bankomatkarte Geld behoben?"

„Ich fürchte, wir müssen unser kleines Fest kurz unterbrechen und uns die Szene auf dem Band der Überwachungskamera anschauen."

Sie gingen alle hinüber in den Kriminaltechnischen Dienst. Dort zerlegte man gerade den Videoschnitt in Einzelbilder. Vossi wollte die Aufzeichnung Schritt für Schritt durchgehen.

„Über Projektion oder auf Monitor?", wollte der Kollege des KTD wissen.

„Über Projektion", entschied Roberto, der sozusagen Vossis technischer Sprecher war.

Zuerst sah man gut drei Minuten lang, wie der Bergarbeiter Dragan Euro für Euro in den einarmigen Banditen warf. Dann war er an der Bar zu erkennen, wie er ganz offensichtlich etwas bestellte. Daraufhin wurde eine Aufnahme aus einer anderen Perspektive abgespielt: Dragan von der Kassa aus, der in Richtung Kassier blickte und dazu die Lippen bewegte.

„Habt ihr herausgefunden, was er sagt?", fragte Roberto.

„Wir waren gerade dabei. Unser Neuer hier, Ernesto, ist ein wahrer Menschenflüsterer. Der kann den Papst so perfekt imitieren, dass du glaubst, seine Heiligkeit steht neben dir. Los, zeig uns, was du draufhast, Ernesto."

Der junge Techniker sah sich die Szene vor der Kassa dreimal im Vorwärts- und im Rückwärtslauf an und sprach zur vierten Vorwärtsfahrt lippensynchron:

„Was bekomme ich dafür?"

Zu den Worten hatte Dragan der Körperbewegung nach etwas auf den Kassentisch gelegt. Was, war im Blickfeld der Kamera leider nicht zu sehen.

„Was? In Triest bekomme ich zweihundertfünfzig."

„Na gut, gib schon her."

Vossi strahlte. „Ernesto, Sie sind ein Prachtbursche! Wir müssen herausfinden, worum es bei dem Handel an der Kassa gegangen ist. Was könnte Dragan Jurić da getauscht haben?"

„Seine Uhr vielleicht?", warf Bettini in die Waagschale der Vermutungen.

„Gut. Schauen wir, ob er überhaupt eine getragen hat."

Den Bildern, die den Bergarbeiter am Spielautomaten zeigten, konnte man deutlich entnehmen, dass er keine Armbanduhr getragen hatte.

„Einen Ehering vielleicht?“, fragte einer aus dem Kollegenkreis um Dottore Lamberti, der mit dem Fall nicht befasst war.

„Nein“, sagte Alberto. „Der Vogel war nicht verheiratet.“

Vossi hatte eine Idee: „Alberto, was habt ihr da oben auf der Terrasse des Steinbruchs von Jamiano gefunden?“

„Ein paar Zigarettenkippen und eine alte Kupfermünze.“

„Die Münze!“, sagten Roberto und Rita im Chor.

„Ganz recht, die Münze“, wiederholte Vossi. „Was, wenn sie nicht aus Kupfer, sondern aus Gold war?“

Alberto machte sich etwas größer, als er war, und protestierte: „Hör mal, Bruno, meine Leute wissen sehr wohl, ob etwas aus Kupfer oder Gold ist. Aber, bitte, das haben wir gleich. Sie lagert unten im Asservatenkeller.“

„Ich bringe sie“, sagte einer aus der Runde des KTD.

Während er weg war, fiel kaum ein Wort. Alberto schmollte und die anderen warteten gespannt auf den Kollegen aus den Katakomben der Questura. Stumm legte er ein unscheinbares Etwas auf den Tisch, das aussah wie eine Kupfermünze.

„Das soll Gold sein?“, zweifelte Rita.

Alberto machte voll konzentriert den Säuretest und wurde um gut einen Kopf kleiner: „Ihr habt recht – Gold. Genug, um alle unsere Zahnlücken damit zu füllen.“

„Warum aber sieht es nicht aus wie Gold? Ich habe gedacht, Gold ändert sich nie und oxydiert nicht?“, zweifelte Rita weiter.

Eine Chance für Alberto, wieder Oberwasser zu gewinnen: „Das Gold ändert sein Aussehen nie, aber das, was sonst noch der Legierung beigemengt ist, schon. Bei Münzen sind das meist Kupferanteile. Einerseits um das Gold zu härten, andererseits um ihm den sehr beliebten Rotton zu geben. Den Umwelteinflüssen ausgesetzt, oxydiert es bis hin zu Schwarz. Diesem Prozess ist einer von uns aufgesessen. Wer war's? Wer hat das verbockt?"

Nach einigem Hin und Her stellte sich heraus: alle oder keiner, denn niemand hatte die Münze besonders beachtet, nachdem sie routinemäßig erfasst und archiviert worden war.

Gutes Zureden von Vossi war nötig, um den giftelnden Alberto zu beruhigen. Schließlich musste er sogar etwas lauter werden: „Jetzt hör auf damit, Alberto. Es ist ja nichts passiert. Wir sind doch noch mitten in den Erhebungen. Lass uns lieber nachdenken, was der Fund zu bedeuten hat."

Unbehagen breitete sich aus. Jedem wurde langsam klar, dass die leiseste Nachricht nach außen einen neuen Goldrausch im Steinbruch auslösen würde. Nur Alberto hatte andere Sorgen: Er kratzte und polierte an dem Goldstück herum, als ob er nichts davon übriglassen wollte. Danach aber glänzte es.

„*Maximiliano Emperador*", las Commissario Vossi halblaut vor. „Ich werde das Goldstück einem Experten zeigen und quittiere Ihnen den Empfang. Was wird es denn wert sein, damit ich weiß, wie ich damit umzugehen habe?", meinte er zu dem Kollegen aus dem Verlies.

„Goldwert, so wie der Typ da auf dem Videoband gesagt hat: in Triest zweihundertfünfzig Euro. Sammlerwert locker das Zehnfache, Hundertfache oder mehr, wer könnte sich da festlegen?"

„Das will ich nicht verantworten. Bitte ein Farbfoto, möglichst groß, von beiden Seiten der Medaille. Das müsste fürs Erste reichen."

Vossi entschuldigte sich beim Geburtstagskind Dottore Lamberti. „Hör mal, Stipe, ich muss herausfinden, welche Bewandtnis es mit dem Fundstück haben könnte, damit ich weiß, was den Kassier und den Steinbrucharbeiter verbindet. Das verstehst du doch?"

„Ich verstehe. Du glaubst, mit der Münze eine Blaue Mauritius in Gold zu besitzen, willst sie dir aneignen, deine heimliche Flamme abholen und mit ihr durchbrennen. Gesteh!"

Mit den Fotos von der Münze in der Tasche fuhr Vossi los, um zuerst einmal rudimentäres Wissen aufzubauen. Wenn es um Wiener Hofklatsch ging, wusste Schwiegermama bestens Bescheid. Vielleicht auch über Habsburgs unglücklichen Maximilian. Sein Schloss Miramare war ja sozusagen die Nebenlinie von Schönbrunn.

Jelena stand vor einer riesigen Rosenhecke und sprühte irgendein Mittel auf die Blätter. Bruno Vossi winkte ihr zu. „Schon da?", fragte sie überrascht.

„Ja, ich brauche die Hilfe deiner Mutter."

Jelena war noch mehr überrascht.

Die Schwiegermutter hatte sich auf ein ruhiges Plätzchen hinter dem Haus zurückgezogen und las in Illustrierten, die Jelena im Abonnement bezog. „Für Mutter", wie sie immer behauptete, wenn er sie fragte, ob ihr das Geld für so einen geballten Unsinn leidtat.

„Schon da? Das ist ja wie in Titos Jugoslawien. Da haben die Staatsbeamten auch gearbeitet, wie es ihnen gerade gepasst hat. Wir wissen ja, wie das geendet hat."

„Ein schlechter Vergleich. Ich komme nämlich dienstlich."

„Ach, soll ich jetzt den Mann in der Badewanne erstochen haben. Ist das die Botschaft?“

„Nicht ganz. Ich brauche deine Hilfe.“

„Schon wieder?“

„Ja, schau mal. Was hältst du davon?“ Dazu überreichte er ihr die Bilder von der Münze und seine Brille, weil er wusste, dass sie ihre nie bei sich hatte.

„Brauche ich nicht. Das seh ich auch so.“

Sie studierte die Bilder, dachte kurz über seine Frage nach und meinte schließlich: „Ein Kenner Maximilians auf akademischem Niveau ist Dottoressa Ana Platter. Sie unterrichtet an der Universität Triest Geschichte.“

„Woher kennst du sie?“

„Ich kenn sie gar nicht, aber ich habe gerade einen Artikel über ihre Maximilian-Forschung gelesen.“

„Wo?“

„In einem dieser Magazine, die du als Friseurlektüre ablehnst.“

„Bist du dir sicher?“

„Warte, ich habe es gleich.“ Schwiegermama stöberte in den Illustrierten, bis sie fand, wonach sie gesucht hatte. „Da!“

Tatsächlich! Ein mehrseitiger Bericht mit diversen Bildern von Maximilian, der Exekution, seiner Frau Charlotte und der Autorin, einer Dottoressa Ana Platter. Vossi war sichtlich überrascht und überfiel seine Schwiegermutter mit Lob.

„Zur Belohnung rauche ich jetzt eine. Hast du Feuer?“

„Nein, aber ich hol dir gerne Streichhölzer aus der Küche. Was aber, wenn dich dein Mann erwischt?“

„Papperlapapp, der schläft in eurem Wohnzimmer und würde nur aufwachen, wenn ihm jemand den Fernseher abdreht, was aber hoffentlich keiner tun wird.“

Über die Uni Triest hatte er wenig später Dottoressa Platter am Handy.

„Dottoressa, ich habe eben den Artikel über Ihre Forschungsarbeiten im Magazin Stella gelesen."

„So etwas lesen Sie, Commissario?"

„Ich selten, meine Frau regelmäßig. Um es kurz zu machen: Ich muss Sie dringend sehen, heute noch."

„Ich bin im Grand Hotel Duchi d'Aosta. Ich kann das Abendessen gerne unterbrechen. Ein junger Kollege feiert seine Ernennung zum Kulturattaché Italiens in Washington. Also wichtig für ihn, aber nicht so sehr für mich. Wie werden Sie mich erkennen?"

„Kein Problem, denke ich. Ich habe Ihr Foto aus dem Magazin."

„Unglaublich, wie nützlich solche Schmusgazetten doch sein können."

„Ja, da gebe ich Ihnen ungern recht."

Vossi musste unwillkürlich schmunzeln, als Dottoressa Platter und er an den lebensgroßen Spiegeln im Hotel vorübergingen. Die Wissenschaftlerin hätte jederzeit als Trendsetterin die Titelseite der Vogue schmücken können. Ihr Kleid hatte wahrscheinlich ihr Monatsgehalt als Forscherin gekostet. Zusammen sahen die beiden aus, als hätte ein Großbauer gerade seine Tochter an einen Mailänder Großindustriellen verheiratet.

„Lachen Sie über mich, Commissario?"

„Aber Signora, wie kommen Sie darauf? Ich habe mich gerade an Ihrer Seite im Spiegel gesehen und verstanden, warum meine Kollegen sich manchmal über mein Outfit lustig machen."

„Ich finde, es passt perfekt zu Ihnen."

„Seien Sie doch nicht so hart in Ihrem Urteil."

„No fishing for compliments, Commissario. Sie haben sehr wohl verstanden, wie ich es gemeint habe."

Auf die Tatsache, dass die Münze existierte, reagierte sie mit einem Ausbruch fast kindlicher Freude. „Sie können sich nicht vorstellen, was das für mich bedeutet! Ich habe immer an die Geschichte geglaubt, dass Maximilian Goldmünzen hat prägen lassen. Es entspricht so sehr seiner Eitelkeit. Das Erste, was er nach seiner Ankunft in Mexiko getan hat, war, Silbermünzen mit seinem Konterfei drucken zu lassen. Da ist es doch nur natürlich, dass er auch Gold prägen lassen hat. Als Münzeinheit ist aber nichts in Gold registriert oder gemeldet worden. Also handelt es sich hier streng genommen um eine Medaille. Was aber den Wert Ihres Kleinods da keineswegs schmälert."

„Wie hoch schätzen Sie denn den Wert?"

„Da bin ich keine Expertin. Wenn aber lückenlos nachgewiesen werden kann, dass es sich dabei um eines der sechs Goldstücke handelt, die Maximilian vor seiner Erschießung an die Schützen des Exekutionskommandos verteilt hat, dann wären wir schon bei mehreren Millionen Euro. Dazu bedarf es aber einer lückenlosen Dokumentation über alle Empfänger und Besitzer seit dem 19. Juni 1867."

„Wie könnte so etwas bewiesen werden?"

„Ich würde meinen, überhaupt nicht. Wir Wissenschaftler wissen ja nicht einmal, was Maximilian verteilt hat. Waren es spanische Dublonen, österreichische Dukaten, englische Guineas? Besonders sympathisch wäre er uns übrigens sicher nicht gewesen, dieser Ferdinand Maximilian von Habsburg." Sie schien fast ein wenig traurig darüber, das sagen zu müssen.

„Warum das?"

„Genau genommen wohl ein charmanter Schwächling. Am erfolgreichsten noch als Frauenheld und zudem ein Prasser – so er flüssig war. Bei den Verhandlungen über die Mitgift seiner späteren Frau tritt er mehr als Geschäftsmann und ganz und gar nicht als verliebter Träumer auf. Er hatte schon damals riesige Schulden angehäuft, und ihr Vermögen konnte ihm am ehesten aus dieser Bedrängnis helfen. Und das hat es dann auch getan. Aber die meisten seiner Zeitgenossen scheinen ihn gemocht zu haben. Das gilt sogar für die Mehrzahl seiner Biographen. Hehre Ziele hätte er sich gesetzt, und ehrlich bemüht sei er gewesen, sie zu erreichen. Als er die Möglichkeit bekommen hat, aus dem Schatten seines Bruders Franz Joseph zu treten, hat er sich berufen gefühlt und die Sache ernst genommen. Während der Überfahrt hat er allerdings wiederum nichts Besseres zu tun gehabt, als ein Hofzeremoniell zu entwerfen, das starke dreihundert Seiten umfasst."

„Die sprichwörtliche Eitelkeit der Politiker. Wer nicht von ihr geritten wird, lernt lieber etwas Ordentliches und ergreift einen ehrbaren Beruf."

„Sie vergessen, Commissario, Maximilian war ein gebürtiger Habsburger, also da hineingeboren."

„Ja, aber nicht in die Rolle eines Kaisers von Mexiko. Wie hat er sich denn im Pro und Kontra des mexikanischen Bürgerkriegs bewährt?"

„Ich habe es schon erwähnt: Er soll ein Schwächling gewesen sein, mehr Figur als Akteur. Er ist zwischen Liberalen und Konservativen ratlos hin und her geirrt, bis er hoffnungslos eingekreist war. Sein Gegner, Benito Juárez, hat ihn bei der Belagerung von Querétaro gefangen genommen, ihn vor Gericht gestellt und zum Tode verurteilen lassen."

„Und was war mit seiner Frau?", wollte Vossi wissen.

„Die war zu dieser Zeit schon in Europa, um in Paris, London und Wien um Hilfe zu betteln. Sie ist vor dem Papst auf die Knie gefallen. Der hat getan, was er konnte: beten. Ein Gnadengesuch der britischen Königin Victoria soll Maximilians Schicksal dann endgültig besiegelt haben. Historiker halten fest, dass gerade dieser Benito Juárez, ein Indianer aus dem Volk der Zapoteken, veranlasst hätte, Europas Imperialisten durch die Vollstreckung des Todesurteils vor aller Welt zu demütigen."

„Hätte er nicht fliehen können?"

„Gute Frage. Viel wird darüber gerätselt. Es heißt, just als Maximilian im letzten Augenblick das Land verlassen wollte, soll er einen Brief seiner Mutter erhalten haben – eine Durchhalteparole. Maximilian ist in Mexiko geblieben und hingerichtet worden. Eine Tat, die das Europa des neunzehnten Jahrhunderts schockiert hat. Bedenken Sie, noch hat das Gottesgnadentum der regierenden Monarchen gegolten, noch hatte die Welt keine kommunistische Revolution erlebt und die französische war über das Biedermeier fast in Vergessenheit geraten. Die Bücher darüber waren die gefeierten Bestseller jener Zeit. Das eines Karl May zum Beispiel. Und aus allen Drehorgeln ist das Lied ‚La Paloma' erklungen, das angebliche Lieblingslied Maximilians."

„Ist es schon so alt?", wunderte sich Vossi.

„Oh ja! Es ist 1863 im Teatro Nacional de Mexico zum ersten Mal gesungen worden – angeblich in Anwesenheit des Kaisers. ‚La Paloma' ist dann zur Ausschiffung seines Sarges am Anlegesteg von Schloss Miramare gespielt worden. Zum Andenken an dieses traurige Ereignis haben die anwesenden Marineoffiziere beschlossen, dass ‚La Paloma' von nun ab auf österreichischen Kriegsschiffen nie mehr erklingen sollte. Diese Tradition wird heute noch von traditionsbewussten österreichischen Seglern eingehalten."

Die Dottoressa legte eine Atempause ein und trank von ihrem Campari Soda, den Vossi für sie geordert hatte. Sein Interesse hatte ja eigentlich mehr dem Goldstück gegolten. Allerdings: Was die Wissenschaftlerin über Maximilian zu berichten wusste, fand er zu spannend, um sie nicht durch stummes Nicken zum Weiterreden zu ermuntern.

„Das Beste kommt noch: Nach der Erschießung ist Maximilian in das Kapuzinerinnenkloster von Querétaro gebracht worden, wo ein Militärarzt und ein Gynäkologe die Konservierung der Leiche vorgenommen haben. Sie ist wohl nicht besonders geglückt. Nach der Überführung der Leiche in die Kapuzinergruft soll seine Mutter entsetzt gerufen haben: ‚Das ist nicht mein Sohn!' Das war die Geburtsstunde der sogenannten Vatikanischen Verschwörung: Maximilian soll durch eine geheime Vereinbarung mit Juárez gar nicht hingerichtet worden sein, sondern bis 1936 in El Salvador unter dem Namen Justo Armas weitergelebt haben."

„Tratsch oder Sagen nach diesem Muster scheinen sich mit einer gewissen Regelmäßigkeit zu wiederholen."

„Sagen Sie das aber nicht vor einem Priester", wehrte die Dottoressa ab und nahm noch einen Schluck Campari.

„Oh Gott, ich denke dabei nicht an Jesus von Nazareth und die Evangelien. Nein, ich habe an Friedrich Barbarossa gedacht, der je nach Lesart im Salzburger Untersberg oder im thüringischen Kyffhäuser schlafen und dereinst wiederkehren soll."

„Mich erinnert die Geschichte eher an Tosca und ihren Cavaradossi“, gab die Wissenschaftlerin zu bedenken.

Der Commissario ging nicht darauf ein. Tosca erinnerte ihn an die Frage, die er schon davor stellen wollte: „Was ist eigentlich aus seiner Frau geworden?“

„Arme Charlotte. Sie hat Maximilian um sechzig Jahre überlebt, ist aber nach dessen Tod dem Wahnsinn verfallen.“ Die Wissenschaftlerin sah auf ihre Uhr und schien entsetzt: „Guter Gott, jetzt muss ich aber wieder zu meinen Kollegen an den Tisch zurück, es sei denn, Sie haben noch eine wichtige Frage.“

„Nur ganz kurz noch: Wie könnte Maximilian Gold für seine Witwe herausgeschmuggelt haben?“

„Da sind Sie bei meinem Kollegen, Dottore Sara, besser aufgehoben. Seit er vor sieben Jahren in Pension gegangen ist, konzentriert er sich ganz auf diese Frage. Wenn er auch noch keine endgültige Antwort darauf hat, sind allein schon seine Vermutungen von großem Wert, weil sie auf Spezialwissen beruhen. Er war auch mehrfach vor Ort in Querétaro. Aber er ist sehr misstrauisch gegenüber jeder und jedem, um nicht zu sagen abweisend.“

Und husch, weg war sie. Commissario Vossi konnte sich nicht einmal richtig bei ihr bedanken. Durch die facettengeschliffenen Gläser der Tür ins Restaurant sah er noch, wie sie mit großem Hallo am Tisch ihrer Kollegen aufgenommen wurde.

Vossi bilanzierte: Über das Goldstück selbst hatte er so gut wie nichts erfahren.

22

Direttore Feri war beunruhigt, nein, er hatte Angst. Im Postverteiler lag ein Brief für ihn. Als er ihn öffnete, fand er zunächst eine Zeitungsmeldung in kyrillischen Buchstaben. Die Übersetzung dazu besagte, dass ein gewisser David Levon in Odessa tot aufgefunden worden war. Genickschuss, eine regelrechte Hinrichtung, so der Artikel, und dazu ein Foto. Feri erkannte Levon und wusste: Sein Name stand jetzt ganz oben auf der Liste irgendeines Auftragskillers. Der Armenier hatte ihn verpfiffen. Kein Wunder, wenn dir einer eine Makarow an die Schläfe hält.

Wie hatte er sich auch nur mit diesem David Levon einlassen können! Doch damals war es ihm als ein Geschäft ohne besondere Komplikationen erschienen. Und als ein äußerst lohnendes noch dazu: Der Armenier brauchte Bares, um einen Fälscher für zwei Kandinsky, einen Jawlensky und einen Kokoschka zu bezahlen. Er hatte dafür schon einen Russen aus der Provinz als Kunden. Feri streckte zwanzigtausend Euro vor, der Russe zahlte vier Millionen. Bar auf die Hand bei Übergabe der Bilder. Die hatte der Armenier, wie versprochen, mit ihm geteilt. Weitere Geschäfte dieser Art waren geplant. Doch leider war der Russe in finanzielle Schwierigkeiten geraten und wollte die Bilder verkaufen. Und was macht dieser Idiot? Er geht zu einem der ersten Galeristen von Sankt Petersburg. Da war natürlich aufgeflogen, was bis dahin nur Feri, der Armenier und der Fälscher über die Herkunft der Bilder gewusst hatten.

Wollte er aus dem Schlamassel lebend rauskommen, musste er seinen Plan ändern. Sofort.

„Ich habe hier einen Signore Maximiliano in der Leitung. Dreimal hat er schon angerufen“, meldete seine Sekretärin über die Gegensprechanlage.

Das auch noch. Dieser Wurm, der bis vor Kurzem noch hinter der Kassa des Café Cristallo zu sitzen und zu kuschen hatte, fing an zu nerven. „Na gut, stellen Sie durch.“

„Direttore Feri, ich hätte noch ein paar Eier für Sie. Ganz frisch gelegt. Sind Sie daran interessiert?“

Der Trottel hielt sich für schlau. Wollte offenbar verklausuliert mit ihm sprechen, falls jemand mithörte. „An sich ja, bringen Sie sie in der Bank vorbei.“

„Das kann ich ja nicht, wegen meiner Behinderung. Wir könnten uns aber bei Rainer treffen.“

„Wo?“

„Bei Rainer. Liegt am gleichen Weg.“ Kein Zweifel: Gemeint war Rainer Maria Rilke, also sein Haus am Rilkeweg.

„Meinetwegen, sagen wir heute Abend um zwanzig Uhr.“

„Geht in Ordnung.“

Feri wurde immer klarer, dass dieser Claudio Casari ein zusätzliches Risiko für seine goldene Zukunft war.

Gerade wollte der Bankdirektor sich den Änderungen an seinem Plan widmen, da wurde er an die Wechselkassa gerufen. Als er die Halle betrat, erblickte er den Installateur auf der Treppe in den Keller zu den Schließfächern. Ihre Blicke trafen sich zufällig, der Handwerker salutierte mit zwei Fingern an der Schläfe in seiner urblöden Manier. Das auch noch. Einer der schlechteren Tage Hiobs.

Feri begann am ganzen Körper leicht zu zittern, doch er musste sich jetzt zusammenreißen und zum Wechselschalter gehen. Alles andere würde auffallen.

Ein völlig Fremder wollte ägyptische Pfund tauschen. Der Kassier war sich unsicher über den Kurs und hatte eine Seite mit Zahlen auf seinem Bildschirm.

„Tauschen wir nicht, Kollege."

Das war's. Das hätte man auch telefonisch klären können. War der Fremde vielleicht schon gar der Killer? Ägyptische Pfund hatte hier noch nie jemand tauschen wollen.

Direttore Feri wurde schlagartig bewusst, dass der Platz in der Bank immer mehr zu einer tickenden Zeitbombe wurde. Was er über die Jahre angespart hatte, hatte er an der Börse verloren. Mit den dreihunderttausend Euro aus einer erschlichenen Hypothek auf das Haus seiner Mutter wollte er den Verlust mit soliden Triple-A-Papieren der Lehman Brothers wieder hereinholen. Doch das für unmöglich Gehaltene war eingetreten: Die Investmentbank ging pleite, löste eine weltweite Finanzkrise aus und Feri war wieder ohne Reserven. Nur durch einen heftigen Zugriff auf die Schließfächer einiger betuchter Kunden am Tag X konnte er sich jetzt über Wasser halten. Er würde ein stehendes Angebot seiner Bank, das Institut gegen einen goldenen Handschlag zu verlassen, annehmen, an seinem vorletzten oder letzten Arbeitstag die Videoüberwachung des Gewölbes ausschalten und in aller Seelenruhe gezielt Schließfächer ausräumen. Feri schätzte die mögliche Ausbeute auf zwei bis drei Millionen. Mit den zwei Millionen für die Fälschungen kam er schon einmal auf fünf Millionen. Nichts Gewaltiges, aber besser als ein Loch im Kopf, und die Luft wurde dünn.

Eine Sache fehlte ihm noch zu seinem Glück: der richtige Pass. Ein Originalpass eines Kanadiers, ein gebürtiger Slowene, der bei einem Autounfall an der Küstenstraße südlich von Dubrovnik ums Leben gekommen war. Auf den musste er noch ein, zwei Tage warten. Feri würde seine Identität annehmen. Ein hundertprozentig wasserdichtes Dokument. Was, wenn dieser Installateur jetzt seine hunderttausend Euro vermisste, die der Bankdirektor für das Casari-Gold entnehmen musste? Der Bestohlene würde sein Büro stürmen und „Wo ist mein Geld?“ brüllen.

Wie gelähmt saß Feri in seinem Sessel und wartete. Nichts geschah. Im Büro war es so still, dass er seine Wanduhr ticken hörte: „Tick, tick, tick.“ Im Vorzimmer vernahm er, wie seine Sekretärin ein Telefonat führte, lachte, sich von jemandem verabschiedete und dann einen Text in ihren Computer klopfte. Sonst nichts. Nach einiger Zeit startete vor dem Fenster ein Auto. Als Feri aufstand, um hinauszublicken, sah er den Installateur vorbeigehen. Der hatte also gar nicht bemerkt, dass in seinem Schließfach ein Bündel von hunderttausend Euro fehlte. Kein Wunder, dass es den Handwerkern unter seinen Kunden so schlecht ging, wenn die zum Geldzählen zu blöd waren. Das war also noch einmal gut gegangen.

Doch was tun mit Casari? Am besten, er würde verschwinden. Der wollte doch in die Karibik. Warum rief er dann viermal an? Der Bankdirektor erinnerte sich dunkel, dass Casari seinen Pass suchte. Den würde er doch wohl inzwischen gefunden haben. Langsam dämmerte es Feri: „Hat er nicht. Deshalb lungert er noch immer irgendwo hier herum.“

Feri konnte jetzt sogar lächeln, wenn auch etwas gequält: „Casari, dir kann geholfen werden.“ Er fragte seine Sekretärin nach der Nummer vom letzten Anrufer, den sie ihm durchgestellt hatte. Jemand hob ab, meldete sich aber nicht. „Guter Mann, brauchen Sie noch immer das bewusste Dokument?“

„Ja, Direttore." Es war eindeutig Casaris Stimme.

„Ich werde mich bemühen, es Ihnen heute Abend zu bringen. Macht fünftausend. Ist Ihnen das recht?"

„Ja, ist mir recht." Casari sagte noch irgendetwas, aber Feri hatte schon aufgelegt.

Dottore Feri ließ sich die Akte zum Konto von Claudio Casari bringen. Nichts. Und dann die zum Café Cristallo. Und richtig, da war ein wunderschönes Passfoto vom zeichnungsberechtigten Casari. Der Bankdirektor nahm seinen eigenen Pass, warf einen Blick auf sein Foto und legte dann das des Kassiers dazu. Casari würde bald Feri heißen. Und wenn der Auftragskiller des Russen den gesuchten Feri tötete, dann würde es in Wahrheit Casari sein, der ins Gras biss. Sorry, Casari, aber eine Gelegenheit wie diese ließ man nicht aus. Der Bankdirektor meldete sich bei seiner Sekretärin mit der Ausrede ab, er hätte noch einen dringenden Weg und sei in etwa einer Stunde zurück.

Feri nahm ein Taxi zum Hafen. Im Hinterhof eines billigen Ristorante würde er sicher auf Fabrizio treffen. Der Dokumentenfälscher hatte einen legendären Ruf in der Unterwelt zwischen Triest und Venedig. Für einen Banker mit flexiblen Eigentumsbegriffen wie Feri war Fabrizio allemal eine Adresse, die er kennen sollte. Paolo Feri durchschritt, was ein Garten hätte sein können, in Wahrheit aber als Lagerplatz für Kleinschrott diente. Er reichte dem dickbebrillten Alten hinter einem beladenen Schreibtisch seinen Pass samt Hunderteuroschein und dem Foto Casaris. „Meines raus, das beiliegende rein, in zwei Stunden. Geht das?"

Fabrizio betastete mit zittrigen Händen die Fotoseite des Passes und die Rückseite des Fotos von Claudio

Casari. „Noch einen Hunderter und Sie können darauf warten. Ihr Pass ist übrigens auch schon fertig. Das Original ist heute per Post gekommen. Ich habe es inzwischen präpariert."

Direttore Feri war hoch erfreut, gab dem Alten den Hunderter, setzte sich auf einen schmutzigen Stuhl und ließ sich von einem noch schmutzigeren, wahrscheinlich halb blinden und halb tauben Hund beschnuppern. Der Alte löste das Foto mit einer Dampfdüse aus der Akte, ergänzte in hunderten kleinsten Punkten den Stempelabdruck der Republik Italien auf dem blöd dreinschauenden Casari zu einem vollen Rund und bearbeitete das Foto mit einem Prägestempel so, dass die Prägung genau zu der im Dokument passte. Schließlich entfernte er Feris Bild und klebte das bearbeitete ein. Dass Fabrizio fertig war, merkte Feri daran, dass seine Hände wieder zu zittern begannen. Mit diesen zittrigen Händen überreichte der Alte dem Bankdirektor Casaris neuen Pass und Feris eigenen neuen, den kanadischen. „Ecco!"

Das war's. Feri hatte seine neue Identität und Casari war jetzt Direttore Paolo Feri. Der Kassier hatte keine Ahnung, dass er sich damit im Fadenkreuz eines russischen Killers befand. Und dafür würde er auch noch fünftausend Euro rausrücken. Der Hund begleitete Feri noch bis zur Straße, so als ob er aufpassen würde, dass die Kundschaft nichts von dem herumliegenden Zeug mitnahm.

Erst im Büro besah der Bankdirektor sich Fabrizios Arbeit. Na bitte, ein überwältigender Beweis organisatorischer und grafischer Extraklasse. In Anwesenheit des Fälschers wäre diese Prüfung unangebracht gewesen. Feri wusste aus Erfahrung, dass Fabrizio wie so viele Genies auch ein Spinner war. Er hätte ein solches Verhalten als Misstrauen aufgefasst und ihm womöglich nie wieder geholfen. Obwohl, wenn er es recht bedachte: Er würde ihn sowieso nie wieder brauchen. Paolo Feri war von nun an Radovan Terkić, kanadischer Staatsbürger. Das Geburtsjahr passte, Feris Slowenisch- und Englischkenntnisse rundeten das Bild zu einem fehlerfreien Ganzen ab. Und sollte der Russe einen Feri suchen – was so gut wie sicher war –, würde er der Spur Casaris folgen. Das könnte eng werden für diesen Wurm.

Wenn Feri heute noch abhaute, wäre er alles los. Nichts hielt ihn. Nicht die nörgelnde Frau, die er über vierzig Jahre lang für seine Mutter gehalten hatte, bis ihm ihr Arzt in einer Krisensituation mitgeteilt hatte, dass er nicht ihr leiblicher Sohn war. Nicht das Haus, dessen Wert mit der stillen Hypothek ausgereizt war. Und ganz sicher nicht der Job in der Bank, zu dem ihn seine Leihmama überredet hatte, weil der doch so sicher sei. Von wegen. Er würde einen Kurzurlaub anmelden, über London fliegen, einen Kreislaufkollaps an die Bankdirektion nach Udine melden und aus gesundheitlichen Gründen der einvernehmlichen Kündigung zustimmen. Die Abfertigung der Bank und eine zukünftige Pension würde er sich nach Kingston überweisen lassen. Ein Konto hatte er schon vor Jahren während eines Jamaika-Urlaubs eingerichtet. Dort war auch schon einiges auf Depot. Natürlich musste er vorsichtig sein. Nicht wegen der Bank, nicht wegen der italienischen Justiz, sondern wegen des Russen. Zumindest so lange, bis er sicher sein konnte, dass Casari alias Feri von dem Killer schon ins Jenseits befördert worden war. Einen Moment lang regte sich sein Gewissen, aber Feri erteilte sich sogleich die Absolution:

„Geht nicht anders. Entweder ich oder Casari. Also ein typischer Fall von Notwehr."

Nicht nur gute Nachrichten an diesem Tag, aber er hatte so weit alles im Griff. Wenn das kein Grund war, sich bei Rebecca ein wenig verwöhnen zu lassen.

23

Er klopfte und lauschte an Rebeccas Wohnungstür. Nichts rührte sich. Vielleicht war sie im Paradiso aufgehalten worden oder einkaufen. Jetzt traf es sich gut, dass er das Polizeisiegel der Hintertür des Café Cristallo einfach ignoriert und sich dort umgesehen hatte. Besser noch, dass er Beppos Schlüssel zu Rebeccas Wohnung dabei an sich genommen hatte. Der Mann zog ihn aus seiner Tasche und schloss die Wohnungstür auf. Drinnen wollte er sich einen Überblick verschaffen, die Papiere sichten, bevor er zum Geschäftlichen kommen würde.

Leise schlich er durch den Vorraum ins Wohnzimmer. Alles ruhig. Durch die offene Schlafzimmertür sah er Rebecca. Sie lag auf ihrem Bett und schlief. Nach dem Nachtdienst im Paradiso nur ganz natürlich. Doch darauf konnte er jetzt keine Rücksicht nehmen, er musste sie wecken. Sie riss bei der ersten Berührung die Augen auf und wollte schreien. Reflexartig erstickte er Rebeccas Schrei mit einem festen Griff um ihren Hals. Sie wehrte sich, er musste fester zudrücken. Wie ein Liebespaar wälzten die beiden sich ein paar Augenblicke lang im Bett. Der Mann spürte, wie sich Rebeccas Brust unter seiner aufbäumte, wie sie ihre zuckenden Beine um sein rechtes schlang. Dann rührte sie sich nicht mehr. Er roch ihren Schweiß und ließ los. Seine beiden Handrücken bluteten. Nicht stark, aber die Kratzer waren tief. Er musste die Decke mitnehmen, wenn er ging. Die wären imstande, ihm wegen eines Tropfens Blut etwas nachzuweisen. Völlig belämmert stand er vor der Leiche. Das war völlig aus dem Ruder gelaufen. Zu blöd, denn mit einer Toten konnte man keine Geschäfte machen. Gerade als er die Decke nehmen wollte, läutete es an der Tür. Verflucht, es war nicht abgesperrt!

Der Mann rührte sich nicht. „Signora?“, rief eine Stimme. Er schlich ins Nebenzimmer und hörte, wie der Besucher an der Tür vorbei in das Wohnzimmer ging. Das bot ihm die Gelegenheit, unbemerkt zu verschwinden. Mit der Decke, aber ohne Leintuch. Auf der Treppe gab er sich ordentlich die Fersen, weil er damit rechnete, dass da oben gleich Zeter und Mordio geschrien würde.

Claudio Casari wiederum stand etwas ratlos im leeren Wohnzimmer und registrierte nur, dass jemand die Wohnungstür hinter sich schloss. „Signora Bregoli, sind Sie da?“ Der Kassier überlegte. War sie im Schlafzimmer? Die Tür stand halb offen.

Ob er wollte oder nicht, er musste sie sprechen! Das Risiko, auf dem Weg hierher erkannt zu werden, durfte er nicht nochmals eingehen. Um keinen neugierigen Taxifahrern aufzufallen, hatte er sich ein Fahrrad gekauft und war losgestrampelt. Doch weit würde er nicht kommen, denn er hatte ja keinen Pass und saß fest. Sein eigener Pass nützte ihm nichts, schließlich wurde er polizeilich gesucht. Zum Glück kannte Rebecca jemanden, der mit gefälschten Reisepässen handelte. Casari wusste aber nur, dass er Fabiano oder Fabrizio hieß und Rebeccas schwarzen Mädchen zu allem verhalf, was die brauchten, um in Italien ungestört dem horizontalen Gewerbe nachgehen zu können. Der musste ihm unbedingt einen Pass organisieren.

Als Casari vorsichtig die Tür ins Schlafzimmer öffnete, sah er zunächst nur die unbedeckten Schenkel Rebeccas. Er wollte sich schon entschuldigen, als er stutzte. „Signora Bregoli?“ Sie rührte sich nicht. Casari trat näher und sah in die weit aufgerissenen toten Augen der Frau.

Schon wieder tote Augen. Zur Ohnmacht erstarrt stand er da und es dauerte einige Zeit, bis ihm wieder einfiel, weshalb er eigentlich hier war. Der Kassier riss sich vom Anblick der Toten los und begann, fieberhaft die Wohnung zu durchsuchen. Wie kam er jetzt an einen Pass? Rebecca konnte ihm nicht mehr mit Namen und Adresse des Fälschers helfen. Und von Feri wollte er sich nicht helfen lassen. Er traute ihm nicht. Wer weiß, was der ihm für ein Dokument andrehen würde. Für fünftausend Euro. Das kam wirklich nur als letzte aller Möglichkeiten in Frage.

Rebecca lag bloß da, den Rock hochgeschoben, mit starrem Blick und einem aufgequetschten Mund, wie diese Blume, das Löwenmaul. Der Anblick verstörte ihn, deshalb zog er ihr das Nachthemd runter bis zum Knie und begann zu suchen. Vielleicht hatte sie die Adresse von diesem Fabiano oder Fabrizio auf einen Zettel oder in ein Notizbuch geschrieben. Erst das Wohnzimmer, dann das Schlafzimmer, zum Schluss die Küchenschränke und Laden. Nichts. Das Suchen brachte ihn auf die Idee, wie bei Beppo einen Raubmord zu inszenieren. Casari riss alles aus den Schubladen und Schränken. Das würde den Commissario beschäftigen und er selbst käme nicht gleich ins Fadenkreuz.

Die Ergebnislosigkeit seiner Suche war frustrierend, aber nicht wirklich überraschend. Der Kassier hatte stets beobachtet, dass Leute wie Beppo Tonelli und Rebecca Bregoli nie etwas Wichtiges aufschrieben. Schon gar nicht Namen, Adressen und Zahlen. Jetzt war er auf Direttore Feri angewiesen. Der hatte ihm einen Pass versprochen, für fünftausend. Wie doch alles gleich teurer wurde, wenn die Gegenseite wusste, dass man flüssig war. Flüssig und in einer Zwangslage.

Casari sah sich noch einmal um. Warum musste Rebecca sterben? Sie hatte niemandem etwas getan. Im Gegenteil, sie war jedem gefällig – zumindest beinahe, denn ihm nicht. Aber er wusste, dass sie ihn damals nur wegen Beppo abgewiesen hatte. Um ihn, Casari, zu schützen, denn Beppo hätte ihn sicherlich arg zugerichtet, wenn er davon erfahren hätte. Unter Nutten und Zuhältern gab es Regeln, und Beppos Rebecca mit dem Angestellten Casari – das ging nach diesen Regeln gar nicht. Der Kassier trug ihr nichts nach, vielmehr mochte er sie und hoffte, dass Vossi und seine Mannschaft den Täter zu fassen kriegten. Deshalb war es eigentlich blöd, einen Raubmord zu inszenieren. Andererseits, er musste auch an sich denken. Wie aber war der Mörder in Rebeccas Wohnung gekommen? War die Tür unversperrt gewesen? Oder hatte der Mörder einen Schlüssel?

Wie auch immer, ihn würde man nicht verdächtigen. „Nein, nein, da kein Sexualdelikt vorliegt, muss die Dirne Rebecca bestohlen worden sein." So würde dieser Vossi argumentieren. Casari entnahm einer Schatulle hinter dem Fernseher ein Bündel Geld und eine Handvoll Schmuck. Er ließ ein Stück auf den Boden fallen, um die Eile des vermeintlichen Räubers zu imitieren, dann wickelte er den Rest fein säuberlich in ein Geschirrtuch. Dabei fielen ihm die Ohrgestecke mit dem großen Rubin auf, die er an ihr schon gesehen hatte. Casari nahm eines davon und legte es der Toten so auf den Mund, dass der Rubin ihre Unterlippe berührte. So, als würde Rebecca den Stein im Tode küssen. Er bildete sich ein, dass sie ihn dafür einen Augenblick lang dankbar ansah, als wüsste sie um die Symbolik des Rubins.

Die Wohnungstür ließ er einen kleinen Spalt weit offen, so, als hätte es der Räuber sehr eilig gehabt. Niemand hatte ihn kommen sehen, niemand war im Treppenhaus, um seinen Abgang zu beobachten, niemand begegnete ihm im Lift. Er war Herr der Lage. Am Rilkeweg warf Casari das Bündel mit den Schmuckstücken in einen Papierkorb. Nichts davon wollte er behalten. Das wäre ja Diebstahl. Das hätte Rebecca nicht verdient. Auch von ihrem Geld wollte er nichts haben. Er warf es hinterher, trotz der großen Pläne, die er hatte.

Auf einem Rastplatz für Wanderer setzte Casari sich hin, um den Abend abzuwarten und Feri wie vereinbart zu treffen. Er sah auf das Meer hinaus, auf ein Segelboot, das die Bucht querte, dachte an Rebecca und bekam das heulende Elend. Gott war ungerecht. Ein Willkürherrscher und Despot.

Zu diesem Zeitpunkt machte sich Direttore Feri auf den Weg zur Edelstute dieses aufgeschlitzten Automaten-Cafetiers. Was für eine tolle Frau. Immer freundlich, immer an dem interessiert, was er daherredete. Immer bereit, ihre Schenkel für ihn zu öffnen, ihm ihre Brüste vor die Nase zu halten, ihm spielerisch auf die Hand zu klopfen, wenn er im Vorspiel zu gierig danach griff. Das Erstaunliche und in hohem Maß Erregende an ihr war, dass sie immer genau zu wissen schien, was er wann wollte. War es Berechnung oder Lust am Spiel? Oder waren es die Erfahrungen einer ausgereiften Dirne? Er konnte nie zu einer klaren Erkenntnis kommen, weil allein schon das Nachdenken darüber seine erotischen Phantasien zu sehr beflügelte.

Die Tür zu ihrer Wohnung war nur angelehnt. Das war höchst ungewöhnlich. Feri schob sie auf, trat ein und schloss sie leise hinter sich. „Rebecca?"

Nichts rührte sich. Feris Vorfreude auf das, was Rebecca zu bieten hatte, war mit einem Schlag weg. Angst meldete sich. Die Angst, die er immer hatte, wenn er hierherkam. Die Angst, gesehen zu werden, erkannt zu werden oder von irgendwem abgepasst zu werden. Vielleicht war diese Angst Teil des Reizes, hierherzukommen. Feri lachte über sich. Diese Angst brauchte er nicht mehr zu haben. In wenigen Tagen schon würde er weit weg sein von hier, sich an anderer Stelle eine andere Rebecca suchen. Also?

Schon vom Wohnzimmer aus sah er sie. Zuerst dachte er, Rebecca würde spaßen, ihn erschrecken wollen. Dann wurde ihm klar: Zum ersten Mal in seinem Leben sah er eine Tote. Diese verdammte Nutte. Gefährdete alle seine Pläne. Na gut, sei's drum, einfach nur weg. Feri schloss die Tür hinter sich, ging zum Lift und wartete auf die Kabine. Ausgerechnet, als er einsteigen wollte, kam jemand vom oberen Stock herunter. „Kann ich mitfahren?"

Was blieb Feri anderes übrig, als freundlich zu grinsen? „Aber gern", quetschte er aus sich heraus. In der kleinen Liftkabine musste er auch noch mit dem Gesicht zu seinem Mitfahrer stehen, einem jungen Schnösel, der über seine Ohrenstöpsel Musik hörte, die metallen aus seinem blöden Schädel widerhallte wie ein Echo aus einer hässlichen Welt. Feri hielt sich die Hand vors Gesicht und kratzte an seiner Stirn. Das würde es dem anderen schwerer machen, ihn zu beschreiben oder der Polizei bei der Erstellung eines Phantombildes zu helfen.

Als er wieder auf der Straße war, stellte der Bankdirektor mit Genugtuung fest, dass mit den beginnenden Abendstunden viel Leben unterwegs war. Nachgehen konnte ihm unbemerkt keiner. Ob dieser Jammerlappen von einem Kassier Tonelli tatsächlich umgebracht hatte? Feri drängte sich durch einen Touristenschwarm, den ein

Bus ausspuckte. Kein Wunder, dass die Sheriffs Casari bei diesem Andrang noch nicht greifen konnten, obwohl der doch ständig hier irgendwo unterwegs war. Aber den Gefallen konnte er den Carabinieri tun. Warum nicht? Etwas Besseres, um von seiner Anwesenheit am Tatort abzulenken, gab es doch gar nicht. Den Jungen mit den Ohrenstöpseln würde man erst gar nicht fragen, ob er jemanden gesehen hatte. Vielleicht auf der Treppe oder im Lift? Solche Fragen würden die Schnüffler nicht stellen, wenn sie Casari schnappen konnten, wie er blöd vor der Toten stand. Er müsste diesen Versager nur unter einem Vorwand zu Rebeccas Wohnung locken, ihm folgen und zum gegebenen Zeitpunkt die Polizei verständigen.

Doch halt, das ging ja nicht: die Münzen. Die Polizei würde das viele Geld bei ihm finden und fragen, woher er es hatte. Casari würde von dem Fund und dem Geschäft mit ihm erzählen. Na gut. Ich habe die Münzen von Casari gekauft. Zu einem fairen Preis. Die Polizei würde sich für die Auskunft bedanken und gehen. „Aber bitte, gerne doch“, würde er ihnen nachrufen. Und dann? Dann wäre er nach wie vor Feri und damit immer noch im Visier der Russenmafia – er, und nicht Casari als falscher Feri. Nein, nein, Casari wurde als Feri gebraucht, um die Russen zu täuschen und ein für allemal abzuschütteln.

„Also, mein lieber Casari, wie gut, dass wir eine Verabredung haben“, fasste Feri seine Gedanken zusammen, bestieg den Wagen und fuhr los in Richtung Rilkeweg. Es begann leicht zu regnen. „Verflucht, jetzt werde ich auch noch nass.“

Casari wartete gleich hinter dem Touristen-Rastplatz. Als Feri eintraf, ging er unruhig und verkrampft auf und ab. „Haben Sie den Pass?“, wollte der Kassier wissen.

„Nein, aber Rebecca kann Ihnen helfen. Ich habe sie gerade gesprochen. Sie erwartet Sie."

„Rebecca lebt?", stammelte Casari.

Feri brauchte eine Weile, um die Tragweite dieser Frage zu erkennen. Dieser Kassier war also Rebeccas Mörder. Warum sonst hätte er sich gewundert, dass Rebecca noch lebte.

„Sie waren es also. Sie haben Rebecca umgebracht, Casari! Aber warum?"

Der Kassier aber hörte überhaupt nicht zu. „Ihr seid schuld, ihr alle!", brüllte er wie ein Stier.

Casari senkte den Kopf und lief voll auf Feri zu. Zunächst sah es so aus, als wollte er Anlauf nehmen, um sich in weitem Bogen über den Abgrund ins Meer zu stürzen. Sein Kopfstoß traf Feri mit voller Wucht gegen die Brust. Dem Bankdirektor blieb die Luft weg, völlig geräuschlos stürzte er rücklings über die Kante in die Tiefe. Auf einem Felsvorsprung auf halber Höhe der Wand schlug er auf, mit einem dumpfen Geräusch, das der Regen verwischte.

Casari stand verdattert im Regen. Das Dämmern des Begreifens brauchte etliche Minuten. Letztlich dominierte die Erkenntnis: wieder kein Pass.

24

Roberto erschien extrem aufgekratzt zur Morgenbesprechung. Sprungbereit saß er am Konferenztisch, legte seinen Ordner mal hierhin, mal dahin, klemmte seine Hemdärmel zwischen seine Finger, streckte mehrmals die Arme, prüfte den Sitz seines Kragens, kurzum: Er wirkte wie einer, der sich startbereit machte. Stand etwa ein durchschlagender Ermittlungserfolg ins Haus? Rita sah ihren jungen Kollegen groß an, er zwinkerte ihr zu, und sie wusste Bescheid: Es gab keinen zwingenden Grund mehr, sich einen Sonderurlaub zu nehmen, mit der werdenden Mutter nach Sizilien zu reisen, um Mamma zu eröffnen, dass sie in einigen Monaten Großmama würde. Rita lächelte und nickte Roberto aufmunternd zu. Er hatte ihr anvertraut, dass das junge Paar eine Elternschaft vorerst einmal nicht ganz oben auf ihrer Wunschliste hätte, zumal sich seine Partnerin über die Belastbarkeit ihrer Beziehung noch nicht ganz sicher war.

„Schon wieder", hatte Rita gedacht. Die Zahl der Menschen, die sich nicht sicher waren, ob sie ein partnerschaftliches Lebenslang eingehen wollten, nahm in ihrem Umfeld täglich zu. „Ist das gut oder schlecht?", hatte sie sich kurz gefragt, aber keine klare Antwort gefunden.

„Gibt es etwas, das ich wissen sollte, aber noch nicht weiß?", fragte Vossi.

„Ach nichts, rein privat", antwortete Rita.

„Gerade dann möchte ich es wissen."

Man lachte, nicht verlegen, sondern belustigt. Vossi lachte mit. Seine übergeordnete Verantwortung für sein Team hatte sich über die Jahre zur Patronanz entwickelt. Er stritt für sie bei den höheren Dienststellen um ihre Vorrückung, für ihre Spesenabrechnungen, für eine faire Anerkennung und Entlohnung der Überstunden und für eine Urlaubseinteilung, die ihren Wünschen so weit wie möglich entgegenkam. Kein Wunder also, dass Roberto und Rita die Frage, ob es im Polizeidienst vielleicht zu viel Bürokratismus gäbe, mit einem glatten Nein beantwortet hätten.

„Beginnen wir mit dem Tod von Dragan Jurić. Erste Frage, rein nach dem ganz persönlichen Gefühl und nach dem Zwischenstand unserer Erkenntnisse: Wer ist für Selbstmord?“, eröffnete Vossi. Neben Rita und Roberto waren noch vier Kollegen und eine Kollegin auf Recherche gewesen. Niemand zeigte auf. „Ein deutliches Ergebnis. Der Vorgesetzte des Toten, der Montaningenieur Carlo Bennuti, sitzt draußen. Überlegen wir uns doch die Fragen, die wir ihm stellen. Zuerst aber: Was haben wir?“

Roberto fasste zusammen: „Nach allen Recherchen war außer diesem Dragan niemand oben in der Wand, korrekter gesagt: Niemand ist gesehen worden.“

„Warum diese Einschränkung?“

„Maurizio hat Autospuren feststellen können, oberhalb der Wand, von der Straße über das Feld zur Kante.“

Maurizio, der erst vor wenigen Wochen dem Team Vossi zugeordnet worden war, hatte bis vor Kurzem noch Verkehrsdienst gemacht. Damit war er auf allen Straßen und Feldwegen der Provinz zu Hause. Prompt trat er mit einer Straßenkarte an Vossi heran. „Dieser Güterweg führt von der Gemeindestraße in Richtung des aufgelassenen Steinbruchs von Jamiano. Er endet in freiem Feld. Hier ist es ziemlich steinig, aber ein paar Gräser gibt es doch. Und da haben wir Autospuren entdeckt. Und ganz nahe an der Kante muss ein Wagen sehr lange gestanden haben. Der Fahrer hat geraucht und sich entleert, wir haben sowohl Kippen als auch Exkremente gefunden. Er könnte dort die ganze Nacht vor dem Unfalltag gestanden sein."

„Sie haben Autospuren gesagt, Maurizio. Heißt das Spuren von mehreren Autos?"

„Von drei verschiedenen, wobei nur einer bis knapp an die Kante der Wand gefahren ist. Die anderen haben offensichtlich im Bereich einer Baumgruppe geparkt."

„Passen die Zigarettenkippen zu der, die auf der Terrasse gefunden worden ist?"

„Ja."

Rita schaltete sich ein: „Wir sind mit unserem Dienstwagen an die Stelle gefahren, an der der eine Wagen längere Zeit gestanden sein muss. Wir haben festgestellt, dass man den Wagen von unten nicht sehen kann – weder vom Mannschaftshaus noch von der Hütte des Platzmeisters aus. Dann ist ein Kollege von oben, also vom Standplatz des unbekannten Fahrzeuges, zur Terrasse abgestiegen, auf der die Gerätschaften des Opfers gefunden worden sind. Man hat ihn vom Bereich um die Hütte des Platzmeisters aus mit freiem Auge nicht erkennen können. Mit Fernglas ja, aber nur, wenn er sich bewegt hat. Ist er stillgestanden, musste man wissen, wo er ungefähr war, um ihn ausmachen zu können."

„Das heißt, die Autospuren belegen, dass jemand da oben war. Möglicherweise zur Tatzeit. Und dass dieser Jemand ungesehen zu der bewussten Terrasse absteigen hätte können, um Dragan Jurić in die Tiefe zu stoßen."

„Genau so ist es, Bruno."

„Ist ein solcher Jemand auf dem Güterweg oder in der Nähe der Senkrechten gesehen worden?"

„Wir haben alle Anrainer befragt", meldete sich Maurizio. „Es sind vier Bauernhöfe und ein Agriturismo mit Verkauf ab Hof. Eine Bäuerin hat am Sonntagabend die Lichtkegel der Scheinwerfer gesehen und sich geärgert, weil es ihr Grund und Boden ist und ein deutliches Fahrverbotszeichen die Benutzung des Güterwegs untersagt. Was allerdings nicht ganz stimmt, Commissario."

„Und wieso?"

„Das Fahrverbotszeichen ist weder in der Höhe noch im Winkel zur Fahrbahn nach den Vorschriften der Straßenverkehrsordnung aufgestellt. Ein Befahren des Güterwegs könnte also nicht geahndet werden."

Um zum Grinsen der Runde einen Lacher gar nicht erst aufkommen zu lassen, knüpfte Vossi unmittelbar an: „Die Zigarettenkippen zur Analyse in die Spusi."

„Ist schon geschehen."

„Sehr gut. Rita, gibt es was Neues aus der Durchsuchung der Wohnung dieses Dragan Jurić?"

„Das Auffälligste war sicher dieser in Bruchstücke geschlagene Torso mit dem Gesicht von Carlo Bennuti. Unglaublich, wie spartanisch die Wohnungseinrichtung des Toten war. Im Vorzimmer waren gerade mal ein Spiegel und ein Regenmantel, im Bad nur das Allernötigste an Hygieneartikeln. Keine Drogen, nirgendwo etwas versteckt, keine Familienfotos. In der Küche nur ein paar haltbare Lebensmittel. Alles spricht dafür, dass es eine Zweitwohnung war und der Bewohner irgendwo bei einer Freundin seinen eigentlichen Wohnsitz hatte. Jedoch, keine Freundin."

„Dann wird er sich wohl kaum wegen Liebeskummer von der Wand gestürzt haben, aber diese Gewissheit hatten wir ja schon."

Rita blätterte in ihren Unterlagen und fand die Stelle, die sie gesucht hatte: „Das hier hat uns stutzig gemacht: Am Tag vor dem Vorfall ist der wegen Mordes an Beppo Tonelli gesuchte Claudio Casari vor Jurićs Wohnung gesehen worden. Da war sich unsere Zeugin ganz sicher. Sie betreibt die dortige Espressobar mit dem Tabakladen. Sie gibt an, dass der gesuchte Claudio Casari am Sonntag vor dem Absturz bei ihr Zigaretten gekauft und sich mit jemandem aus dem Nebenhaus ein Schreiduell geliefert hat. Danach sei er weggefahren. Mit einem türkisfarbenen Wagen, Marke unbekannt. Die Farbe passt zu Claudio Casaris Wagen. Merkwürdig bleibt: Nach unseren Erkenntnissen war Casari Nichtraucher. Warum hat er sich dann Zigaretten gekauft? Um unauffällig beobachten zu können? Wen? Dragan Jurić?"

„Wir müssen unbedingt herausfinden, in welchem Verhältnis der gesuchte Casari und dieser Dragan Jurić gestanden sind", sagte Commissario Vossi.

Danach entließ Vossi alle außer Roberto und Rita und bat, Ingenieur Bennuti hereinzuholen.

Der Montaningenieur wartete bereits im Flur. Er verfolgte das Kommen und Gehen der Beamten, nichts davon vermittelte ihm Zielstrebigkeit oder Kompetenz. Allerdings hatte Bennuti keine Erfahrung mit Angehörigen der Abteilung Leib und Leben. Gott bewahr! Er wusste aber auch nicht wirklich, was er eigentlich erwartet hatte. Einen superschlauen Sherlock Holmes? Einen cholesteringeplagten Hercule Poirot? Oder gar einen Commissario Brunetti? Bennuti wurde klar, dass er das Milieu eben nur aus Verfilmungen von Kriminalromanen kannte. Und so einer wie dieser Bruno Vossi war ihm darin nie begegnet. An sich ein umgänglicher Typ, ein wenig sehr bodenständig vielleicht. War sein rustikales Äußeres bloß Tarnung? Sollte die etwas distanzierte, dabei aber doch freundliche Art steten Argwohn verdecken? Es war dem Commissario nicht zu wünschen, sonst wäre er wie Bennuti selbst früher oder später ein Fall für den Onkologen. Das wünschte er keinem. Und seine Assistentin, dieser frauliche Typ mit dem offenen Blick? Von der hätte er steinhartes Brot gekauft, wenn sie gesagt hätte, es käme frisch aus dem Ofen. Und dann noch der Junior. Carlo hatte seinen Namen vergessen, nicht aber seinen wachen Blick. Bennuti wusste, noch war der Kopf des jungen Polizisten eine Bibliothek voller leerer Bücher, aber das würde sich ändern. Das Leben würde sie vollschreiben. Und wie viele schöne und wie viele hässliche Seiten es würden, hing vom Glück und Naturell des Einzelnen ab. Er selbst hatte nur wenige schöne Seiten in den Büchern seiner Bibliothek. War es Pech oder war es sein Naturell? Egal, sie waren geschrieben, und um nichts in der Welt wollte er mit dem jungen Mann und seinen vielen Chancen tauschen.

Gerade, als Carlo sich das schwor, kam Roberto schnurstracks auf ihn zu. „Buongiorno, Signore Bennuti. Dürfen wir bitten." Der Ingenieur nahm seinen Stock und folgte dem Ermittler ins Zimmer.

Vossi kam hinter seinem Schreibtisch hervor und Bennuti entgegen. Er bemerkte seinen Stock. „Signore Bennuti, haben Sie sich verletzt?", fragte der Commissario besorgt.

„Nicht wirklich. Mein Arzt sagt, es kommt von der Leber. Die Gelenke und ich, wir hätten es bloß auszubaden."

„Nichts Ernstes, hoffe ich?"

„Oh doch. Ich habe einen Freund verloren."

Diese Antwort traf Vossi unvorbereitet, vor allem ihr tierischer Ernst. Ihn hatte an der Beziehung der beiden nur interessiert, ob die Beziehung selbst ein Motiv sein könnte. Nachdem dies auszuschließen war, hatte er sich nicht mehr damit beschäftigt. Er würde sich später selbst zu fragen haben, wie tief eigentlich seine Freundschaft mit Stipe oder Bettini, mit Rita oder Roberto ging. Jetzt aber hatte er sich schleunigst darauf einzustellen, Bennuti nicht wie einen unbetroffenen Zeugen, sondern wie einen Hinterbliebenen zu behandeln.

„Bitte, nehmen Sie Platz, Signore Bennuti. Dies ist als informelle Unterhaltung zwischen Leuten gedacht, die alle das Gleiche wollen, nämlich die sichere Beantwortung der Frage nach Totschlag, Mord oder Unfall."

„So? Ich habe über den Platzmeister erfahren, dass Ihre Leute schon weiter sind und sogar wissen, wer der Mörder ist. Derjenige nämlich, von dem im Fernsehen berichtet wird, dass er einen Zuhälter erstochen hat."

„Manchmal wissen die Zaungäste über den Stand unserer Ermittlungen mehr als wir selbst. Journalisten zum Beispiel. Auf das dürfen Sie nicht allzu viel geben. Was ist denn Ihre persönliche Einschätzung? Halten Sie Selbstmord noch immer für so ausgeschlossen wie bei unserer ersten Begegnung im Steinbruch?"

„Ganz ausgeschlossen."

„Gut, also Ihre persönliche Überzeugung allein hilft uns nicht, um zu einem unanfechtbaren Urteil zu kommen. Wollen Sie uns helfen?"

„Ja, sicher. Sie fragen, ich antworte."

„So haben wir es am liebsten, Signore Bennuti. Erste Frage: Können Sie uns sagen, warum Dragan Jurić plötzlich wieder Alkohol getrunken hat?"

„Nein."

„Wissen Sie, warum er schon vor Ihnen in die Wand aufgestiegen ist?"

„Dem Platzmeister hat er gesagt, wegen der Hitze. Am Morgen ist es noch kühler."

„Hat er einen gewissen Claudio Casari gekannt?"

„Nein.“

„Wissen Sie, ob Dragan Jurić öfter im Café Cristallo verkehrt ist?“

„Nein.“

„Hatte er eine Freundin, von der wir noch nichts wissen?“

„Nicht, dass ich wüsste.“

„Wir haben herausgefunden, dass seine Eltern tot sind, aber er noch eine Schwester in Zagreb hat. Hatte er mit ihr Kontakt?“

„Ich weiß nichts von einer Schwester. Ich bin mir ziemlich sicher, dass er keinen Kontakt mit ihr gehabt hat.“

„Hat Dragan Jurić vielleicht im Paradiso verkehrt, einem Bordell im Hafenviertel?“

„Mir wäre nichts dergleichen bekannt.“

„Signore Bennuti, wir glauben, dass irgendetwas da oben auf der Terrasse vorgefallen ist. Fällt Ihnen etwas dazu ein?“

„Nein.“

Vossi registrierte, dass dieses Nein sehr plötzlich gekommen war. Er nahm das Goldstück, das er aus der Asservatenkammer für dieses Gespräch hatte bringen lassen, und zeigte es Bennuti. „Haben Sie dieses Ding hier schon einmal gesehen?“ Damit hielt ihm Vossi das Goldstück, den Maximiliano, unter die Nase. Bennuti schluckte. Er schluckte ausgerechnet, bevor er verneinte. Auch seine Augen hatten sich für den Bruchteil einer Sekunde geweitet. Vossi reichte es. Mehr brauchte er gar nicht zu wissen. Dennoch gab er sich sehr enttäuscht. „Schade, Signore Bennuti. Schade, dass Sie uns nicht helfen wollen.“

Ohne etwas zu sagen, stand Carlo wie befreit auf und verabschiedete sich. Rita sah Vossi fragend an, der nickte ihr zu, woraufhin sie sich erhob und Bennuti die Tür aufhielt. Der sah sie einen Moment lang an und sagte: „Gott mit Ihnen, Signora." Darauf wusste sie nichts zu sagen.

„Was meint ihr? Ist er ehrlich? Kann Freundschaft so tief gehen?", fragte Vossi. „Da war was, zwischen den beiden. Als ich ihm das Goldstück gezeigt habe, hat er vor dem ‚Nein' geschluckt. Ausgerechnet da. Und beim Anblick des Goldstücks haben seine Augen einen Sprung gemacht. Aber nicht aus Gier nach Gold, sondern weil er es gekannt hat, aber überrascht war, es hier zu sehen. Was bedeutet?"

„Sie haben sich darum gestritten", sagte Roberto.

„Was für ein Glück, dass er ein hieb- und stichfestes Alibi hat", ergänzte Rita.

„Also, unser Ingenieur hat die Münze schon gesehen, so viel ist sicher. Vielleicht hat er sie gefunden, und Dragan wollte sie sehen, dabei ist sie ihm runtergefallen. Oder umgekehrt. Dann haben sie gesucht, aber nichts gefunden. Es ist zu keinem Streit gekommen. Weder vor noch nach dem Verlust der Münze. Können wir uns das so weit vorstellen?"

„Ist nachvollziehbar. Aber woher kommt das Goldstück, das unserer Vermutung nach Dragan im Cristallo für den einarmigen Banditen eingetauscht hat?", bohrte Rita nach.

„Wir wissen nicht, ob es ein Goldstück war. Vielleicht war es doch eine Banknote?", gab Vossi zu bedenken.

„Habe ich schon überprüft. Es gibt keine Banknote, die zu einem einigermaßen fairen Kurs zweihundertfünfzig Euro ergäbe", warf Roberto ein.

„Und zu einem unfairen? Ich meine, wir sind im Cristallo."

„Kann ich nicht gelten lassen, Rita. Ich würde mich dir anschließen, wenn das die Worte des Kassiers wären. Aber es waren die von Dragan. Er hat ja gesagt: ‚In Triest bekomme ich zweihundertfünfzig'. Eindeutig."

„Eine Taschenuhr vielleicht? Ich habe so eine", sagte Roberto, aber sein Tonfall verriet, dass er diese Möglichkeit für unwahrscheinlich hielt.

„Wo hast du sie?", fragte Vossi.

„Zu Hause in Sizilien."

„Würdest du sie in deiner Hosentasche herumtragen? Würdest du sie in ein Automatencafé mitnehmen, weil du damit rechnest, bis zum letzten Euro alles zu verlieren, um sie dann einzusetzen? Oder würdest du, wenn du damit rechnest, nicht lieber in ein Kino gehen?"

„Weiß ich nicht, ich bin kein Spieler."

„Als nicht spielsüchtig würdest du nicht, so viel ist klar. Und wir wissen von Ingenieur Bennuti, dass Dragan kein ausgesprochener Spieler war."

„Warum geht er dann überhaupt ins Cristallo?"

„Vielleicht wegen einer Frau, vielleicht wegen einer von Beppo Tonellis Nymphen?"

Alberto Bettini steckte den Kopf herein. „Braucht ihr das Goldstück noch?"

„Nanu, willst du dir einen schönen Tag damit machen?"

„Das nicht, Bruno, aber Saintrope will es sehen."

„Wieso das?"

„Er hat mich im Stiegenhaus gefragt, was wir in Sachen Dragan Jurić haben, und ich habe gesagt, ein Goldstück. Und er wollte es sehen."

„Ich werde dann zu ihm hochgehen und es ihm zeigen. Danach bringe ich es wieder in die Asservatenkammer."

Roberto stimmte der Wunsch Saintropes nachdenklich: „Ich will mir gar nicht vorstellen, wie so ein Fall in der Questura meiner Heimatstadt gehandhabt würde."

Bettini kam auf Beppo Tonelli zu sprechen: „Diese Kiste können Sie schließen, Commissario. Die Indizienkette hat sich geschlossen, der Haftbefehl liegt vor. Das Wichtigste: Wir haben die Kleider des Täters gefunden. Er hat sie unweit vom Tatort in einen Mülleimer geworfen. Ein aufmerksamer Nachbar hat sie nach der TV-Meldung gefunden. Der Mageninhalt im Bereich der Toilette deckt sich mit Spritzern davon auf der Hose. Wir können nachweisen, dass es die Hose Casaris ist. Alles passt zu den DNA-Proben, die wir bei unserem Gespräch im Cristallo von Casari genommen haben. Dann sind da noch jede Menge Fußabdrücke von ihm in der halben Wohnung, vor allem vor seinem Schlafzimmer. Interessant ist, dass die Spurensicherung Steinchen im Hosensaum Casaris sichern konnte, die nur vom Steinbruch stammen können, der Karstmarmor dort ist ganz spezifisch. Diese Steinchen im Saum seiner Hosen führen ihn gleichzeitig zu Dragan Jurić. Ein Indiz dafür, dass er am Tatort war. Sein Auto passt auch zu dem, das die Bäuerin auf dem Güterweg oberhalb der Felswand gesehen hat. Das wird ihn auch zum Fall Dragan Jurić heftig ins Schwitzen bringen."

„Ganz am Haken haben wir ihn damit aber noch nicht. Aber wir können ihn des Mordes an Beppo Tonelli überführen. Er wird dann wohl reinen Tisch machen wollen. Mehr als lebenslänglich würde er nie bekommen, nach zwölf Jahren wäre er frei. Das wäre die Empfehlung und Marschrichtung eines klugen Anwalts."

„Aber nicht die absolute Gewissheit, die sonst immer unsere Maxime ist", sorgte sich Rita.

„Bei der bleiben wir auch, deshalb braucht es das Gespräch mit Casari. Warum haben wir ihn noch nicht? Schlafen die Unseren?"

„Nein", sagte Rita bestimmt. „Die vom Streifendienst sagen, Casari könnte längst mit einem falschen Pass oder auch schwarz auf ein Schiff gekommen sein, und ab die Post."

„Dann bekommen wir ihn über Interpol."

„Es sei denn, er ist mit der Fähre in die Türkei oder in den Nahen Osten", gab Roberto zu bedenken.

„Kein schönes Ziel in Zeiten wie diesen. Nein, kann ich mir eigentlich nicht vorstellen. Lieber wäre ich bei uns in einem Knast. Höchstens Beirut oder Kairo als Sprungbrett nach Übersee wären denkbar. Hat er Geld?"

„Nicht so viel, dass er diese Münze hier kaufen könnte, aber für ein paar Jahre reicht's. Der Safe des Cristallo war leer, und wenn Tonelli irgendwo Schwarzgeld hatte, und das hatte er sicher, wird er es wohl auch an sich genommen haben", meinte Roberto. Das Läuten des Telefons unterbrach die Ermittler. Vossi bedeutete Roberto abzuheben. Er wollte mit dem Goldstück zu Saintrope, und dann ab in das Verlies damit. Robertos Worte hielten ihn an der Tür zurück: „Ein Leichenfund im Viale Rosselli. Eine Frau, offenbar erwürgt."

Vossi unterdrückte Verwünschungen gegen die Sitte, als er die Adresse hörte. Die Übereinstimmung konnte kein Zufall sein – die Tote war mit Sicherheit die Freundin von Beppo Tonelli. Von wegen „Keine Sorge, Bruno, für einen Zuhälterkrieg ist Monfalcone viel zu klein". Jetzt war er da. Was sonst hätte der zweite Mord im Rotlichtmilieu nach dem an Tonelli zu bedeuten? Mit Sicherheit ging es um sein Wolfserbe.

Vossi ließ den Kollegen aus dem Verlies kommen, der die Münze zurück in die Asservatenkammer bringen sollte. Anschließend machte sich das Trio auf zum Leichenfundort.

25

Ingenieur Bennuti fand die Befragung durch Commissario Vossi frustrierend. Er hatte eigentlich erwartet, dass die Ermittler wenigstens ein paar Erkenntnisse hatten, die ihm die Gewissheit vermittelt hätten, dass sie auf der richtigen Spur waren. Stattdessen hatten sie ihm nur Fragen gestellt, deren Antworten sie schon aus dem Erstgespräch kannten.

Ob er wüsste, warum Dragan an jenem Morgen schon vor ihm in die Wand aufgestiegen war? Hätte er sagen sollen, weil Dragan wegen ein paar Goldmünzen übergeschnappt war? Und woher sollte er wissen, ob Dragan diesen Burschen, der wegen Mordes an dem Bordellbesitzer gesucht wurde, kannte? Er wusste es doch nicht. Überhaupt war Bennuti nach Dragans Todessturz klargeworden, wie wenig er eigentlich über seinen Freund wusste. Freund? Ja, dabei blieb er. Schützling, hätte ein Außenstehender gesagt. Dieser Commissario Vossi zum Beispiel. Bennuti fragte sich, ob Dragan wirklich in diesem Café und in dem Bordell verkehrt hatte. Eigenartig, dass er ihm nie von der Existenz einer Schwester erzählt hatte. Vielleicht hatte er sogar eine Freundin. Was zählte es denn schon, dass er nie eine erwähnt hatte, wo er nicht einmal ein Wort über seine Schwester verlor? Dragan hatte nie gelogen. Könnte dieses Schweigen eine Lüge bedeuten? Dragans Schweigen schon. Wenn man solche Dinge vor Freunden verschwieg, war es entweder keine ehrliche Freundschaft oder Lüge.

Und dann die unangenehmste Frage, ob oben auf der Terrasse etwas vorgefallen sei. Bennuti hatte mit ihr gerechnet, sich darauf vorbereitet, und dann war er doch schlecht im Lügen. Der Commissario hatte es gemerkt. Er war nicht so leutselig rustikal, wie er sich gab. Es war Maskerade. Jedenfalls dann, wenn er seinem Gegenüber auf den Zahn fühlen wollte. Oder es war echt, aber dabei nützlich, dem anderen Vertrauen abzugewinnen.

Und dann noch die Münze, die er ihm plötzlich vor die Nase gehalten hatte. Einen Augenblick lang war er überfordert und sah, dass es der Commissario registrierte. Er musste lügen. Wem half es schon, wenn er sein Schweigen über den Fund preisgab? Stattdessen würde er selbst den Mörder Dragans finden. Der wusste ja ganz offensichtlich von dem möglichen Schatz da oben in der Wand. Also würde er kommen, um danach zu graben. Und er würde ihn stellen.

„Schade, Signore Bennuti. Schade, dass Sie uns nicht helfen wollen", hatte der Commissario bedauert. Und recht hatte er. Er wollte nicht! Warum sollte er der Polizei helfen? Nicht einmal den Torso hatten sie ihm ausgefolgt, den Dragan ihm zu seinem Geburtstag schenken wollte. Und wozu helfen? Selbst ein schwacher Anwalt würde den Mörder Dragans herausboxen. Angesichts der topografischen Gegebenheiten und der Tatsache, dass es keine Zeugen und keine Verletzungen gab, die als Hinweis auf den Mörder festgemacht werden könnten, würde sich die Beweiskette nie schließen. Nicht einmal für Totschlag würde es reichen. Ja, es war zweifelhaft, ob es überhaupt zur Anklage käme, egal wie sehr sich dieser Vossi auch ins Zeug legte. Nein, nicht nur er verschwieg dem Commissario sein Wissen, auch der Commissario war ihm gegenüber nicht ehrlich. Und er war auf dem Holzweg. Ein ihm flüchtig bekannter Carabiniere hatte gemeint: „Der Casari war's, der Mörder von diesem Zuhälter. Nur werden wir es ihm nie beweisen können."

Aber er selbst wusste es besser, viel besser: Von der Kante aus hatte er Tag für Tag Wache geschoben und die Wand im Auge behalten. Dazu hatte er sich im Agriturismo eingemietet, das war vielleicht einen halben Kilometer entfernt. Sogar von seinem Zimmer aus konnte er mit dem Fernglas alles beobachten. Dieser Casari hatte sich nicht mehr blicken lassen, also war er nicht das geldgierige Ungeheuer, das seinen Freund in die Tiefe gestürzt hatte. Aber der große Schwarzhaarige mit dem Schnurrbart. So wie der aussah, hätte er für eine edle Whiskeymarke als Werbefigur auftreten können. In Bennutis Gedankengerüst war er „der Engländer". Tag für Tag war er angerollt, hatte seinen Wagen versteckt hinter einer Gruppe von Sträuchern geparkt, um möglichst unbemerkt in die Wand abzusteigen, bewaffnet mit Handschaufel, Hammer und Bergsteigerpickel.

Das war jedes Mal das Signal für Bennuti gewesen, sich das Fernglas umzuhängen, um „einen Spaziergang zu machen", wie er den Bauersleuten sagte. Denen hatte er sich als Ornithologe ausgegeben: Er beobachte das Balz- und Brutverhalten der Vögel in der Wand. Die Bauersleute waren rührend. Immer wieder steckten sie ihm ein paar Leckerbissen zu. „Gegen den Hunger, wenn Sie da draußen sind." Und das war er fast Tag für Tag, denn der Engländer hatte Ausdauer. Stundenlang konnte er auf der Terrasse, auf der Bennuti zuletzt gesprengt hatte, klopfen, graben, kratzen, hämmern und bürsten. Fündig war er seinem Verhalten nach bis jetzt noch nicht geworden. Jähzornig war er auch. Er musste sich wohl mit dem Hammer auf die Finger geklopft haben, worauf er ihn in weitem Bogen und von einem Fluch begleitet in die Schlucht geworfen hatte.

Nachdem Bennuti das alles einige Tage beobachtet hatte, stellte er sich dem Engländer in den Weg: „Sie haben meinen Freund auf dem Gewissen." Und dieser Engländer wusste sofort Bescheid. Er wich Carlo aus, lief zu seinem Cabrio, verstaute seine Siebensachen und suchte das Weite. Bennuti folgte ihm, so gut er konnte, mit seinem Wagen, hatte ihn schon verloren, dann aber plötzlich, auf der Küstenstraße in Richtung Triest, hatte er das auffällige Gefährt unvermutet wieder vor dem Kühler. Bennuti beobachtete, wie seine Zielperson nach dem Schloss Miramare scharf links abbog und hinter einer protzigen Einfahrt vor einer Villa hielt. Bennuti fuhr an den Straßenrand und bezog Lauerstellung. In aller Seelenruhe holte der Mann ein Allerlei von Geräten aus dem Kofferraum und schleppte sie ins Haus.

Was bedeutete das? Bennuti resümierte, dass der Engländer hier wohnte. Bedeutete es aber auch, dass er seine Grabungen beendet hatte, weil er keinen Schatz finden konnte? Oder hatte ihm die Begegnung mit Bennuti als Rächer einen derartigen Schrecken eingejagt, dass er seine Schatzsuche aufgab? Wohl kaum. Der Ingenieur hatte ja erlebt, dass ihn der Engländer bei seinem unprofessionellen Dazwischentreten einfach beiseiteschob. Die Gier eines Schatzsuchers blieb davon wohl völlig unberührt. Doch Bennuti musste es genau wissen. Er war entschlossen zu handeln. Jetzt mehr denn je.

Carlo duckte sich entlang einer Reihe von Ziersträuchern zu dem offenen Cabrio und entdeckte eine Aktentasche auf dem Beifahrersitz. Kurz entschlossen nahm er sie an sich. In der Espressobar vis-à-vis sichtete er den Inhalt auf der Suche nach Anhaltspunkten für seine nächsten Schritte. Der Ingenieur fand eine *Repubblica* vom heutigen Tag, ein Magazin für Sportangler und eines für Jagdwaffen, ein paar Rechnungen, einen Terminkalender und einen Reisepass. Dem entnahm er, dass der Engländer italienischer Bürger war und Valerio Decker hieß. Eine Hotelrechnung, bezahlt mit der Kreditkarte des Engländers am Montag um exakt 9 Uhr 11, bewies, dass der vermeintliche Mörder zum Zeitpunkt von Dragans Tod gerade in Udine aus einem Hotel auscheckte. Es fand sich auch noch das fein säuberlich beigelegte Parkticket der Hotelgarage. Auf die Notiz „Nino bis 350.000" konnte Carlo sich keinen Reim machen, sie spielte für ihn aber nun auch gar keine Rolle mehr.

Er hatte einen Unschuldigen verdächtigt. Als Detektiv war Bennuti der Blamierte. Ein Profi konnte das besser. Commissario Vossi war also sehr wohl hinter dem Richtigen her. Und der Richtige hieß Casari, der überall steckbrieflich gesucht wurde.

Beschämt drückte Carlo sich aus der Espressobar. Als ihm der junge Kellner mit der fremden Tasche nacheilte, wehrte er ab. „Die gehört mir nicht." Die Zäsur in seinem Leben bedeutete noch lange nicht, dass er zum Dieb werden wollte. Belastend genug, dass er – zumindest ad hoc – nicht den Mut hatte, die Tasche in das Cabrio zurückzulegen, bei Decker zu läuten und sich nach guter Manier zu entschuldigen.

Voller Frust bat der Ingenieur in seiner Unterkunft um die Rechnung, packte seine wenigen Sachen und sah noch einmal durch das Fenster in Richtung Kante. Er traute seinen Augen nicht: Da war ein Mann in einem alten, klapprigen Wagen vorgefahren. Carlo setzte das Fernglas an. Tatsächlich, das war er. Bennuti hatte keinen Zweifel: Es war Casari.

26

Der Mord an der Frau im Viale Rosselli war vor zwanzig bis dreißig Stunden geschehen. Dottore Lamberti würde das Zeitfenster noch einengen, um das Abfragen von Alibis zu ermöglichen. „Rebecca Bregoli, erwürgt", so Stipe.

Vossi erinnerte sich ganz deutlich an sie. Eine nette Person, durchaus. Er fragte sich, ob er den Mord verhindern hätte können. Er selbst hatte einen Zuhälterkrieg ja für mehr als wahrscheinlich gehalten. Hatte er sich von den Kollegen der Sitte einfach einlullen lassen? Aber die mussten es doch in Kenntnis des Metiers besser wissen.

„Bargeld fehlt, Schmuck fehlt. Offensichtlich hat es der Täter sehr eilig gehabt, denn einen Ohrstecker haben wir auf dem Teppich gefunden", zählte Roberto auf.

„Ein ziemlich teures Stück, wenn mich nicht alles täuscht", meinte Rita und zeigte es ihm. „Rubin mit Brillanten rundherum, ein Gelenk und nochmals ein zu einer Träne geschliffener Rubin."

„Zu einer Träne?"

„Du kannst auch Tropfen sagen, wenn du willst. Der Rubin begleitet die Kulturen seit mehreren tausend Jahren. Er hatte die verschiedensten Bedeutungen, aber immer eine ganz wichtige."

„Auch in diesem Fall?"

„Bestimmt sogar, denn wir haben das Pendant zum Ohrstecker auf dem Teppich auf dem Mund der Toten gefunden. Der Mörder muss ihn so abgelegt haben. Bewusst, meine ich, damit sie den Stein küsst."

„Ach du meine Güte. Ein Irrer?"

„Würde ich nicht sagen. Ich habe recherchiert: Der Rubin kommt bereits im Alten Testament vor. Er ist einer der zwölf Steine, die das Kleid des Hohepriesters schmücken, und steht für den königlichen Stamm Juda. Der Rubin leuchtet auch im Dunkeln und steht daher für das Wort aus Gottes Mund. Im Christentum steht er für Christus, den Erlöser. In der Esoterik schützt der Stein gegen den Teufel und bewahrt den Träger vor der Pest."

„Aber nicht vor dem Tod", sagte Vossi mehr zu sich selbst und überlegte: „Wenn der Mörder der Toten einen Stein auf die Lippen legt, dann hatte er es ganz und gar nicht eilig. Dann war es auch kein Räuber. Wir bewegen uns im Zuhältermilieu, im Netz einer Spielautomatenmafia. Was, wenn der Mörder ein Auftragskiller war? Ein Killer, der einerseits töten musste, um existieren zu können, andererseits eine Beziehung zur Toten hatte? Wir sollten die Sitte zur Symbolik dieser Handlung fragen. Obwohl, viel geholfen hat uns deren Wissen und Einschätzung bis jetzt ja noch nicht. Eher im Gegenteil. Gut gemacht, ihr beiden, sehr gut. Auf dem Bett fehlt die Decke, die Tote ist nur mit dem Leintuch zugedeckt. Gut, wir haben Sommer, bei den Temperaturen wird sie sich nur damit zugedeckt haben. Dann aber müsste die Decke hier irgendwo sein."

„Ist mir auch schon aufgefallen", sagte Rita. „Ich habe aber nichts gefunden. Du brauchst nicht viel suchen, der Täter hat ja alles aus den Schränken herausgerissen und hier verstreut."

„Ich störe euch ungern", unterbrach Dottore Lamberti, „aber ich habe Arbeit, und wenn ihr nichts dagegen habt, würde ich die Leiche gerne in mein Institut überführen lassen. Braucht ihr sie noch hier?"

„Nein, sie gehört dir. Vorausgesetzt, der Fotograf ist mit seiner Arbeit fertig."

„Ist er", tönte es aus dem Nebenraum.

„Du bist aber heute kurz angebunden", sagte Vossi zu Stipe und sah, wie der fahrig hin und her schusselte. „Ist was?"

„Sag ich dir später, ich ruf dich an."

„Etwas Unangenehmes?"

„Wie man's nimmt." Vossi sah seinen Freund leicht beunruhigt an. „Na gut. Ich habe die Tote gekannt." Der Commissario war baff. „Nicht, wie du denkst, du meine Güte. Sie hat meinen alten Jaguar gekauft."

„Wie hat sie bezahlt?"

„Bar natürlich."

„Und wie viel?"

„Zwölftausend. Sie hat ihn sich kurz vor dem Haus angesehen, hat zugesagt, wir sind herauf und sie hat mir das Geld gegeben."

„Das heißt, Bettini wird deine Fingerabdrücke hier finden."

„Wenn er seine Arbeit gut macht."

„Wovon wir ausgehen dürfen. In welchen Räumen warst du?"

„Im Vorzimmer, im Wohnzimmer und im Bad."

„Im Bad?"

„Mein Gott, ja, ich habe die Motorhaube geöffnet, um den guten Zustand zu dokumentieren, und mich dabei schmutzig gemacht. Hier oben habe ich dann gebeten, mir die Hände waschen zu dürfen."

„Wann war das?"

„Vor genau einer Woche."

„Und ich kann dich nicht fragen, wo du zur Tatzeit warst, denn du als Forensiker bestimmst sie. Tut mir leid, Stipe, aber die Tatzeit muss einer deiner Kollegen aus Triest bestimmen. Geht nicht anders."

Dottore Lamberti war genug Profi, um jedes Wort Vossis nachvollziehen zu können und richtig zu verstehen, dennoch fluchte er leise: „Das heißt, wenn in Zukunft jemand danach fragt, warum nicht ich als Zuständiger den Leichnam der Prostituierten Rebecca Bregoli seziert habe, sondern irgendein Nichtskönner aus Triest, wird man sagen, weil ich mit ihr verkehrt habe?"

„Kann sein. Das kommt davon, wenn man Jaguar fährt."

27

Mario sah nach seiner Muschelbank vor der Steilküste. Sein Großvater hatte vor gut dreißig Jahren begonnen, mit Austern zu experimentieren. Er war als Skipper für ein Jachtcharterunternehmen viel herumgekommen, hatte mal eine Superjacht dahin zu überstellen, mal eine kleinere wo abzuholen und lernte so die Küsten Irlands, Englands, Frankreichs und Spaniens kennen. Und er liebte Austern. Als der Großvater den Job verloren hatte, weil das Charterunternehmen an einen Touristenkonzern verkauft worden war, hatte er sich sesshaft gemacht. Beim Studium der Küste zwischen Duino und Grado fühlte er sich an die Austern erinnert. Und wenn diese hier der Küste der Normandie so ähnlich war, warum nicht eine Austernzucht aufbauen? Also hatte er es versucht, und Mario durfte ihm helfen.

Sie hatten Bojen verankert und von jeder Boje mit Senkblei beschwerte Leinen in die Tiefe gelassen. Einige waren um die hundert Meter lang. An den Leinen hatte Großvater teuer gekaufte Setzlinge festgemacht, etwa vier pro Meter. Und als sie damit fertig waren, war Mario hungrig gewesen und hatte gefragt: „Und wann können wir sie essen?“ Großvater hatte gelacht: „Die hier in sechs Jahren. Aber in einem Jahr setzen wir weiter drüben neue und dann jedes Jahr wieder welche und dann werden wir jedes Jahr ernten können.“

Ausgelacht hatten ihn die anderen Fischer dafür. Doch als Mario und sein Großvater dann nach sechs Jahren die ersten Austern geerntet hatten und diese laut dem Urteil dreier Chefs aus den besten Restaurants von Grado und Triest ganz vorzüglich schmeckten, sahen sie, dass sich die Mühe und die Investition gelohnt hatten. Allerdings waren seine Austern äußerst störrisch: Das Maulaufsperren im Trockenen wollten sie sich einfach nicht abgewöhnen. Als Mario die Leinen hochzog, um das Wachstum seiner Setzlinge zu prüfen, und versuchte, das Boot gegen die Strömung zu drehen, fiel ihm ein heller Fleck in etwa halber Höhe der Steilküste auf. Er ging zum Ruderstand und griff sich sein Fernrohr.

Was Mario gesehen hatte, gab der diensthabende Carabiniere in Aurisina Commissario Vossi in korrektem Amtsstil durch: „Männliche Leiche in der Steilküste von Aurisina, etwa zweitausend Meter vom österreichisch-ungarischen Kriegerdenkmal in Sistiana Richtung Westen, Hubschrauberbergung, Ablage der Leiche im ebenen Gelände am Rilkeweg, vermutlich Selbstmord. Bitte um Anweisung."

„Bevor ich etwas verfügen kann, brauche ich den Namen des Toten."

„Der Tote hatte zwei Pässe bei sich: einen kanadischen, lautend auf Radovan Terkić, und einen italienischen, lautend auf Paolo Feri."

„Feri, Feri?" Der Name sagte Vossi auf Anhieb nichts. „Nichts anrühren, ich rufe Sie in spätestens fünf Minuten zurück."

Roberto recherchierte für Vossi: „Wir haben mehrere Feris. Einen mit der Berufsangabe Bankdirektor, wohnhaft in Duino."

„Also gleich beim Rilkeweg und damit direkt an der Steilküste. Frag bitte bei der Wirtschaftspolizei nach, ob die uns etwas über ihn sagen können."

Nach einem kurzen Telefonat informierte er Bruno Vossi: „Nichts Besonderes über ihn bekannt, aber das Cristallo hatte bei seiner Bank das Firmenkonto."

„Das sehen wir uns an! Sag denen am Fundort Bescheid, dass wir kommen, sie sollen alles so liegen lassen."

Auf der Straße zwischen Sistiana und Villaggio del Pescatore wartete auf halber Höhe wie vereinbart ein Carabiniere auf einem Motorrad, denn mit dem Wagen konnte man die Küstenkante nicht erreichen. Vossi schwang sich auf den Soziussitz. „Roberto, park den Wagen bei der Latteria, unser Kollege hier wird dich abholen."

Oben angekommen, sah sich der Commissario die Leiche an. Die Identifizierung würde nicht einfach sein. Was der Aufprall auf dem schroffen Felsen nicht verunstalten konnte, hatten die Möwen geschafft. Sie hatten alle Körperteile, die nicht vom Regenmantel und der Hose des Toten bedeckt waren, bis zu den Knochen aufgepickt. Dottore Lamberti schien schief gewickelt, er erwiderte Vossis Gruß kaum. Nachdem er die Leiche gewendet und einige Gewebeproben genommen hatte, sagte er: „Du brauchst nicht zu fragen. Ich habe den Mann nicht gekannt. Wir brauchen also keinen Kollegen aus Triest."

„Ach, Stipe, sei doch nicht sauer wegen dieser Rebecca. Du weißt doch, mir ist nichts anderes übriggeblieben."

„Aber Bruno, ich bin doch nicht sauer wegen dieser Nutte. Ich weiß, dass das so gehandhabt werden muss. Ich habe einen eiternden Weisheitszahn und bin vom Zahnarztstuhl hierhergeeilt. Die Spritze hatte ich schon, da ist der Anruf der Carabinieri gekommen und der Zahnarzt hat gemeint, ich soll später wiederkommen. Die Spritze würde ja doch noch zehn Minuten bis zur Wirkung brauchen. Also bin ich los."

„Und, wirkt die Spritze?"

„Allerdings. Die ganze Unterlippe ist lahm, und wenn ich nicht höllisch aufpasse, fang ich zu sabbern an. Übrigens, Tatzeit der Rebecca Bregoli vorgestern, zwischen vierzehn und sechzehn Uhr, hat der Kollege aus Triest gesagt. Und ich habe ein Alibi. Da hat mich eine gute Bekannte nach Udine gebracht, ich habe dort meinen funkelnagelneuen Wagen abgeholt. Kann nicht nur die gute Bekannte bezeugen, sondern auch der Autohändler."

„Und, was fährt der Herr neuerdings?"

„Neuerdings fährt der Herr einen BMW. Einen indischen Jaguar mag er nicht."

„Ich hab es gewusst, Rassist!"

„Nein, Purist. Ein indischer Jaguar kommt mir vor wie Verdi auf einer Maultrommel. Ich esse auch kein englisches Curry."

„Und wie lange liegt dein Kandidat schon hier, was meinst du?"

„Die Kleider sind noch nass. Gestern hat es nicht geregnet, also wird er wohl vorgestern abgestürzt sein. Mal schauen, was sich machen lässt."

„Danke, Stipe. Ich bin froh, dass du mit den nötigen Maßnahmen im Fall Rebecca so professionell umgehst."

„War übrigens irgendwie eine tolle Frau, diese Nutte."

„Ich weiß, ich habe sie einmal kurz befragt. Und sag nicht Nutte. Ich finde diesen Ausdruck für eine Tote ausgesprochen degoutant."

Der junge Carabiniere stand etwas abseits mit zwei Pässen in der Hand. Vossi studierte den kanadischen – es fiel ihm nichts daran auf. Dann den italienischen. Paolo Feri. Doch, schau an, dem Foto nach eindeutig Claudio Casari, der in ganz Oberitalien, wahrscheinlich inzwischen weltweit wegen Mordes gesucht wurde. Von Vossis Dienststelle sogar fieberhaft.

Roberto war mittlerweile auch eingetroffen, der Commissario reichte ihm wortlos den Pass. Sein junger Kollege schlug die Seite mit dem Passfoto auf. „Aber das ist doch …“

„Claudio Casari, ganz genau. Und jetzt, Roberto, müssen wir uns die Leiche genauer ansehen, ob wir wollen oder nicht.“ Nichts, aber auch gar nichts an dem zerschmetterten Körper ließ eine zuverlässige Identifizierung zu. „Stipe, wir geben die Leiche sofort frei. Nicht zur Bestattung, sondern für dich. Wir müssen so schnell wie möglich wissen, ob das Claudio Casari ist. Seine DNA hast du ja.“

„Casari? Der wegen Mordes an dem Spielsalonkönig gesucht wird?“

„Genau der.“

Auf dem Weg ins Büro überlegte Vossi, welche Machenschaften wohl hinter der Scharade mit den Pässen steckten. Offensichtlich hatten Feri und Casari zusammengearbeitet. Aber wie? Und wobei? Was hatten die beiden geplant? Damit sprach aber vieles für Mord und wenig für Unfall. Eine Parallele zum Sturz des Bergarbeiters. Keine Zeugen. Dort sengende Hitze, sodass sich alle irgendwo im Schatten verkrochen hatten, hier Regen, sodass auf dem berühmten Spazierweg über dem Meer gleich gar niemand unterwegs war.

Alberto hatte den Commissario bereits erwartet: „Wir haben nicht nur wunderschöne Fingerabdrücke von Dottore Lamberti in der Wohnung der Nutte gefunden, sondern auch zahlreiche andere, darunter mehrere von Claudio Casari. Und was dich besonders interessieren wird: Wir haben die Fingerabdrücke auf dem Rubin mit seinen verglichen. Sie gehören zu Casari. Er muss den Stein auf die Lippen der Toten gelegt haben."

„Sonst noch was?"

„Allerdings: Im Müll der Frau waren etliche Zigarettenkippen. Darunter auch so eine Selbstgedrehte. Was sagt man dazu?"

„Momentan nur einfach danke, Alberto."

„Ist es so schlimm?"

„Schon. Ich komme gerade von einem anderen Toten. Der Todessturz eines Bankers, ähnlich verwirrend wie der des Bergarbeiters. Sehr wahrscheinlich Mord, Mord am Rilkeweg."

Vossi musste das Grauenvolle, das er eben erst auf den Klippen gesehen hatte, abschütteln und sich konzentrieren. Also: Kippen in der Wohnung Rebeccas, ähnlich der, die die Spusi auf der Terrasse des Steinbruchs gefunden hatte. Zufall? Zigaretten selbst zu drehen war in Mode. Überhaupt nach den letzten Preissteigerungen für das ekelige Kraut. Man würde sehen, die Spusi war jedenfalls bemüht, mehr darüber herauszufinden. Und immer dieser Casari im Scheinwerferlicht der Szene. Sicher war, dass Casari Rebecca Bregoli gekannt hatte. Vielleicht wollte er Geld von der Frau? Vielleicht hatte sie in ihm den Mörder ihres Partners erkannt, ihn damit konfrontiert? Vielleicht wollte er das Kommando über das Cristallo übernehmen, vielleicht über das Paradiso gar? Casari und das Paradiso? Das konnte sich Vossi gar nicht vorstellen. Am Cristallo konnte ihm gelegen sein. Doch was sollte er mit dem Paradiso wollen? Er, unter schwerem Mordverdacht und vor der Polizei auf der Flucht? Oder war er unschuldig, kam nur in das Fadenkreuz der Ermittler, weil es vielleicht ein großer

Unbekannter so arrangiert hatte? Nein und abermals nein. Mit den Fingerabdrücken auf dem Rubin war er so gut wie überführt. Der Frau auf die Lippen gelegt, als sie schon tot war. Ginge es noch abwegiger? Und die Blutspuren dessen, der sich beim Kotzen an der Klomuschel festgehalten hatte, waren seine. Alles sprach gegen ihn. Dass er sich immer noch irgendwo hier herumtrieb, war noch ein Indiz.

Roberto und Rita unterbrachen ihn beim Grübeln. Der Forensiker aus Triest hatte die Tatzeit des Mordes an Rebecca Bregoli eingrenzen und Stipe Hautreste unter den Fingernägeln beider Hände sichern können. Das Opfer hatte ganz offensichtlich versucht, sich vom Griff des Würgers zu befreien. Vossi hörte das gern. „Das heißt, haben wir einen Verdächtigen, der als Täter in Frage kommt, können wir es ihm allenfalls auch beweisen. Wir haben nur nicht den leisesten Hinweis auf ein Motiv."

„Ich finde schon", meinte Rita. „Ein Zuhälterkrieg oder ein Krieg unter Automatenaufstellern. Das liegt doch auf der Hand. Die Szene ist jahrelang ruhig geblieben, nichts bewegt sich. Dann wird einer von ihnen umgebracht, und schon geht's los."

„Wen haben wir in der Szene, dem wir etwas gröber auf den Zahn fühlen müssen?"

„Grob, Bruno? Wäre das dein Stil?"

„Oh, ich kann schon auch grob werden. Ungern zwar, aber wenn ich mich an die Kandare nehme, geht's." Der Commissario beauftragte sein Team damit, alle Zuhälter, die in Frage kamen, nach dem Alibi zum Mord an Rebecca Bregoli zu befragen und jedenfalls Fingerabdrücke abzunehmen. „Mir ist das Alibi weniger wichtig als ein Kratzer auf einem Handrücken. Wenn ihr einen solchen seht, sprecht den Betreffenden nicht darauf an, sonst schöpft er Verdacht und ist weg. Einfach nur für das Gespräch bedanken und mir gleich melden. Wir lauern ihm dann auf und nehmen ihn fest, so wie er geht, steht oder liegt.“

Nachdem sein Team ausgeschwärmt war, kehrte eine ungewöhnliche, beinahe gespenstische Ruhe in den Büros der Abteilung ein. So konnte Vossi ungestört am Mord an Rebecca kauen. Dabei stieß ihm immer wieder die Frage auf, wie wohl Casaris Fingerabdrücke auf den Rubin gekommen waren. Der Kassier könnte auf Rebeccas Leiche gestoßen sein, vielleicht sogar den Mörder überrascht haben. Dass Casari der Toten den Rubin auf die Lippen gelegt hatte, stand nach den Ergebnissen aus Albertos Labor fest. Wenn den Stein jemand nach Casari mit Handschuhen angefasst hätte, wäre der Fingerabdruck mit Sicherheit verwischt worden. Also konnte der Rubin auf den Lippen des Opfers nur ein Sympathiebeweis für Rebecca gewesen sein, eine letzte Ehrung. Rita hatte gesagt, ein Rubin stehe für Christus. Die Ermordete, für Casari eine Sünderin, sollte ihn wie bei einem letzten Gebet küssen. Eine stille Fürbitte vor dem allerhöchsten Gericht. Je mehr Vossi darüber nachdachte, umso schlüssiger wurde Ritas Einschätzung für ihn. Weshalb hätte Casari die Bregoli umbringen sollen? Dass er Beppo Tonelli nach jahrelangen Demütigungen ermordete, machte ihn noch lange nicht zum Serienkiller. Casari war mit Sicherheit nicht einer von der Sorte, die für das Erbe Beppo Tonellis zu allem bereit waren. Er war überhaupt kein Zuhälter, und Vossi konnte sich ihn auch nicht in dieser Rolle vorstellen.

Umso mehr quälte den Commissario die Frage, warum sich dieser Casari immer noch hier herumtrieb, obwohl er fieberhaft wegen Mordes an Beppo Tonelli gesucht wurde. Zudem war er den Kunden des Café Cristallo bekannt und als Kassier wahrscheinlich eher unbeliebt.

Um diese Frage zu klären, suchte Vossi im Vorstrafenregister nach Rebecca Bregoli. Nichts. Beim Beruf der Bregoli eher verwunderlich – wahrscheinlich mauschelte einer von der Sitte mit ihr gegen Bares.

Vossi hörte sich bei Kollegen des Sittendezernats um und erfuhr, dass sie für einige ihrer Mädchen falsche Papiere besorgt hatte und auch verurteilt worden war.

„Und warum steht das nicht im Vorstrafenregister?"

„Weil sie dagegen berufen hat. Das Urteil ist also noch nicht rechtskräftig, daher keine Eintragung", beruhigte der Kollege.

Das also war's. Casari hatte von den Verbindungen der Bregoli zu einem Fälscher gewusst und sich an sie gewandt, damit sie ihm den Zugang zu einer neuen, falschen Identität mit Pass und allem, was dazugehörte, verschaffte. Ihm gegenüber würde sie den Namen des Fälschers ja herausrücken. Vorausgesetzt, sie verdächtigte ihn nicht des Mordes an Tonelli. Womit Vossi mehr als alles andere die Frage quälte, ob Rebecca Bregoli vielleicht mehr dazu wusste als er und sein Team.

Nach und nach trudelten die Mitglieder seines Teams wieder ein. Die Bilanz der groß angelegten Recherche: Keiner der polizeibekannten Zuhälter hatte einen Kratzer auf Handrücken, Unterarm oder gar im Gesicht. Alle hatten ein Alibi, deren Qualität in einigen Fällen fraglich blieb. Vossi besprach sich mit Rita und Roberto, und man war sich rasch einig, dass diese Richtung keine Priorität mehr hatte. Entscheidend wären Kratzer gewesen. Mithilfe eines DNA-Vergleichs mit den Hautpartikeln unter den Fingernägeln des Opfers hätten sie den Täter überführen können, aber: kein Kratzer, also auch kein Täter.

Damit blieb für Roberto einzig und allein Casari übrig: „Er war zur fraglichen Zeit am Tatort, und ich wette, er hat Kratzer abbekommen."

„Und sein Motiv?"

„Er wollte Geld. Wir wissen, dass Schmuck fehlt. Und wir können davon ausgehen, dass die Tote Bares in ihrer Wohnung hatte. Dottore Lambertis Jaguar hat sie ja auch einfach mit Barem aus irgendeiner Schatulle bezahlt. In der ganzen Wohnung war aber kein einziger Euro zu finden. Casari wollte sie ausrauben, sie ist wach geworden und er hat sie erwürgt."

„Und dann legt er ihr den Rubin auf die Lippen? Weil die Beute üppig ist und er ihn entbehren kann? Das glaubst du wohl selber nicht, Roberto. Aber ich weiß aus einem Gerichtsakt, dass sie Kontakte zu einem Dokumentenfälscher hatte. Was, wenn Casari einen Pass wollte? Mit seinem kommt er wohl kaum in einen Flieger oder auf ein Schiff. Jeder Versuch wäre einfach zu riskant."

Robertos Augen strahlten: „Das war's, Chef! Er wollte einen neuen Pass. Und Signora Bregoli wollte nicht kooperieren. Sie hat sich geweigert, dann hat er sie erwürgt."

„Sachte, Roberto. Hätte er überhaupt die Kraft dazu gehabt? War Casari der rasende Mörder, der jemandem mit seinen Händen die Kehle quetscht? Passt das zu dem Bild, das wir uns bei dem Gespräch mit ihm im Cristallo machen konnten?"

„Aber er hat seinen Boss erstochen."

„Ja, ein über Jahre aufgestauter Hass, entstanden aus Verzweiflung, gesteigert durch Ohnmacht. Und dann liegt das Subjekt seines Hasses vor ihm, wehrlos in einer Badewanne, gefüllt mit heißem Badewasser. Ärgerlich nur, dass wir den Mörder zwar kennen und ihm die Tat nachweisen könnten, aber nichts vom Anlass wissen, der dem jahrelangen Hass zum lawinenartigen Durchbruch verholfen hat."

„Wir haben den jungen Kerl, der im Haus der Bregoli wohnt und zur Tatzeit drei Männer im Haus kommen und gehen gesehen hat. Wollen Sie mit ihm reden, Commissario?"

„Ja, das möchte ich. Besorg mir inzwischen ein Foto von diesem Paolo Feri. Sein Foto ist auf Twitter."

„Sie und Twitter, Chef? Ich habe gar nicht gewusst, dass Sie das Wort kennen."

„Wie sagt der Römer? ‚Not schämt sich nicht.'"

Den jungen Mann hatte Vossi nach einigen Sätzen als Akustikspanner demaskiert. Sah er einen Kunden in der Wohnung der Bregoli verschwinden, lauschte er mit Lustempfinden an der Tür. Es war widerlich, aber seine Aussagen waren in höchstem Maße wertvoll. Der Spanner erkannte Casari auf dem Foto, der habe sich regelrecht ins Haus geschlichen.

„Haben Sie ihn schon öfter gesehen – oder gehört?"

„Nein. Nie zuvor."

„Haben Sie nicht gewusst, dass er steckbrieflich gesucht wird?"

„Nie gehört."

„Und haben Sie diesen Mann hier schon gesehen?" Vossi zeigte ihm ein Foto von Paolo Feri, das Roberto ihm rasch besorgt hatte.

„Ja, der ist kurz danach gekommen."

„Was hat er getragen?"

„Einen hellen Regenmantel."

„Ist er öfter gekommen?"

„Ja, schon."

„Und was haben Sie sonst noch beobachten können? Sie haben ja von drei Männern gesprochen, die Sie unmittelbar vor oder unmittelbar nach der Tatzeit gesehen haben."

„Da war noch der, der ausgesehen hat, als käme er direkt aus so einem alten englischen Film. Groß, schwarzes Haar, schwarzer Schnurrbart."

„Was hatte er an?"

„Ein hellbraunes Jackett mit so Lederflecken auf den Ärmeln."

„Kein Regenmantel? Es hat doch geregnet?"

„Nein, da hat es noch nicht geregnet."

„Hatte er vielleicht einen Schirm?"

„Ach so, ja. Da war ein Schirm im Stiegenhaus angelehnt. Der könnte von ihm gewesen sein. Der ist da noch bis zum nächsten Tag herumgestanden, dann hab ich ihn mitgenommen."

„Sie fahren jetzt mit meinem Kollegen zu Ihnen und folgen ihm den Schirm aus. Vielleicht kommen wir zu brauchbaren Fingerabdrücken. Danach kommen Sie mit ihm zurück, geben uns die Ihren und verhelfen uns zu einem Phantombild. Und das bitte dalli."

Roberto stand schon an der Tür und ließ den Autoschlüssel auf- und zuschnappen.

Vossi und sein Team waren jetzt doch um einiges schlauer geworden: Der Tote vom Rilkeweg war ganz sicher jener Banker Paolo Feri. Aber warum hatte der einen Pass auf seinen Namen, aber mit einem Bild von Casari? Vielleicht wusste Alessandro Novaco, Chef der Wirtschaftspolizei, eine Erklärung. Der arbeitete sich gerade durch einen Berg Ordner, die um seinen Schreibtisch herum auf dem Boden lagen. Ein großangelegter Versicherungsbetrug über mehrere Jahre.

„Alessandro, sagt dir Paolo Feri aus Monfalcone etwas?"

„Nie gehört. Was macht er da?"

„Er ist Filialdirektor der Bank Juliana. Das heißt, ich glaube, er war es."

„Einer von deinen Toten?"

„Ich gehe davon aus."

„Ich habe einen guten Draht zur Bank Juliana. Wenn du willst, kann ich Erkundigungen anstellen. Ich glaube, ich könnte sogar die interne Revision in Trab setzen, damit sie ein paar Steine in der Filiale aufhebt und schaut, ob was darunterliegt."

„Genau darum wollte ich dich bitten. Und was sagst du zu diesem Pass? Ausgestellt auf Paolo Feri, aber der auf dem Foto ist Claudio Casari, von uns gesucht wegen Mordes."

„Hat der auch diesen Feri umgebracht?"

„Wir wissen noch nichts dazu." Alessandro studierte beide Pässe, zuerst den auf den Namen Feri, dann den kanadischen. „Ich weiß, von wem die Pässe stammen", sagte er nach eingehender Prüfung mit einer Lupe. „Beide Pässe sind Fälschungen. Und der Fälscher ist unser V-Mann. Wann immer er arbeitet – und er arbeitet verdammt gut –, hinterlässt er für uns ein klitzekleines Zeichen in seinem Werk. Ich kann dich nur bitten, nicht nach dem Fälscher zu forschen. Wie gesagt, der das fabriziert hat, ist einer unserer wichtigsten V-Männer. Von ihm erfahren wir, was hier so läuft. Und zurzeit läuft einiges. Gib mir bis morgen, und ich sag dir alles, was du wissen musst. Dann kannst du damit machen, was du willst. Aber unserem V-Mann darfst du nicht in die Nähe kommen. Dafür bist du zu bekannt und gefährdest womöglich gar sein Leben."

„Das kann ich so nicht hinnehmen. Es geht um Mord! Ich komme dir aber gerne auf halbem Weg entgegen. Sagen wir, wir treffen uns an einem neutralen Ort. Wo tauscht ihr denn für gewöhnlich eure Informationen aus?"

„Das wechselt. Ich sage dir Bescheid."

„Bis wann? Es geht um Mord."

„Noch heute."

Damit konnte Vossi leben. Allerdings, ein Treffen mit dem Fälscher würde demzufolge erst morgen möglich sein, denn für abends hatte er einen Termin in der Wohnung von Professore Benito Sara, dem Kollegen der hübschen Dottoressa Platter, die so viel von Kaiser Maximilian zu erzählen wusste. Auf dem Weg zurück in sein Büro informierte ihn Rita, dass Dottore Lamberti herausgefunden hatte, dass der Tote vom Rilkeweg keinesfalls der gesuchte Casari war. Ob Selbstmord, Unfall oder Mord, ließ sich wegen der schweren Verletzungen nicht mehr feststellen. Jedenfalls gab es weder einen definitiven Beweis für Fremdeinwirkung noch Zeugen, die irgendetwas gesehen hatten.

„Habe ich mir schon gedacht. Es hat ja geregnet. Wer sollte da am Rilkeweg spazieren gehen?"

Der Commissario rief Dottore Lamberti an, um ein wenig mehr über den Leichnam zu erfahren.

„Was heißt ‚keinen definitiven Beweis für Fremdeinwirkung' genau, Stipe?"

„Also keine Schussverletzung, keine Einstiche, weder von einem Messer noch von Nadeln. War wohl ein ziemlich gepflegter Bursche, bevor er gefallen ist. Maniküre,

Pediküre, gefärbtes Haar – einer, der sich nicht lumpen lassen hat, wenn es um seine Person gegangen ist."

Gut, sagte sich Vossi, dann nehmen wir uns jetzt seine Wohnung vor. Von den Carabinieri wusste er, dass Direttore Feri keine Angehörigen außer einer pensionierten Lehrerin hatte. Die hatte ihn als Achtjährigen vor fast vierzig Jahren adoptiert. Zurzeit war sie allerdings auf Kur in Montecatini Terme, würde ab morgen aber in ihrem Haus in Duino anzutreffen sein. Vossi fragte sich, ob es nicht angebracht wäre, zu warten und sie von den Nachforschungen im Haus ihres Adoptivsohns in Kenntnis zu setzen. Wäre an sich sein Stil. Doch in diesem Fall konnte er sich so viel Rücksichtnahme nicht leisten. Mord ist Mord, und Stil ist Stil, und Stil war in diesem Fall unangebrachter Luxus.

Auf dem Weg zum Wagen informierte ihn Roberto über den Stand der Dinge: Fingerabdrücke auf dem Regenschirm – ja. Vom Spanner die einen, die anderen von einem Unbekannten, aber Alberto Bettini war noch dran. Und das Phantombild des dritten Mannes befand sich in Herstellung.

„Also waren nur zwei Fingerabdrücke auf dem Schirm: die vom Spanner und die unseres großen Unbekannten", wollte Vossi nochmals bestätigt haben. Roberto bestätigte.

Wenn die Aussagen des Spanners stimmten, dann war der englische Typ wahrscheinlich der Mörder von Rebecca Bregoli. Casari und Feri waren wohl unabhängig voneinander auf die Tote gestoßen, weil der Täter verständlicherweise nicht abgesperrt hatte. Dass Casari fluchtartig das Feld geräumt hatte, war nachvollziehbar. Er wurde wegen Mordes gesucht und wollte nichts wie weg aus Italien, wahrscheinliches Ziel: Australien.

Aber Feri? Warum hatte Feri nicht die Polizei verständigt? Weil er zu einer Prostituierten wollte? Was hätte er schon riskiert? Die Polizei hätte es sicherlich nicht in der Bank aufs Schwarze Brett genagelt. So aber war er in Verdacht geraten. Das musste ihm doch klar sein. Warum also hatte er nicht die Polizei verständigt?

In Paolo Feris Haus fand sich nichts Auffälliges. Da es kein Tatort war, schien sich die Spurensicherung nicht dafür zu interessieren. In einer abgeschlossenen Schreibtischlade seines Büros fanden sich allerdings mehrere Briefe. In einem davon war eine Zeitungsmeldung in kyrillischen Buchstaben. Die Übersetzung ergab, dass ein gewisser David Levon in Odessa tot aufgefunden worden war. Genickschuss, eine regelrechte Hinrichtung, so der Artikel, dazu ein Foto.

Interessant, fand Vossi. Hatte der Banker etwas mit der russischen Mafia zu tun? Doch vielleicht war dieser Levon nur ein Bekannter. Eine Rückfrage bei der Bank Juliana ergab jedenfalls, dass der Ermordete kein Konto bei ihr eingerichtet hatte und es keinerlei Transfers von oder an ihn gab. Vossi legte die Zeitungsmeldung schon einmal zu den Akten – man würde ja sehen. Dass der Vorgang mit Feris Sturz zusammenhängen sollte, hielt er für mehr als fraglich. Mafiakiller töteten anders, zum Beispiel durch Genickschuss mit einem Schalldämpfer, wie im Falle dieses David Levon eben. Wenn man gnädig mit dem Zielobjekt umgehen wollte. Ansonsten gab es weit Schlimmeres als einen Genickschuss.

28

Professore Sara bewohnte eine der wunderschönen Wohnungen der Epoca nahe der Ponte Curto mit Blick aufs Meer gegen Westen und auf die Kirche Sant'Antonio Taumaturgo gegen Osten. Vor zwanzig, dreißig Jahren hätte kein Immobilienmakler mit dem Wort „Epoca" etwas anfangen können. Seit dem Ende des Kalten Krieges aber stand „Epoca" für die Zeit, in der Triest mit einem Vielvölkerstaat im Hintergrund zu den bedeutendsten Städten des Mittelmeerraumes gehört hatte. Epoca klang nach Beständigkeit. Als der Begriff begann, die Runde zu machen, unterließen die Immobilienmakler und Investoren nichts, um ihn als Trend anzufeuern. Auch sehr zum Vorteil Triests: Wohnungen und Büros in rissigen Wohn- und Verwaltungspalästen der Stadt wurden plötzlich in den Anzeigen nicht mehr bloß als geräumig oder sonnig beschrieben, sondern als „aus der Epoca". Das verhieß gediegenes Baumaterial, hohe Säle nach Entfernung hässlicher Zwischendecken und Stuck, in dem noch die Haken für die einstigen Kronleuchter verankert waren. Die Innenstadtpaläste wurden von den Sozialmietern der Nachkriegszeit geräumt, saalteilende Zwischenmauern entfernt, und bald schon wehte eine Brise vom Meer durch die offenen Fenster, die die Kristalle an den Stuckdecken erklingen ließ wie zu Kaisers Zeiten.

„Epoca" stand plötzlich für intarsierte Möbel, die nach alten Büchern rochen, und bezog sich alsbald im ganzen Küstenland auf alles aus der Ära, als stolze Schiffe, die hier gebaut und getauft worden waren, die Meere befuhren. Professore Saras Wohnung allerdings war ein Relikt der Zwangseinquartierung der Jahre nach dem Zweiten Weltkrieg. Von außen merkte man nichts vom Aschenputteldasein seiner gut zweihundert Quadratmeter. Seine Wohnungstür war frisch lackiert wie all die anderen in dem marmorgetäfelten Treppenhaus, die Messingklinke und ihre Beschläge blitzten. Dafür hatte der Investor bei der Generalsanierung gesorgt, um für das Treppenhaus den Schein zu wahren. Hinter der Wohnungstür von Professore Sara aber sah es ganz anders aus: Das Parkett von dereinst hatte Löcher wie ein durch Zahnausfall dezimiertes Gebiss, die Wände trugen den Rauch und Schmutz des Holzofens, diverse Kabel waren über Putz verlegt worden. Einzig der Stuck kam gut zur Geltung.

Der Professore öffnete. Noch bevor Vossi den Vorraum richtig betreten hatte, streckte sich der drahtige Endsechziger nach einem Vorhang, um ihn vor einer Nische in der rechten Wand zuzuziehen. Commissario Vossi hatte das Gefühl, sein Besuch käme dem kleinen alten Mann mit den viel zu großen Brillen im schmalen Gesicht ungelegen. Als er sein Anliegen beschrieb und ersuchte, über Vorgänge informiert zu werden, die ins vorvorige Jahrhundert zurückführten, schien er sich zu entspannen, das Lauernde aber blieb.

„Ich vermute, Sie sind nur an Fakten interessiert, Commissario. Die sind dünn gesät im Verhältnis zu den Legenden und Gerüchten. Dottoressa Platter hat Sie ja schon auf das Thema eingestimmt. Worum geht es Ihnen heute im Besonderen?“

„Wie glaubhaft ist die Geschichte vom angeblichen Schatz Maximilians? Und vor allem: Was ist aus ihm geworden?“

„Gesichert ist, dass Maximilian dank der enormen Mitgift seiner Frau als belgischer Königstochter enorm vermögend war. Ich habe Dokumente in Mexiko City einsehen können. Die legen nahe, dass Maximilian

Gold aus diesem Besitz für sich privat einschmelzen und daraus Goldmünzen prägen lassen hat. Es gibt eine Liste von Goldmünzen in Bestandspapieren seines Hofes aus dem Jahr 1866, die spanische Dublonen, österreichische Dukaten, britische Guineas, russische Goldrubel und mexikanische Maximiliani auflistet. Bei den Maximiliani kann es sich nur um die Prägungen aus der besagten Schmelzmasse handeln. Keine andere Erklärung scheint plausibel. Sollte es Maximilian möglich gewesen sein, Teile aus Querétaro für seine Frau Charlotte herauszuschmuggeln, dann muss das vor dem 14. Mai 1867 geschehen sein, da an diesem Tag die Stadt gefallen ist. Entscheidend dabei war übrigens nicht ein Angriff der Belagerer, sondern ein bemerkenswerter Fall von Frontwechsel. Manche Biografen Maximilians bezeichnen es als Verrat. Wie auch immer: Jedenfalls ist in der Nacht vom 14. auf den 15. Mai der Kommandierende eines Verteidigungsabschnitts, ein Oberst Miguel López, beim Kaiser erschienen und hat ihn beschworen, zu fliehen. Maximilian hat das aber abgelehnt. Daraufhin hat der Oberst den Zugang zur Stadt für die Truppen des Feindes geöffnet und Maximilian hatte keine Chance mehr, größere Goldmengen zu einem Schiff nach Veracruz zu bringen. Wenn wir nun die Segeltermine des Hafens Veracruz für die Zeit zwischen Januar und Mai 1867 unter die Lupe nehmen, finden wir die ‚Levante'. Die hat im April mit dem Zielhafen Triest abgelegt, den sie nach Aufenthalten in São Miguel auf den Azoren, in Lissabon, Valencia, Livorno und Catania am 22. Juli des Jahres erreicht hat." Dazu reichte Professore Sara dem Commissario ein vergilbtes Foto der Levante, Kopien von der Ablegeliste des Hafens Veracruz und eine Meldung des österreichischen Lloyds, der als Agent die Levante betreut hatte. „Er listet ihre Ladung und erwähnt achtundvierzig Passagiere. Und schauen Sie, das ist auch noch sehr interessant“, er reichte Vossi eine Kopie des Berichts eines Agenten der k. u. k. Geheimpolizei an Seine Exzellenz den Herrn Polizeipräsidenten von Triest mit dem Stempelvermerk „Dringend!“. Professore Sara las vor: „„Nach der Landung kam es zu Unmutsäußerungen ausländischer Passagiere, weil einer von ihnen mit seinen unzähligen Koffern sämtliche elf Fiaker okkupiert hatte, die an der Mole zur Fahrgastaufnahme gewartet hatten. Der Name des Betreffenden wurde mir vom Zahlmeister der ‚Levante‘ als Graf Lujo Tončić-Ferroni benannt. Es kam an der Mole zu Tumulten, da die übrigen Passagiere darauf drängten, in ihr Hotel zu kommen, und wegen des Regens die halbe Nacht an Bord auf Fuhrwerke warten mussten. Ich selbst war Zeuge, dass ein Herr in Begleitung einer Dame den mir als Graf Lujo Tončić-Ferroni Benannten ‚rücksichtslos‘ nannte. Hinzufügen möchte ich, dass die begleitende Dame deutlich wahrnehmbar in guter Hoffnung stand. Den Namen des Herren konnte ich mit Oberst Jakab von Adács aus Szombathely in Erfahrung bringen.‘“

Commissario Vossi las eine weitere Mitteilung desselben Agenten, wonach der Graf gefolgt von zehn beladenen Fiakern in Miramare Einlass gefunden hätte. Er hätte die Fiaker angewiesen, bis zum Morgen vor der Einfahrt im Schlosspark zu warten, und ihnen großen Lohn dafür versprochen. Es sei davon auszugehen, dass besagter Herr Graf dies nur aus verletztem Ehrgefühl verfügt habe, denn um vier Uhr morgens habe der Schlosskommandant die Fiaker ausbezahlt und weggeschickt. Es folgte ein Bericht des Polizeikommissariats Triest Börseplatz, wonach der im Park von Lungomare tot aufgefundene Graf Lujo Tončić-Ferroni

Selbstmord verübt hätte. Dies sei „gemäß Anweisung der allerhöchsten Dienststellen“ erkannt worden.

Professore Sara gab Vossi noch einige Zeitungsmeldungen zu lesen, die auf den ersten Blick nichts mit Maximilian oder dem legendären Goldschatz zu tun hatten. Eine Tageszeitung spekulierte in ihrer Ausgabe vom 29. Juli 1867, der Graf sei einem Duell zum Opfer gefallen. Zwei Tage später korrigierte sie auf Raubüberfall und Mord, um sich schließlich in einer kurzen Meldung mit der offiziellen Version „Selbstmord“ abzufinden. Allerdings mit folgendem Hinweis: „Wie höchste Dienststellen befunden haben.“

„Damit war den versierten Lesern klar, dass es kein Selbstmord war“, klärte der Professor auf.

„Hat die inzwischen zur Witwe gewordene Kaiserin Charlotte nun den Goldschatz erhalten, ja oder nein?“

„Da muss ich Sie enttäuschen, Commissario. Ich habe alle Nachforschungen aufgegeben, weil ich überzeugt bin, dass es den Schatz nicht gibt. Es hat ihn – außer in Ammenmärchen – nie gegeben. Vielleicht haben ihn Loyalisten erfunden, um das Andenken an Maximilian zu schönen. Ich meine, ein zum Tod verurteilter Kaiser, der angesichts seines Endes nur noch die Sorge für seine Ehefrau im Sinn hat, das rührt doch die Herzen und glorifiziert.“ Professore Sara machte eine kleine Pause. „Allerdings will ich Ihnen das hier nicht vorenthalten.“

Der Professor reichte Vossi eine Geständnisniederschrift eines gewissen Amadeo Sima des k. u. k. Kriminalgerichts Triest. Darin gestand der wegen Mordes zum Tode durch den Strang verurteilte Sima, den Grafen Lujo Tončić-Ferroni unweit vom Schloss Miramare ermordet zu haben, als dieser ein kleines Segelboot mit zwei Schiffskoffern besteigen wollte. Ermordet, um der zwei Koffer habhaft zu werden. In den Koffern hätte er Gold in großen Mengen gewusst, die der Graf aus Veracruz an Bord der Levante angelandet hatte. Er habe den toten Grafen mit seiner Schussverletzung an der kleinen Bootsanlegestelle sterbend zurückgelassen, um mit dessen Segelboot das Weite zu suchen. Vor Sistiana habe eine plötzliche Bö das Boot zum Kentern gebracht. Mit großer Mühe habe er sich an Land retten können. Die beiden Koffer seien verloren gewesen, das Boot später von Fischern bei Santa Croce Mare an den Haken genommen worden.

„Dieser Geschichte, Commissario, bin ich mein Leben lang nachgegangen. Entweder bin ich ein verdammt schlechter Sucher, oder es gibt den Schatz nicht. Inzwischen bin ich mir sicher, dass es ihn nie gegeben hat. Nicht, weil ich mit der Erkenntnis, ein schlechter Sucher zu sein, nicht leben könnte, sondern aus rein sachlicher Überzeugung."

„Professore, eine Frage noch: Es gibt so viele einander widersprechende Urteile über den Charakter Maximilians. Was halten Sie von ihm?" Wieder kramte der Professore in seinen Unterlagen und reichte Vossi die Kopie eines Briefes in Spanisch.

„Pardon, Professore, ich spreche kein Spanisch."

„Also gut. Das ist ein Brief Kaiser Maximilians an seinen Widersacher Benito Juárez am Tage der Hinrichtung." Professore Sara übersetzte fast aus dem Stegreif – er musste den Brief hunderte Male gelesen haben: „Ich sterbe, weil ich herausfinden wollte, ob neue politische Kategorien den blutigen Bürgerkrieg beenden könnten, der für so viele Jahre dieses arme, leidende, unglückliche Land verwüstete. Ich gebe gerne mein Leben, hoffend, dass das Opfer zum Frieden und zur Wohlfahrt meiner neuen Heimat beitragen kann. Nichts Gutes kann auf blutgesättigtem Boden gedeihen. Ich hoffe, meines werde das letzte sein, das vergossen wird." Er legte das Blatt beiseite, nahm seine Brille ab und rezitierte wie aus einem Schlusswort: „Was haben wir? Einen dreiunddreißigjährigen Mann, der sich Großes vorgenommen hat und die Fahrt in sein neues Lehen damit verbringt, eine dreihundert Seiten starke Hofetikette für sein Kaiserreich zu entwerfen. Einen Schürzenjäger, der gleichzeitig ein liebevoller Ehemann zu sein scheint. Einen, der nicht mit Geld umgehen kann – man könnte auch von einem Verschwender sprechen. Einen, der bei allen beliebt ist, also sicherlich charmant und ein guter Gesprächspartner. Einen, der seine politischen Gegner zu Terroristen erklärt und tausende ohne Gerichtsverfahren umbringen lässt. Einen, der das Land angesichts seiner persönlichen Bedrohung verlassen will, dann aber bleibt, weil seine Mutter ihn dazu auffordert, durchzuhalten. Einen, der am Tag seiner Hinrichtung hochtrabende Briefe schreibt und nach Aussage vieler Zeugen mit großer Gelassenheit dem Exekutionskommando gegenübertritt. Wir verstehen schon lange nicht mehr, welche Bedeutung der Schein im neunzehnten Jahrhundert hatte. Der Nomenklatura war er wichtiger als das Sein. Und so könnte man sich bei Maximilian die Frage stellen: Ist er am Ende gerne gestorben, um nach vielen Fehlschlägen an Ansehen zu gewinnen? Post mortem? Na wenn schon. Historiker neigen durchaus zu der Annahme, dass er etwas zu viel von dem Wittelsbacher-Blutcocktail in sich hatte, der König Ludwig II. von Bayern, seiner Cousine Sisi und deren Sohn Kronprinz Rudolf von Mayerling jene sehr eigentümliche und befremdende Prägung gab. Alle davon sind heute nicht mehr wichtig genug, um sich mit ihnen über Illustriertengeschichten und Sisi-Filme hinaus wissenschaftlich auseinanderzusetzen. Auch bei Maximilian geht es in der Gegenwart hier vor Ort hauptsächlich um zwei Dinge: Sprudelt der Fremdenverkehrsmagnet Miramare? Und wo ist der Schatz?"

Vossi nahm die Farbfotos vom Maximiliano aus seiner Tasche und zeigte sie Professore Sara. „Diese Münze befindet sich in unserer Asservatenkammer. Wir haben sie im Zusammenhang mit einem Todesfall gefunden. Könnte sie ein Bestandteil vom Schatz Maximilians sein?"

„Kaum ein Fachmann kann feststellen, was echt und was eine Nachprägung ist, wenn sie nach höchstem State of the Art angefertigt worden ist. Heute können Sie mit Laser jede Münze bis ins Mikroskopische kopieren. Ich habe irgendwo gelesen, dass die Chinesen das Know-how hätten, den Liberty Dollar aus dem Jahr 1794 um ein paar Euro das Stück zu vertreiben. Der Liberty Dollar gehört allerdings zu den teuersten Münzen der Welt. Zuletzt hat er den Rekordpreis von 7,85 Millionen Dollar erzielt. Man fragt sich, wieso es in der Numismatik noch immer Sammler gibt. Sie können heute van Gogh so kopieren, dass es optisch kaum zu erkennen ist. Dieses Kaum aber ist der große Unterschied im Vergleich zur Numismatik. Bei einer absolut perfekten Nachprägung können Sie Original und Kopie nicht mehr unterscheiden. Und Sie können mit einem Prägekopf gleich hunderttausend Stück schlagen."

„Und was ist Ihrer Meinung nach dieses Goldstück wert?"

„Wenn man die Originalität einigermaßen glaubwürdig dokumentieren kann und wenn es nicht mehr davon gibt als Daumen mal Pi hundert Stück, kann es schon zehntausend Euro erreichen. Vielleicht auch ein Vielfaches. Das hängt von so vielen unabwägbaren Faktoren ab wie: Wo findet die Auktion statt? Wie intensiv wird sie beworben? Wer kommt zur Versteigerung? Sind mehrere sehr betuchte Interessenten darunter, die das Stück haben wollen und sich gegenseitig überbieten? Das alles zählt."

Auf dem Weg zurück in die Questura gelangte Vossi zur Überzeugung, dass der Professore nicht als Wissenschaftler, sondern als Schatzsucher zum Sachverständigen über Maximilian von Mexiko geworden war. Trotz seines hastigen Manövers, den Vorhang im Vorzimmer vor Vossi schnell zuzuziehen, hatte der Commissario die dort versteckten Hammer, Pickel, Schaufel und Bergschuhe sehr wohl erkennen können.

Roberto kam ihm auf der Treppe mit dem Phantombild des Mannes mit dem Schirm entgegen. „Das sieht ziemlich gut aus. Wir könnten es herumreichen, finden Sie nicht auch?"

Vossi betrachtete das Kunstwerk und überlegte. „Nein, besser nicht. Sonst geht es uns wie bei Casari. Für konkrete Maßnahmen haben wir zu wenig in der Hand. Wir würden ihn nur aufscheuchen", entschied der Commissario schließlich.

Beim Kochen am Abend fand Vossi es schwer, dem Risotto Rucola in seinem Gedankenknäuel den nötigen Vorrang zu geben. Alles kreiste um die Geschichten von Professore Sara und dem Mann mit dem Schirm. Dabei war Küchendienst angesagt, denn Jelenas Kurzurlaub war zu Ende. Sie werkte wieder im Weingut, und er hatte den Kochlöffel zu schwingen. An Jelenas Kochkunst kam seine allerdings bei Weitem nicht heran.

Etwa bei diesem Risotto Rucola. Wenn man das Rezept las, schien es ganz einfach zu sein. Aber die richtige Konsistenz zu bekommen, dem Gericht die besondere Würze zu geben, die den edlen Bittergeschmack der Pflanze abrundete – daran waren schon bessere Köche als Vossi gescheitert. Dabei war es seit seiner frühen Kindheit eine seiner Lieblingsspeisen. Mutter hatte immer betont, wie gesund Rucola wäre. Er hatte sie in Verdacht, dass diese Behauptung mit der Tatsache zusammenhing, dass Rucola vor der Haustür wuchs und nichts kostete. Wie unrecht er ihr mit diesem Verdacht getan hatte, merkte er erst, als er vor einigen Jahren einen wissenschaftlichen Artikel über die gesunde Pflanze gelesen hatte.

Während sich Jelena oben frisch machte und er das Risotto rührte, hingen seine Gedanken an Professore Sara. Wenn der recht hatte, hätte die momentane Inflation an Mord und Todesstürzen bald ein Ende. Wenn aber er, Vossi, recht hatte, könnte es Mord und Totschlag in Serie geben. Machte die Geschichte über die neuerlichen Münzfunde die Runde, könnte es diesmal eine Schatzsuche geben, bei der sich die vom Gold Berauschten tatsächlich gegenseitig die Steinbruch-Terrassen runterstießen. Je länger er darüber nachdachte, umso sicherer war er sich, dass irgendwo im Umkreis von fünfzig Kilometern noch mehr Maximiliani versteckt waren. Und je mehr er darüber grübelte und dabei das Risotto rührte, umso pappiger wurde es.

Jelena kostete, rümpfte die Nase und verdünnte das Gericht mit etwas Gemüsebrühe aus dem Kühlschrank. Damit war es zwar nicht preisverdächtig, schmeckte aber ganz gut. Also wagte Vossi die Frage: „Schmeckt's, Jelena?"

„Jetzt schon."

29

Der höchste Auditor der Banca Debiasi marschierte in die Filiale von Monfalcone ein wie der Kardinal Großinquisitor. Fehlte nur noch, dass er dem stellvertretenden Filialleiter die Hand zum Kusse reichte. Der hätte seinem Gehabe nach wahrscheinlich auch nicht gezögert, sie zu küssen. Flankiert war der Buchprüfer von zwei Subalternen und einer essigsauren Alten, die verdächtige Belege prüfte.

Nach vier Stunden telefonierte der Inquisitor mit seinem Papst, dem Generaldirektor in Udine. Der hatte zu entscheiden, ob alles zu vertuschen oder die Kriminalpolizei einzuschalten war. Er wollte sich beraten und würde noch vor Kassaschluss zurückrufen.

Das Trio erkundigte sich nach dem besten Restaurant am Platze. „Was wirklich Gutes, das brauchen wir, nach dem, was wir hier herausgefunden haben."

Der stellvertretende Filialleiter überdachte die Folgen einer falschen Parteinahme für eines der Lokale. Mit Haubenrestaurants hatte er wenig Erfahrung, deshalb stotterte er verlegen, dass die Qualität ständig wechselte und die Touristen alles verderben würden.

„Nichts klappt hier!", zischte der Inquisitor mit bösem Blick und kommandierte die Essigsaure zur Recherche im Internet ab. „Ich will aber nicht in einem Saal voller deutscher Touristen sitzen, verstanden?"

„Für Sie kommt nur das Restaurant des Hotel Duchi d'Aosta an der Piazza Unità in Triest in Frage, Dottore."

„Na schön. Sie prüfen dann nochmals alles. Wir sind übers Handy erreichbar. Aber nicht wieder mitten im Hauptgang. Und bestellen Sie uns einen ordentlichen Tisch für zwei."

Der jüngste der drei Prüfer sah plötzlich ganz unglücklich drein. Er wusste: Triest, Piazza Unità, kein Parkplatz und kein Parkhaus. Das bedeutete, dass er im Wagen warten müsste, während sich der Dottore von dem anderen den Weg in den Speisesaal bahnen und zu jedem Wort recht geben ließe.

Um drei Uhr erreichte den Großinquisitor die Entscheidung Udines: Man würde Anzeige erstatten, das wäre man den Shareholdern und den Kunden schuldig. Dass dies gleichzeitig eine Warnung an alle Kollegen der Bank sein sollte, ja nicht in ihre Kassa zu greifen, blieb unerwähnt. Tatsächlich aber war es das ausschlaggebende Argument des Gremiums bei der Entscheidungsfindung.

30

Der nächste Tag in der Questura hatte es dick hinter den Ohren. Von der Personalabteilung waren die Listen der Urlaubseinteilung für Ferragosto gekommen. Wie jedes Jahr waren die Terminwünsche bis Ende April bekanntzugeben gewesen. Und wie jedes Jahr gab es auch heuer Änderungswünsche. Teils aus höherer Gewalt, weil beispielsweise eine Tochter schwanger geworden war oder ein Sohn geheiratet hatte oder sich erst beim zweiten Hinsehen herausgestellt hatte, dass das Ferienziel der Wahl keine Haustiere aufnahm. Also waren jetzt die großen Tauschmanöver angesagt: Alles musste schriftlich festgehalten und von Saintrope akzeptiert und registriert werden. In der Regel wurde den Änderungswünschen auch nachgekommen, dann war dieser ganze Vorgang kaum mehr als ein einziger Papierkrieg enormer Ausmaße. Wenn sich aber Kollegen untereinander nicht einig wurden, konnte das die Zusammenarbeit im Team oft für Jahre trüben, in krassen Fällen bis zur Pensionierung.

In Vossis Abteilung war das, Gott sei Dank, auch diesmal nicht der Fall, dennoch beeinflusste das eine oder andere Donnerwetter in der Etage darunter oder darüber die Arbeitsabläufe negativ. Als Alberto Bettini mit schlechter Laune Vossis Büro stürmte, fürchtete der Commissario ein Überschwappen der Termindifferenzen von der Spurensicherung in sein Revier. Doch Bettini schäumte aus einem ganz anderen Grund: „Bruno, hast du den Artikel im *Piccolo* gesehen?"

Als Vossi verneinte, hielt ihm Alberto das Käseblatt unter die Nase. In der Blattmitte brachte die Redaktion eine Story über den neuerlichen Fund eines Maximiliano und dazu die Abbildung beider Seiten der Münze.

Laut Bildunterschrift wäre eine der sechs Münzen, die Kaiser Maximilian an die sechs Männer des Exekutionskommandos verteilt hatte, glatt eine Million wert. Es wurde aber nicht darauf hingewiesen, dass dafür eine lückenlose Dokumentation von 1867 bis in die Gegenwart erbracht werden musste. Einem unkritischen Leser würde auch nicht auffallen, dass in dem Bericht nicht behauptet wurde, der gefundene Maximiliano wäre eine von ebenjenen sechs bewussten Münzen. Die Neuigkeit wurde in böser journalistischer Absicht so serviert, dass die Leser von selbst zu diesem Trugschluss kommen würden.

„Eines sage ich dir, Bruno: Unter meinen Fittichen kann die Münze nicht bleiben. Nicht, dass ich irgendeinem meiner Kollegen misstrauen würde, aber für solche Werte ist unsere Asservatenkammer nicht gedacht und schon gar nicht ausgerichtet."

„Von welchem Wert gehst du denn aus, Alberto?"

„Nichts Bestimmtes, aber zu viel für meinen Laden."

In diesem Augenblick wurde die Tür aufgestoßen und Saintrope huschte herein. Der Chef des Hauses war sichtlich aufgebracht, vor Wut krächzte er: „Ha... habe ich Ihnen nicht gesagt, das müssen wir nach oben melden? Habe ich es nicht gesagt?" Dazu schwenkte er den *Piccolo* wie ein Schienengeher seine Warnlampe für einen herandonnernden Zug. „Eine Million! Und so etwas tragen Sie in der Hosentasche mit sich herum. Habe ich das nicht gesagt?"

„Haben Sie, Questore. Aber eine Million, das war einmal. Und im Polizeigesetz heißt es doch: Die Asservate werden in einem speziell gesicherten Raum bei der Polizei, dem Zoll und der Staatsanwaltschaft verwahrt. Davon kann abgewichen werden, wenn die Asservatenkammer keinen geeigneten Ort zur Aufbewahrung darstellt. Etwa für ein Auto oder andere große, schwere oder sperrige Gegenstände. Als Ausnahme wird auch TNT genannt, wegen der immanenten Explosionsgefahr, nirgendwo heißt es aber, Gegenstände von hohem materiellem Wert wären eine solche Ausnahme."

„Und falls Udine oder Rom anruft, was dann?"

„Dann zitieren Sie das Polizeigesetz."

„Sie machen es sich zu einfach, Commissario. Die werden mir vorhalten, dass ich die Dimension der Angelegenheit nicht erfasst habe, dass ich eine Sonderregelung hätte treffen oder zumindest rückfragen hätte müssen."

„Das Gesetz nennt doch die Ausnahmemöglichkeit. Auf den Wert der Gegenstände nimmt es keinen Bezug. Offensichtlich war das dem Gesetzgeber egal."

„Nein, nein, Sie werden sehen, Commissario, damit kommen wir nicht durch. Wen, meinen Sie, soll ich vorbeugend in Kenntnis setzen?"

„Questore, es ist alles nach Vorschrift verlaufen, es gibt überhaupt keinen Grund, auf eigene Initiative zu handeln."

„Doch, gibt es", schaltete sich Bettini ein, „denn ich lehne es ab, in meiner Abteilung die Verantwortung für solche Werte zu übernehmen. Unsere Asservatenkammer ist dafür nicht geeignet."

Mit vor Entsetzen aufgerissenen Augen fixierte der Questore Bruno Vossi: „Da sehen Sie's, Commissario. Habe ich es nicht gesagt? Habe ich es nicht gesagt?"

„Ich glaube, auch in diesem Fall gibt es eine Lösung. Sie haben doch einen Tresor in Ihrem Büro, Questore, oder?"

„Ja, aber das kann ich nicht zulassen. Hier würden wir gegen die Vorschrift verstoßen. Mein Büro ist nicht die Asservatenkammer."

„Kein Problem. Wir übersiedeln Ihren Tresor einfach in das Archiv."

„Gute Idee! Der steht mir sowieso nur im Weg herum", strahlte Saintrope.

„Na, bitte. Dann organisieren wir eine Spedition und tun der Vorschrift Genüge. Kollege Bettini bekommt die Schlüssel, legt die Münze in den Tresor und schließt ab. Geht doch."

„Und wenn sich Rom meldet?", wollte Saintrope wissen.

„Dann sagen Sie, der mit den Ermittlungen im Mordfall Beppo Tonelli beauftragte Commissario kann nicht darauf verzichten, und verweisen auf das Polizeigesetz."

„Dass Sie nicht darauf verzichten können, bekomme ich aber schriftlich."

„Gerne, Questore."

Nachdem Saintrope einigermaßen beruhigt gegangen war, sagte Vossi zu Alberto: „Bist du mir jetzt in den Rücken gefallen, oder bilde ich mir das nur ein?"

„Hast du mir den Wert des Goldstückes verheimlicht, oder bilde ich mir das nur ein?", quittierte Bettini im gleichen Tonfall.

„Na, wenigstens sind wir jetzt quitt. Das mit dem Wert von einer Million müsst ihr übrigens endgültig vergessen. Das war in London nur möglich, weil der Käufer davon ausgegangen ist, dass die Münze ein Unikat ist. Wahrscheinlich gibt es in den Hügeln hinter Sistiana oder im Meer vor Miramare aber eine ganze Menge davon."

Vossi berichtete Alberto von seinem Gespräch mit Professore Sara in Triest. Den aber tröstete nur, dass er endlich einen Tresor für seine Asservatenkammer hatte. Zig Mal hatte er darum angesucht, nie hatte es Geld dafür gegeben. Saintrope würde ihn nie mehr wiedersehen. Bruno Vossi erfuhr wieder einmal, wie hilfreich kleine Bosheiten bei der Bewältigung der Hürden des Alltags sein konnten.

Als Bettini den Raum verlassen hatte, konnte sich Commissario Vossi endlich wieder dem Profil des zu Tode gestürzten Bankdirektors zuwenden: ein Mann ohne große Sorgen. Einmal pro Woche speiste er mit seiner Mutter im Villaggio. Er besaß ein großes Haus mit Blick über den Golf von Triest und auf das Schloss von Duino. Seine Nachbarn schätzten ihn als seriös ein, nicht übermäßig freundlich, aber korrekt. Als hilfsbereit beschrieb man ihn nicht, aber vielleicht hatte man ihn auch einfach nie gefragt. Unglücklich verliebt war er nicht, ab und an ging er zu einer Prostituierten mit Niveau. Er hatte seine Sekretärin damit beauftragt, für ihn einen Flug nach London zu buchen, anschließend hatte er sich von den höchsten Höhen der Steilküste gestürzt. Das machte doch keinen Sinn! Nie und nimmer war das ein Selbstmord.

Mit Roberto und Rita ging er alles noch einmal durch: „Also, von vorne: Claudio Casari kannte Dragan Jurić. Der hat etwas im Cristallo umgetauscht, weil er Geld für den Banditen gebraucht hat. Wir gehen davon aus, dass es sich dabei um ein Goldstück gehandelt hat, das er im Steinbruch gefunden hat. Jetzt befindet sich das Goldstück in der Lade Casaris, damit gehört es Beppo Tonelli. Der erkennt vielleicht den wahren Wert, redet darüber mit Casari und wird von ihm ermordet. Damit wäre das Goldstück wieder in Casaris Händen. Der sucht einen Banker auf, vielleicht nur, um den wahren Wert herauszufinden. Er wendet sich an Paolo Feri,

Chef der Bank, bei der Casari regelmäßig für Beppo Tonelli einzahlt. Wie aber kommt das Mordopfer Rebecca Bregoli in die Schusslinie? Die genannten Personen werden plötzlich eine Schicksalsgemeinschaft. Was macht sie dazu?“

„Ich weiß, worauf du hinauswillst. Auf den Maximiliano“, schlussfolgerte Rita.

„Richtig. Unseren hat die Spusi auf der Terrasse gefunden. Auf dieser Terrasse hat Dragan gearbeitet. Das Video beweist, dass Dragan das Goldstück anschließend im Café Cristallo eingetauscht hat. Wir wissen nicht, wie viel er dafür bekommen hat, aber das interessiert uns hier nicht. Von diesem Punkt an kommen wir nicht wirklich weiter. Daher: Wo ist dieser Casari? Er ist der Einzige, der uns mehr dazu erzählen kann, weil er der Einzige der Schicksalsgemeinschaft ist, der noch lebt. Gilt auch hier vielleicht die Frage: Wie lange noch? Ist er ein zweifach Gejagter? Nämlich von uns und einer uns unbekannten Partei, der die anderen drei zum Opfer gefallen sind? Wo ist dieser Casari, Rita? Ich flehe euch an, bringt ihn mir!“ So hatten Roberto und Rita Vossi noch nie gesehen. Seine letzten Worte waren entweder bewusst theatralisch oder ein ehrliches Flehen.

„Vielleicht ist er schon auf einem Schiff und weg?“, gab Roberto zu bedenken.

„Vielleicht nach Australien, dort hat er einen Freund. Du erinnerst dich an die Briefe, die wir in seiner Wohnung gefunden haben“, warf Rita ein.

„Gut, nehmen wir also an, Casari will jetzt nach Australien. Er braucht Geld und einen möglichst guten falschen Pass. Bleiben wir beim ersten Teil: Er braucht Geld. Vielleicht war nicht so viel in dem Safe des Cristallo, wie wir annehmen. Was macht er? Er geht zu Feri, erzählt ihm von der Münze und will kräftig Bares.“

„Das gibt es nicht für einen Maximiliano mit Goldwert von zweihundertfünfzig Euro und ungewisser Verbreitungshäufigkeit“, meinte Rita.

„Und wenn er einen ganzen Haufen davon hatte? Also tatsächlich einen Teil vom Schatz Maximilians?“

„Genau. Das könnte die Frage beantworten, wen Feri am Rilkeweg getroffen hat. Nämlich Casari, zur Übergabe“, sagte Roberto.

„Aber irgendetwas läuft grob aus dem Ruder. Feri hatte etwa hundertdreißig Euro bei sich, sagt Stipe. Ist es also um eine Geldübergabe gegangen, dann hat Casari jetzt die Kohle und das Gold. Aber warum hat Feri den für Casari gefälschten Pass bei sich, als er gefunden worden ist? Es muss aus irgendeinem Grund Streit gegeben haben. Aber warum?“

Ein Anruf von Alberto Bettini unterbrach die Mutmaßungen der drei. Eben hatte man die Listung aller Fundsachen von Bankdirektor Feri abgeschlossen und Fingerabdrücke genommen. Alles war bereit zur Inspektion.

Wie Fafner vor dem Schatz der Nibelungen bewachte Bettini, was auf einem Tisch ausgebreitet lag: ein Satz Autoschlüssel, ein fetter Stoß Aktien, ein Bündel Fünfhunderter, eingeschweißt in Plastik und mit dem Vermerk „Bignozzi“.

„Das ist der Inhalt des einen Schließfaches. Und nun zum zweiten, dessen Inhalt die Männer der internen Revision der Bank heute erst gefunden und unseren Kollegen von der Wirtschaft freundlicherweise überbracht haben. Ich sage dazu nur so viel: Gott sei Dank habe ich jetzt einen Safe.“ Bettini entfernte einen Bogen Papier. Darunter lag ein Köfferchen mit zwölf Laden, in die fein säuberlich Münzen aus Gold und Silber gelegt waren.

Vossi multiplizierte: zehn Stück in einer Reihe, sechs Reihen je Lade, nicht alle ganz voll, aber immerhin etwa fünfundfünfzig Münzen. „Hast du schon eine Ahnung, wie viel das alles wert ist?“

„Insgesamt etwa siebzigtausend Euro. Aber das da wohl weitaus mehr.“ Alberto hielt einen Lederbeutel hoch und entnahm siebzehn Maximiliani.

„Dragan Jurić hat nicht einen Maximiliano gefunden, sondern mehrere, wenn nicht gar den Schatz des Maximilian!“, dämmerte es Vossi.

Roberto und Rita prüften jeden einzelnen Maximiliano. Offensichtlich hatte Dragan den Fund nicht verkraften können. Das würde auch seinen Rückfall in die Alkoholsucht erklären. Vossi kannte einige, die die Tortur einer Entwöhnung durchgemacht hatten – ohne besonderen Anlass war keiner von denen rückfällig geworden. Man müsste unbedingt mit diesem Bennuti reden.

Während Rita sich darum kümmerte, den Montaningenieur ausfindig zu machen, bekam der Commissario Besuch von Alessandro Novaco, dem Chef der Wirtschaftspolizei.

„Dein Feri hat unterschlagen. Noch hat man nichts Großes gefunden, aber wir haben anonyme Beschwerden, wonach aus den Schließfächern der Kunden Wertgegenstände entnommen worden sind. Zu denen hat ja nur der Kunde die Schlüssel. Jemand könnte aber das System geknackt haben“, eröffnete Alessandro.

„Noch hat man nichts Großes gefunden, sagst du. Was wäre bei euch groß?“

„Diese Sparte ist sehr inflationär, Bruno. Vor sechs, sieben Jahren noch wären es hundert Millionen gewesen. Jetzt musst du schon eine Milliarde nennen können, um wirklich zu erschüttern.“

„War die interne Kontrolle schon hinter ihm her?"

„Soviel wir wissen, nicht. Feri hat bis zuletzt das vollste Vertrauen der Bank genossen. Es hat auch nie irgendetwas gegeben. Wir haben die interne Kontrolle in Gang gesetzt, und die sind ziemlich böse überrascht worden. Seid ihr in Feris Haus auf etwas Interessantes gestoßen?"

„Es ist uns nichts aufgefallen. Was haben wir nach dem Klippensturz in seinem Haus getan? Briefe gesucht, Laptop begutachtet, Safe geöffnet, Schreibtischladen gesichtet. Das Anwesen ist aber natürlich nicht wie ein Tatort unter die Lupe genommen worden, wenn du das meinst. Worauf willst du hinaus?"

„Ich frage mich, ob euch so unauffällige Dinge wie zum Beispiel harmlose Schlüssel aufgefallen wären?"

„Hast du einen bestimmten Verdacht?"

„Der Innenrevision sind Unregelmäßigkeiten bei der Videoüberwachung der Bankschließfächer aufgefallen, Aussetzer. Wenn sie wegen eines technischen Defekts für länger als fünf Minuten ausfällt, wird normalerweise das Alarmsystem ausgelöst. Die Aussetzer waren aber immer nur drei, vier Minuten lang. Daher liegt der Verdacht nahe, dass jemand die Videoüberwachung abgestellt hat. Jemand, der genau gewusst hat, worauf es dabei ankommt."

„Und jetzt meint ihr, Feri hätte sich an den Schließfächern zu schaffen gemacht?"

„Wenn er es geschafft hat, an Nachschlüssel ranzukommen, wäre es durchaus denkbar. Er hat ein paar Kunden, die womöglich Bares jenseits einer halben Million in den Fächern liegen haben, dazu noch Schatzscheine, Juwelen und Goldbarren. Und Feri kennt seine Kunden. Er weiß also, bei welchen sich ein Hineinlangen lohnen würde. Für die Bank eine schreckliche Vorstellung. Denk einmal an den Vertrauensverlust."

„Ein Großteil davon ist mit Sicherheit Schwarzgeld. Die Geprellten würden sich unter Umständen gar nicht melden", vermutete Vossi.

„Und selbst wenn, sie könnten ihren Schaden wohl kaum beweisen, da es nichts Schriftliches dazu gibt. Das ist ja der tiefere Sinn und Zweck dieser Schließfächer."

Alessandro fuhr mit Roberto los. Eine Stunde später waren die beiden zurück und legten mit vielsagendem Blick nacheinander vierzehn Schlüssel auf Vossis Schreibtisch. Jeder mit einem billigen Plastikanhänger und einer handgeschriebenen Nummer darauf.

Der sonst so verhaltene Vossi ließ sich zu einem anerkennenden Pfiff durch die Schneidezähne hinreißen. „Alessandro, kennst du die Namen der Schließfacheigentümer?"

„Ja, aus meiner Liste. Es handelt sich ausnahmslos um betuchte Bankkunden, die meisten von ihnen sind als Gewerbetreibende auf Staatsaufträge angewiesen."

„Das heißt, sie horten Bestechungsgelder, um an die Aufträge zu kommen?"

„Womit einiges für Feri zu holen gewesen wäre."

„Glaubst du, dass er sich schon bedient hat?"

Alessandro konnte sich nicht recht festlegen: „Ja und nein. Er hat seinen Abgang ganz offensichtlich von langer Hand geplant. Ein zu frühes Hinlangen hätte den Griff nach dem Hauptpreis gefährdet. Andererseits: Was hat es mit seinem Sturz auf sich? Hielt er den Zeitpunkt für gekommen, sich am fremden Vermögen zu vergreifen, um sich abzusetzen? Ist ihm einer der Besitzer auf die Schliche gekommen? Musste er deshalb fallen?"

„Damit wäre es hoch an der Zeit, deinen Fälscher zu sprechen. Vielleicht könnten wir so erfahren, wann Feri den kanadischen Pass von ihm bekommen hat, und wüssten über seine Pläne ein wenig mehr."

„Mit dieser Idee habe ich schon gerechnet. Ich habe auf der Fahrt hierher ein wenig herumtelefoniert. Er wäre bereit, uns zu treffen."

Der V-Mann hatte sie in einem eigens für dieses Treffen gemieteten Hotelzimmer in Duino erwartet. Er war schwer definierbaren Alters, aber sicherlich jenseits der siebzig. Das Gespräch hatte ergeben, dass Paolo Feri vor fast fünf Monaten mit Empfehlung von Rebecca Bregoli zu ihm gekommen war. Man hatte sich auf einen kanadischen Pass geeinigt. Der V-Mann hatte die Wirtschaftspolizei Gorizia davon routinemäßig informiert. Alessandro bestätigte und fügte hinzu, er selbst hätte den Tipp an die Kollegen in Udine weitergegeben. Offensichtlich hatten die aber nicht reagiert. Warum, vermochte Alessandro nicht zu sagen.

Das brachte den V-Mann ziemlich aus der Fassung: „Dafür riskiere ich meinen Arsch!"

„Und, wie ist es weitergegangen?", wollte Vossi wissen.

„Vor Kurzem ist der Banker wieder gekommen, mit einem Extrawunsch: Er wollte, dass ich das Bild von Casari in seinen echten Pass einarbeite." Mehr hatte er zu dem Deal nicht zu sagen.

„Wir sind noch an einem großen Unbekannten interessiert. Er soll angeblich Engländer sein. Sagt Ihnen das etwas?"

Der V-Mann überlegte kurz und schüttelte dann ratlos den Kopf.

Obwohl das Gespräch mit dem V-Mann nicht alle Fragen klären hatte können, zeigte sich Vossi bei der Fahrt zurück in die Questura tief beeindruckt: „Wenn wir doch auch so einen V-Mann hätten, der im Voraus sagen kann, wann wer gegen wen durchdreht und Blut fließt. Wie seid ihr auf den Alten gekommen?"

„Ein Fälscher, der lebenslang auf dem Gebiet gearbeitet hat. Jahrelang haben wir ihm nichts nachweisen können, aber vor nicht allzu langer Zeit haben wir ihn in die Zange nehmen können. Statt ihn anzuklagen, haben wir ihn umgedreht. Das ist für uns viel ergiebiger, als ihn außer Gefecht zu setzen."

„Aber wie ist es möglich, dass er bei den Ganoven nicht auffällt?"

„Das Arrangement funktioniert nur, weil wir bloß etwa zehn Prozent seiner Informationen weiterverfolgen. Damit hat er bei seinen Kunden eine neunzigprozentige Erfolgsrate. Und die liegt in seiner Branche über dem Durchschnitt."

Es war Abend geworden. Jelena hatte sich den Tag für ein verlängertes Gartenwochenende frei genommen und wollte „ein paar Kleinigkeiten" auf der Terrasse servieren. Sie hatte Vossi im Büro kurz angerufen und geschwärmt: „Ich habe im Villaggio eine ganz frische Selektion Muscheln und Scampi bekommen. Die serviere ich uns, kalt, mit getrockneten Tomaten, Käse aus dem Karst und den Oliven, die du so magst. Fährst du bitte auf dem Weg nach Hause bei der Bäckerei vorbei? Ich wollte nicht irgendein Brot im Supermarkt kaufen. Das schien mir zu den Leckerbissen nicht gut genug." Vossi konnte ihr nur vorbehaltlos recht geben. Was die Supermercati in letzter Zeit als Brot anzubieten hatten, war einfach grässlich.

Als Bruno Vossi auf der Terrasse seines Gartens die Arbeitswoche ausklingen ließ und das Klimpern und Klappern aus der Küche genoss, kamen sie wieder, die vielen Fragen. Wie Fratzen umkreisten sie ihn in einem bizarren Tanz ohne Rhythmus. Er versuchte sie zu verscheuchen wie lästige Fliegen, wusste aber genau, dass er es nicht schaffen würde. Vielleicht sollte er sich doch einmal für diesen Yogakurs einschreiben, Jelena sagte immer, bei Yoga könnte man lernen, die Abläufe der eigenen Gedanken zu lenken.

Für einen Augenblick schloss der Commissario die Augen und fiel in einen Sekundenschlaf. Er sah sich hoch über dem Meer auf dem Rilkeweg. In dunkler Tiefe schäumte das Wasser gegen die Felswand. Er beugte sich vor, um den unten liegenden reglosen Körper erkennen zu können, verlor das Gleichgewicht und stürzte. Vossi fuhr hoch und drehte sich zur Seite. Gleich umkreisten ihn die Fratzen wieder, schnellten vor und wichen blitzartig zurück. Jetzt sah Vossi Stipe nackt auf einem seiner beiden Seziertische liegen. Neben ihm die tote Rebecca, ebenfalls nackt und tot mit einem großen Rubin auf ihren Lippen. Plötzlich tauchte Alberto Bettini auf, lachte klappernd wie ein Storch und sagte: „Jede Menge Fingerabdrücke von Stipe.“ Seine Stimme hallte wider in den weißgetünchten Hallen von Stipes Vorstufe zum Grab. Da wurde er in die Wirklichkeit entrissen.

„Würdest du mir das bitte abnehmen?“ Jelena balancierte ein riesiges Silberoval. Auf der Platte leuchteten die Scampi, die getrockneten Tomaten in tiefem Rot und das Schwarz der Oliven. „Iss nicht zu viel davon, Bruno. Es gibt noch ein paar Jakobsmuscheln an Zucchini in Weißweinsoße. Und jetzt lassen wir es uns schmecken!“

Der Commissario war noch traumverwirrt und wusste nicht ganz, wie ihm geschah. Er hätte sich gerne lustig gemacht über Jelenas Menükartenitalienisch, dessen sie sich seit dem Job im Weingut befleißigte. Angesichts der delikaten Verlockungen war er aber klug genug, seinen Impuls zu unterdrücken.

„Na komm, Bruno, werde endlich wach und öffne den Wein. Er steht schon neben deinem Liegestuhl auf Eis." Vossi tastete nach der Flasche im Eiskübel, goss die Gläser voll und langte zu. „Wie geht's in der Arbeit, Bruno? Hast du dir ein so köstliches Mahl überhaupt verdient?"

Hatte er? Er löste Frage um Frage, seine Schritte nach vorne vollzogen sich im Ausschluss von Möglichkeiten. Der große Clou fehlte. Und vor allem fehlte der Mörder. Doch angesichts des kulinarischen Angebotes wollte er nicht zu streng mit sich sein. „Es geht so, ich würde sagen, Zwei minus", entschied er mit vollem Mund.

Gerne hätte Vossi am Samstag einmal richtig blaugemacht. Einfach im Garten herumliegen und Jelena bei ihrer Lieblingsbeschäftigung, der Intensivpflege ihrer Blumen, beobachten und dem Klappern ihrer Rosenschere lauschen. Doch ein Freund aus der Steiermark hatte die beiden überredet, über das Wochenende zu einer Lipizzaner-Versteigerung auf das Gestüt Lipica mitzukommen. Lipica lag nur ein paar Kilometer hinter der italienisch-slowenischen Grenze.

Der Ausflug war für den immerzu grübelnden Vossi eine willkommene Möglichkeit, um auf andere Gedanken zu kommen. Auf der Ausfahrt mit einem Vierspänner machten sie bei einem Grillfest halt, bei dem es reichlich zu essen gab: kaltes Spanferkel in herrlichem Saft, Kartoffelsalat und Kukuruzbrot.

Am Abend hatte sich dann die internationale Gästeschar um ein riesiges Holzfeuer versammelt, ein betuchter Russe spielte auf der Balalaika und sein Chauffeur sang dazu mit herrlicher Stimme. Nach der dritten Runde Wodka war aus dem Solo ein beachtlicher Chor geworden.

Das Ergebnis des Vorabends spürten die Gäste am nächsten Morgen. Jelena und Vossi fühlten sich – bis auf den unvermeidlichen Durst – hingegen blendend. Für den Freund aus der Steiermark ging die Versteigerung ins Leere. Der russische Magnat hatte die Preise verdorben – er kaufte gleich den halben Katalog, ließ sich vom Gestütsleiter die Überstellung der Tiere auf sein Gut zusichern und lud alle ein, ihn dort zu besuchen.

31

Am Montag saß Vossi schon sehr früh hinter seinem Schreibtisch. Der Commissario öffnete das Fenster seines Büros und genehmigte sich einen tiefen Atemzug würzig frischer Luft, die von den Gärten der Piazza San Antonio aufstieg. Der Blick hinauf zur Burg von Gorizia mit ihren dicken Wehrmauern beruhigte ihn.

Ihr Anblick verschaffte ihm sogar einen Moment stiller Heiterkeit: Von der Turmspitze wehte die Europafahne Richtung Stadt und weithin sichtbar über das ganze Tal. Die italienische Trikolore fehlte. „Wieder einmal so ein kleiner Nadelstich eines Epocaners gegen den römischen Zentralismus", dachte der Commissario und erinnerte sich an den operettenhaften Ärger, als der Turmwart rot-weiß-rot beflaggen lassen hatte. Italienische Zentralisten hatten ihn hochnotpeinlich einvernommen, ihn aber schließlich zähneknirschend gehen lassen müssen. Der Schalk hatte erklärt, es wäre der Jahrestag der Gründung der Stadt, und er hätte dabei nur lokalpatriotisch gehandelt. Das Banner der Stadt sei nun mal rot-weiß-rot. Wen das an die österreichische Flagge erinnerte, der sollte in der Geschichte von Gorizia nachblättern. Als ihm vorgehalten worden war, dass der Jahrestag der Gründung der Stadt erst in zwei Monaten begangen würde, hatte er ganz überrascht getan: „Ach so, dann habe ich mir den Tag in meinem Kalender falsch eingetragen."

Die Erinnerung an diese Begebenheit half Vossi, den Kopf frei zu bekommen und die anstehenden Fragen zu sortieren. Wenn er sich solcherart nach Belieben und Bedarf ablenken könnte, wäre das ein brauchbarer Ersatz für Yoga? War das vielleicht seine persönliche Art dieser fernöstlichen Disziplin?

Vossi musste mehr über den Londoner Maximiliano in Erfahrung bringen. Der musste doch auch ursprünglich hier von einem Unbekannten gefunden worden sein. Vielleicht konnte er den Unbekannten ausforschen und so ein entscheidendes Feld in diesem bizarren Spiel vorrücken?

Commissario Vossi rief den Korrespondenten der *Repubblica* in Triest an, den er persönlich kannte. Der Journalist meldete sich sofort. Leider konnte er mit keiner Informationsquelle dienen: Die Meldung hatte er von einer Nachrichtenagentur erhalten.

Vossi grübelte. Wie sollte er an weitere Informationen kommen? Dann erinnerte er sich: Im Zusammenhang mit einer Betrugsaffäre hatte er die Kompetenz einer Mitarbeiterin eines international agierenden Auktionshauses in Rom kennen- und schätzen gelernt. Er brauchte ja nur einen Ansatz, dann würde er sich schon selbst weiterhelfen.

Die junge Frau meldete sich. Vossi entschuldigte sich für die frühe Störung, sie aber lachte nur und fragte: „Hören Sie nicht die Geräusche im Hintergrund?"

„Dann muss ich mich wohl bei Ihren Kindern entschuldigen, dass ich Ihnen für ein paar Minuten die Mama wegnehme." Er trug sein Anliegen vor, sie versprach, nichts unversucht zu lassen.

Als die Tür zu Vossis Büro aufging, fragte er verdutzt: „Du, Roberto? Was treibt dich so früh hierher ins Büro?"

„Wir haben Carlo Bennuti nicht angetroffen, obwohl wir es in seinem Haus dreimal versucht haben. Die Nachbarn haben nichts Genaues gewusst, er soll wohl sehr zurückgezogen leben. Im Steinbruch hat er sich krankheitshalber den Jahresurlaub geben lassen und ein Guthaben aus dem Vorjahr wollte er noch anhängen. Das heißt, im Steinbruch wird er sechs Wochen lang nicht anwesend sein."

„Vielleicht ist er verreist?"

„Die Nachbarn sagen, das wäre ganz gegen seine Gewohnheit. Er verreist offenbar nie. Und im Steinbruch hat es wegen Bennutis Urlaubsforderungen ziemlichen Stunk gegeben. Seine Expertise zur möglichen Ergiebigkeit des Vorkommens in Jamiano wäre unbedingt nötig gewesen. Davon hängt ab, ob für einen groß angelegten Anbau zusätzlich Personal aufgenommen wird. Mit dem Steinbruch steht es scheinbar wirtschaftlich nicht zum Besten. ‚Wieder einmal', hat mir eine Sekretärin anvertraut."

Vossi überlegte: Bennuti war nicht anzutreffen? Dieses Gewohnheitstier? Schön langsam wurde ihm schwindlig bei diesem Fall: der Todessturz dieses Dragan, ein Toter in seiner Badewanne, eine Tote in deren Bett, ein verschwundener Casari, der sich noch dazu hier irgendwo herumtrieb, ein Feri, tot auf den Klippen, ein Maximiliano, der in London um eine Million unter den Hammer kam, achtzehn weitere in Feris Schließfach, und jetzt noch ein Carlo Bennuti, der seine gewohnten Bahnen verließ. Womit hatte er das alles verdient?

Mit einer Erkenntnis konnte er sich allerdings ein wenig beruhigen: Das mit Bennuti musste nicht unbedingt etwas zu bedeuten haben. Für Vossi wirkte der Montaningenieur gesundheitlich angeschlagen. Schon beim ersten Gespräch war ihm die gelbliche Gesichtsfarbe aufgefallen, und er hatte auf Leber getippt. Manche Menschen verhielten sich in so einem Zustand eben wie Katzen: Sie wichen allen aus, verkrochen sich.

Ein Blick auf die Uhr riss Vossi hoch. Roberto hatte die Notare abgeklappert und herausgefunden, dass sowohl Beppo Tonelli als auch Rebecca Bregoli bei einem Notar in Monfalcone ein Testament hinterlegt hatten. Es hatte sich herausgestellt, dass die beiden Mordopfer eine gemeinsame Tochter hatten, die kurz nach der Geburt zur Adoption freigegeben worden war. Mehr hatte der Notar nicht sagen dürfen, aber entgegenkommend gemeint: „Ich kann die Testamentseröffnung als dringlich vorreihen und Sie kommen zu dem Termin." Und der war in knapp zwanzig Minuten.

Beppo Tonelli und Rebecca Bregoli hatten eine gemeinsame Tochter! Das erklärte einiges an der ungewöhnlichen Beziehung der beiden. Jetzt war Vossi mehr auf die Tochter neugierig als auf den Inhalt des Testaments.

Im Wartezimmer des Notariats saß eine junge Dame und blätterte in einer Dokumentenmappe. Sie war ausgesprochen vornehm gekleidet, dezent geschminkt, ihre gepflegten Hände waren geformt wie die auf den Gemälden der Hochrenaissance. Ihre schlanke, aufrechte Haltung in dem ausufernden Fauteuil betonte die Eleganz ihrer Erscheinung. Ein leichter Hauch von edlem Parfum umgab sie. Vossi stellte sich vor, die junge Frau gab sich als Eleonora Hecke zu erkennen.

Der Notar eröffnete den Anwesenden, dass der verstorbene Beppo Tonelli Eleonora Hecke das Cristallo vererbte und Rebecca Bregoli das Paradiso. Die junge Frau nahm ihr Erbe an. Da Rebecca Bregoli aber vor der Eröffnung des letzten Willens des Verstorbenen zu Tode gekommen war, würde ihr Recht, das Erbe anzunehmen oder auszuschlagen, auf ihre Erben übergehen. Als Alleinerbin hatte sie Eleonora Hecke eingesetzt. Die erbat sich Bedenkzeit, ob sie auch dieses Erbe annehmen wollte.

Vossi wartete, bis alle Formalitäten erledigt waren, dann sprach er die Universalerbin an: „Hätten Sie Zeit für ein ungestörtes kurzes Gespräch bei einem Spaziergang durch den Park?“

„Gern. Ich nehme erst den Abendzug, ich habe also Zeit ... Und Sie fangen also Mörder?“, fragte sie und sah Vossi von der Seite an.

„Oh, meine Statistik ist nicht so schlecht, wie ich aussehe.“

Vossi errechnete im Stillen, dass Beppo Tonelli zu Eleonoras Geburt wieder einmal in einem Gefängnis eingesessen haben musste. Die junge Frau erzählte aus dem Wenigen, das sie über ihre biologische Mutter wusste: Bei den Heckes hätte Rebeccas Großmutter seinerzeit als Haushälterin gearbeitet. Eleonora wäre als Baby in ihr Haus aufgenommen und später als Heranwachsende adoptiert worden. Ihr gesetzlicher Vater war Pharmazeut, er entwickelte therapieunterstützende homöopathische Präparate, deren Rezepturen er an Konzerne zum rezeptfreien Vertrieb verkaufte. Und das mit großem finanziellem Erfolg.

„Aha, ein Schamane.“

„Nein, doch mehr ein Homöopath im Sinne des deutschen Arztes Samuel Hahnemann. Sie wissen ja: ‚Similia similibus curentur‘, also Ähnliches möge durch Ähnliches geheilt werden. Hahnemann und seine Nachfolger haben ausgedehnte Tabellen erstellt, mit deren Hilfe der Homöopath den Patienten eine Arznei bereiten kann. Mein Vater erweitert sozusagen diese Tabellen mit seinen Rezepturen.“

„Was werden Sie mit dem Erbe machen?“

„Falls ich es überhaupt antrete. Mein Vater sagt, es könnte mit unangenehmen Begegnungen verbunden sein.“

„Die würden wir schon zu verhindern wissen“, sagte Vossi, war sich aber aufgrund der letzten Ereignisse gar nicht so sicher.

„Mir liegt eigentlich nichts an dem Geld. Erbschaftssteuerfrei würde ich die beiden Betriebe nur bekommen, wenn ich sie weiterführe, sagt der Notar. Ich brauche wohl nicht zu betonen, dass ich das nicht will. Ich würde gerne verkaufen und das Geld spenden. Aber wie gesagt: Dagegen sprechen die möglichen unangenehmen Begegnungen mit der Unterwelt.“

„Wenn Sie das Erbe antreten und einen Makler exklusiv beauftragen, das Ganze für Sie abzuwickeln, können Sie so gut wie anonym bleiben. Da brauchen Sie nichts zu fürchten.“

„Wie waren eigentlich meine leiblichen Eltern?“, wechselte sie das Thema.

„Zu viel gefragt, meine Liebe. Ihren Vater habe ich ja gar nicht gekannt. Ihre Mutter habe ich als aufrichtige Person kennengelernt. Ihr Charakterbild hatte sicherlich eine Menge Lichter. Aber so gut, um mehr zu sagen, habe ich sie nicht gekannt.“ Der Commissario wollte sichergehen, dass die junge Frau in den paar Stunden ihres Aufenthalts von niemandem aus der Szene angesprochen würde. Kurzfristige Zurückhaltung wegen eines Trauerfalls in der Familie kannten vielleicht die Patenfamilien von Sizilien, aber nicht die Norditaliens. „Ich mache Ihnen einen Vorschlag: Ich habe da eine Kollegin, die kann Ihnen mehr erzählen. Ich rufe sie an, und sie wird Sie in der Espressobar vis-à-vis vom Notariat treffen. Da steht mein Wagen, ich begleite Sie noch hin.“

Rita war mit Freuden bereit, die Tochter Beppo Tonellis und Rebecca Bregolis kennenzulernen.

Kaum war Vossi zurück im Büro, meldete sich die Mitarbeiterin des Auktionshauses in Rom. Es war nicht einfach gewesen, Genaueres über den Londoner Maximiliano zu erfahren. „Nach allem, was wir herausfinden können, handelt es sich bei dem Verkäufer um einen renommierten Münzhändler aus Hamburg, der aber nicht bereit war, irgendwelche Angaben über den Eigentümer zu machen."

„Wenn ich Ihnen jetzt einen Maximiliano zur Versteigerung anbieten würde, welchen Rufpreis würden Sie ansetzen?"

„Wie viele davon haben Sie denn auf Lager?"

„Möglicherweise einen ganzen Schatz."

„Ist also an der Geschichte, die seinerzeit in der *Repubblica* erschienen ist, etwas dran?"

„Ich weiß es nicht, aber die Wünschelrutengänger hier meinen, ja."

„Da kann ich Ihre Frage nur schwer beantworten. Alles hängt ja davon ab, wie viele dieser Maximiliani im Umlauf sind. Unser Haus ist da sehr vorsichtig. Nehmen Sie mal als Rufpreis den Goldwert. Meine private Meinung: Bei einer Versteigerung könnte er unter günstigen Voraussetzungen auf zehntausend steigen. Vorausgesetzt, es sind nicht mehr als fünfzig bis hundert Stück davon im Umlauf und mehrere Interessenten im Saal oder am Telefon, die sich gegenseitig überbieten."

„Wo wären die zu Hause? In Österreich oder Mexiko?"

„Nicht nur. Auch die USA, Russland und Asien kämen in Frage."

Vossi dankte beinahe überschwänglich und legte auf. Doch genau genommen war er so klug wie zuvor. Wenn er nicht gar vor einer neuen Mauer stand. Hamburg! Was sollte es mit Hamburg für eine Bewandtnis haben? Die Hansestadt passte in sein Puzzle wie ein Pflasterstein in ein byzantinisches Mosaik. Was hatte die Mitarbeiterin doch gleich gesagt? „Wie viele haben Sie denn auf Lager?“

„Ich glaube, wir sollten noch einmal beim Steinbruch vorbeischauen, um zu sehen, was sich da so tut“, eröffnete er Roberto und Rita.

Sie bogen in die Privatstraße, um zur oberen Kante des Steinbruchs zu gelangen. Zum Glück war noch keiner der Schatzgräber auf die Idee gekommen, hier zu suchen. Im spärlichen Grün waren eine frische Autoreifenspur und weitere Zigarettenkippen zu sehen.

„Die sehen aus wie die, die Maurizio in Albertos Labor gebracht hat. So dünn sind meines Wissens nur Selbstgedrehte“, bestätigte Roberto.

„Das heißt, der Mann, der Kippen und Autospuren hinterlässt, hat hier seit Tagen und Wochen herumgewühlt. Wahrscheinlich auch noch gestern. Am Tag, als Dragan Jurić zu Tode gekommen ist, sind die beiden aufeinandergestoßen. Vielleicht war es reiner Zufall, vielleicht aber haben sie zusammengearbeitet, vielleicht wusste der Montaningenieur Carlo Bennuti davon, vielleicht auch nicht. Und wie kommt unser gesuchter Casari dazu? Wir teilen das Schicksal der Schatzgräber: Sie suchen Gold und finden es nicht, wir suchen einen Mörder und finden ihn nicht. Wo versteckt sich dieser Casari, zum Donnerwetter!“

Weder Rita noch Roberto hielten es für möglich, dass Bennuti Dragan in die Tiefe gestoßen hatte. Schließlich hatte er ein hieb- und stichfestes Alibi. Er hatte ja die Terrasse, wo sie gearbeitet hatten, noch gar nicht erreicht, als Dragan stürzte. Allerdings, Dragan hätte auch von einer tieferen Terrasse stürzen können. Für die erlittenen Verletzungen hätte es nach Dottore Lamberti allemal gereicht.

„Dennoch, Bennuti scheidet aus. Wir müssen uns auf den großen Unbekannten konzentrieren, von dem wir bisher so gut wie gar nichts gewusst haben und der ein Kettenraucher zu sein scheint. Lasst uns die Bäuerin sprechen, die Maurizio befragt hat“, schlug Vossi vor.

Die Frau war anfangs ungehalten und drohte mit einer Besitzstörungsklage, weil sie die drei für irgendwelche Eindringlinge auf ihrem Grund und Boden hielt. Nachdem sich Vossi ausgewiesen hatte, gab sie sich aber auskunftsfreudig. Der Commissario zeigte ihr das Phantombild des Unbekannten, das nach den Angaben des Spanners im Haus der Edelprostituierten Rebecca angefertigt worden war und von dem Vossi wenig hielt. Die Bäuerin konnte mit dem Bild wie erwartet nichts anfangen.

Vossi fasste zusammen: Ihm hatte das Gespräch nichts gebracht, aber die Bäuerin sollte einen möglichen Nutzen daraus ziehen, immerhin hatte sie sich bemüht. Daher erwähnte er das Verbotsschild, das Maurizio als nicht straßenverkehrsgerecht getadelt hatte: „Hören Sie, Sie waren nett zu uns, und deshalb will ich Sie vor möglichem Schaden bewahren. Sollten Sie jemanden wegen Besitzstörung verklagen wollen, wird er Ihr Schild vor dem Richter als nicht verkehrsgerecht beanstanden, und Sie bleiben auf Ihren und seinen Kosten für das Verfahren sitzen. Wenn Sie also etwas in der Richtung vorhaben, sollten Sie das vorher in Ordnung bringen. Ich meine es nur gut, Signora.“

Zurück im Büro gingen Vossi und sein Team noch einmal alle Details durch: „Die Spuren oben auf der Kante sprechen für den großen Unbekannten. Und ich glaube jetzt zu wissen, was auf der Terrasse am Todestag Dragans vorgefallen ist und weshalb sich unser Ingenieur so eigenartig benimmt: Der war dabei, als der Schatz gefunden worden ist. Gefunden von Dragan an jenem Freitag, als er sich im Cristallo betrunken hat. Erinnert euch, da hat er zum Kassier gesagt: ‚Was kriege ich dafür?' Dann hat er am Wochenende weitergegraben. Das heißt, er ist davon ausgegangen, dass mehr zu holen war. Er hat nicht den Schatz gefunden, sondern bloß ein paar Münzen. Der Schatz ist noch irgendwo da oben."

„Am Sonntag hat er nicht gegraben. Da ist er am Fenster seiner Wohnung gesehen worden", erhob Rita Einspruch.

„Und gehört, sagt die von der Tabaccheria in Dragans Straße", pflichtete Roberto bei.

„Gut, dann war er von dem Fusel, den man ihm eingeflößt hat, derart k. o., dass er am Samstag und Sonntag gar nicht fähig war, weiterzusuchen. Aber am Montag früh, da ist er zur Stelle. Er kann es gar nicht erwarten und zieht mit dem ersten Hahnenschrei los."

„Und Ingenieur Bennuti?", wollte Rita wissen.

„Der ist sauer, weil Dragan nicht wie üblich mit ihm gemeinsam den Arbeitstag beginnt. Sagt der Platzmeister. Von den Goldmünzen musste er wissen. Die beiden waren den ganzen Tag gemeinsam in der Wand. Bennuti hat eine Bucht in den Felsen auf der Terrasse gesprengt. Dabei sind die Münzen zum Vorschein gekommen. So ähnlich muss es gewesen sein. Aber Bennuti müsste den Fund in seinem Sprengbericht melden. Ist Vorschrift. Ich habe mir das genau angesehen. Bennuti verschweigt den Fund aber. Wäre das seine Art?“ Alle waren überzeugt, dass dies ganz und gar nicht seine Art wäre.

„Und was ist mit dem großen Unbekannten?“, wollte Roberto wissen.

„Der hat nichts gefunden, sonst würde er nicht noch immer graben. Und erfahren hat er von dem Goldfund von Beppo Tonelli im Café Cristallo oder von Rebecca Bregoli. Wahrscheinlich hat er deshalb beide umgebracht. Nach diesen neuen Erkenntnissen ist wieder mal ein Gespräch mit unserem Ingenieur fällig. Der ist eigenartigerweise abgetaucht. Da fällt mir ein: Er scheint ernsthaft krank zu sein. Rita, finde seinen Arzt. Vielleicht erfahren wir so etwas über seinen Verbleib.“

Kaum hatte sich Rita auf den Weg gemacht, kam Alberto in Vossis Büro. „Du bist Nichtraucher, Bruno. Immer gewesen?“

„Jetzt nicht, Alberto, du nervst. Sag mir lieber, ob die blutigen Fingerabdrücke in der Wohnung von Tonelli ident sind mit einem der Fingerabdrücke auf dem Regenschirm aus dem Haus dieser Rebecca.“

„Daran arbeiten wir noch. Es sieht aber so aus, als ob. Ich würde sagen, nach momentanem Stand mit einer Sicherheit von einundfünfzig Prozent ja. Bei Gericht würdest du damit aber kaum durchkommen.“

„Werden wir auf siebzig, achtzig Prozent kommen?“

„Ich meine, ja. Aber etwas anderes: Endlich wissen wir alles über die Kippen, die wir im Steinbruch und in der Wohnung der Rebecca Bregoli gefunden haben. Es handelt sich dabei nicht um Selbstgedrehte, sondern um Sobranie Slim White.“ Alberto merkte, dass Vossi als Nichtraucher die Tragweite dieser Erkenntnis nicht bewusst wurde. „Gut, dann so rum: Ich fresse einen

Besen, wenn es einen zweiten Kettenraucher im Umkreis von hundert Kilometern gibt, der seine Sucht mit Sobranie Slim White stillt." Alberto hatte mit Experten gesprochen, diese Zigaretten wurden speziell parfümiert, rochen und schmeckten besonders – dagegen wäre jede andere ordinäres Kraut.

Vossi war noch immer nicht ganz bei der Sache. Die junge Frau beim Notar, die Nachricht aus Rom, die Suche nach Bennutis Arzt. Dann leuchtete es in seinen Augen auf wie auf einer Chaussee, auf der der Reihe nach die Laternen angingen. „Du meinst?"

„Ich meine."

„Hast du das gehört, Roberto?"

„Ja, Commissario, ich habe das gehört."

„Weißt du, was das bedeutet?"

„So ungefähr, Commissario."

„Ungefähr ist nicht gut genug. Das bedeutet, dass ihr ausschwärmt und bei allen Tabaccherie, die So..."

„Sobranie", half Alberto aus.

„... die Sobranie verkaufen, nach einem großen Herrn fragt, schwarzes Haar, Schnurrbart, hellbraunes Jackett. Ist das Phantombild von unserem Unbekannten brauchbar?"

„Ich glaube, ja."

Roberto hetzte los, um das Bild zu holen. „Macht sich, dein Roberto, oder?", meinte Bettini.

„Recht vielversprechend. Die Jungen von heute sind genauso intelligent wie wir in ihrem Alter. Und sie sind aufgeweckter als wir damals und damit sicherer in allem, was sie tun. Sie sind aber nicht so gut gebildet. Das verunsichert sie wieder. Die Bildungsschwäche ist aber nicht ihre Schuld, sondern die Folge unzähliger Schulexperimente. Aber mit ein wenig Geduld stopfen wir diese Lücken."

„Und die hast du?"

„Finde es heraus, aber nicht jetzt und nicht hier."

Rita kam zurück ins Büro und unterbrach die beiden – den Arzt besuchen hatte sie zwar nicht können, dafür aber ein äußerst aufschlussreiches Telefonat mit ihm geführt. Anfangs hätte er sich gewunden, wäre dann aber doch mit konkreten Informationen herausgerückt. Carlo Bennuti hatte Leberkrebs. Um einen weiteren Chemozyklus würde er nicht herumkommen, Beginn in exakt zwei Wochen.

Vossi brummte und erzählte Rita von den Zigaretten.

„Ich habe mir so was in die Richtung gedacht. So dünne Zigaretten gibt es auch selbstgedreht nicht. Ich bezweifle, dass Sobranie hier gehandelt werden. Ich mach mich mal im Internet schlau."

Die Recherchen hatten zum Ergebnis, dass es im Netz zwar Lieferanten gab, an deren Kunden aber nicht heranzukommen war. Allerdings gab es im Hafen die Zollfreizone, und in dieser Zollfreizone befand sich ein Geschäft mit Schnäpsen, Parfums, Kopftüchern, Schokoladen und Zigaretten aus aller Welt. Dort konnte man sicher auch diese Sobranie kaufen.

Roberto kam mit dem Phantombild des großen Unbekannten zurück. „Signore Bettini, eine Frage: Habt ihr noch den Müll aus dem Cristallo?" Alberto Bettini sah Roberto fragend an. „Nur so eine Idee. Aber unser großer Unbekannter ist ja Kettenraucher. Und er war bei der ermordeten Rebecca Bregoli. Wenn er auch noch Spieler ist, hat er im Cristallo verkehrt, und vielleicht erhalten wir auch Auskunft über ihn im Bordell Paradiso. Und wenn er sowohl Kettenraucher war als auch im Cristallo verkehrt hat, dann finden wir vielleicht eine Zigarettenschachtel."

„Schlaues Bürschchen", nickte Alberto Bettini anerkennend.

Er ließ in seiner Abteilung nachfragen, ob diesbezüglich etwas zu finden war. Zwar lag dort alles fein säuberlich verpackt und in Plastiktüten eingeschweißt, aber Hinweise auf die Vermutungen Robertos waren keine zu finden.

Roberto quittierte die neuesten Erkenntnisse mit einem langen Gesicht, ließ sich seine Stimmung aber nicht verderben. „Meinen Sie nicht, Commissario, dass wir das Phantombild im Paradiso herumzeigen und der Barchefin Tina Renzi unter die Nase halten sollten?"

„Gute Idee, Roberto. Ganz vortrefflich sogar! Wir müssen mit Bedacht vorgehen und alle Mädchen von dem Mann, um den es uns geht, isolieren. Das heißt, wir müssen sie für ein paar Stunden hierbehalten und in dieser kurzen Zeit den Gesuchten hopsnehmen. Riskant, aber wir haben keine andere Wahl. Also: Her mit dieser Renzi und den Damen aus dem Paradiso. Unterbringung in getrennten Wartezimmern. Razzia morgen sechs Uhr früh. Zugriff aber nicht von uns, sondern von der Sitte. Schließlich geht es hier um ein Bordell. Sie sollen betonen, dass sie von dieser Abteilung sind, einige der Damen werden ja mit den Kollegen schon zu tun gehabt haben, sie also erkennen. Das ist gut, falls sich unsere Aktion herumspricht."

Es war nicht leicht, Luigi Zampis, den Lord Sittenbewahrer der Questura, wie er genannt wurde, für die Aktion zu erwärmen.

„Es liegt nichts gegen deine Zielpersonen vor, Bruno."

„Dann lass dir was einfallen. Mein Gott, Luigi."

Abends hatte Vossi wieder Küchendienst. Er hatte alles beisammen für Pasta e Fagioli. Die weißen Bohnen hatte Jelena für ihn schon nach dem Frühstück zum Weichwerden mit Wasser bedeckt. Der Commissario hatte ein schönes Stück Speck von einem Wollschwein aus der Toskana, brachte beides zum Köcheln und goss nach einiger Zeit heißes Wasser nach. Während er alles leise vor sich hin köcheln ließ, dekantierte er einen Rotwein aus der Gegend um den Gardasee.

Inzwischen war Jelena vom Weingut nach Hause gekommen. Sie ging schnurstracks an Vossi vorbei zur Hausbar und mixte zwei ihrer Cocktails, very dry. Einen davon brachte sie ihm an den Herd. „Für mehr Esprit bei der Küchenschlacht."

„Du könntest mir die Kräuter waschen und die Rosmarinnadeln von den Stängeln abstreifen." Doch Jelena war schon weg in Richtung Terrasse, also machte er es selbst. Salbeiblätter, Zwiebel, Knoblauch, Tomaten und Rosmarin verbreiteten einen köstlichen Duft. Vossi reichte das leere Cocktailglas durch das offene Fenster auf die Terrasse und rief: „Nachschub!"

Jelena steckte den Kopf herein und schnupperte: „Riechen tut es schon einmal gut, also darfst du dich laben."

Bald war alles fertig, um in der vorgewärmten Suppenschüssel zu landen. Fein gehackte Petersilie drauf, frisch gehobelte Parmesanspäne drüber und dampfend auf den Tisch.

Jelena kostete. „Oho, Vossi kann wieder kochen. Arme Mörder!"

32

Den nächsten Tag begann Vossi mit Zuversicht und Energie. Er war davon überzeugt, dass die Razzia ihn zu dem großen Unbekannten führen würde. Wer immer er war – sie würde ihn unvorbereitet treffen.

Rita, Roberto und die Carabinieri hatten ganze Arbeit geleistet. Die Damen des Paradiso saßen aufgereiht auf der Armensünderbank im Flur der Questura und füllten ihn mit einer Palette an Düften. Übernächtig dämmerten sie vor sich hin.

Vossi saß noch nicht mal, da stürmte Saintrope sein Büro. „Muss das sein, Commissario? Sie verwandeln unser Haus in ein einziges Bordell!"

„Wenn es der Wahrheitsfindung dient, kann ich keine Rücksicht darauf nehmen, dass vielleicht einer unserer Kollegen von einer der Damen erkannt wird", sagte Vossi abweisend.

„Schauen Sie, dass Sie sie so schnell wie möglich wieder loswerden."

Eine der Damen musste Saintropes Auftritt mitbekommen haben: „Na, Kleiner, hast du hier nicht irgendwo ein Zimmerchen für uns zwei?"

„Ich verbitte mir das!", brüllte Saintrope und riss damit die komplette Damenschaft aus dem Dämmerzustand. Ein vielfaches Gackern übertönte Saintropes Schritte. Die Schritte verhallten in Richtung Treppenhaus, das Gackern blieb.

„Vielen Dank, Saintrope", ärgerte sich Vossi, doch er tat ihm den Gefallen und nahm sich die Damen zuerst vor.

Das Gespräch mit einer großen, schlanken Dame, einer gewissen Catherine Galoupe, erwies sich als lohnenswert: Sie erkannte den Mann auf dem Phantombild: „Das ist Long John“, sagte sie mit rauchiger Stimme und französischem Akzent.

„Long John?“

„Ja, bei uns heißt er so, weil er ausschließlich Long John Whiskey trinkt. Wir benennen unsere Stammkunden immer nach dem, was sie trinken. Ist für uns einfacher, als sich ihre richtigen Namen zu merken. Wir haben den Bacardi, den Stock, den Long John, den Walker, den Malteser, den Bisquit, den Black Label und so weiter.“

„Und dieser Mann war einer Ihrer Stammkunden?“

„Nein, der ist hauptsächlich gekommen, um mit dem Chef zu quatschen. Es hat geheißen, dass er am Café Cristallo interessiert war.“

„Das heißt, er war vermögend?“

„Der Boss hat gesagt nein, der kommt im Auftrag der Brauer.“

„Der Bierbrauer?“

„Nicht Bier. Die Brauer, das sind im Spielautomatengeschäft die Aufsteller. Der Boss hat mir einmal gesagt, dass sie zuerst froh sind, wenn sie dein Lokal als Stellplatz bekommen, dann wollen sie das ganze Lokal, und wenn du nicht lieferst, machen sie dich kaputt.“

„Wie ‚kaputt‘? Körperlich oder wirtschaftlich?“

„Damals habe ich gedacht, er meint wirtschaftlich. Jetzt, nach dem Mord an Beppo, bin ich mir nicht mehr sicher, wie es gemeint war.“

Vossi stellte seine letzte Frage und beobachtete Catherine Galoupe dabei ganz genau: „Wo ist Long John jetzt?“

„Weiß ich nicht. Aber in letzter Zeit kommt er fast immer um neun oder zehn Uhr abends und hockt an der Bar. Für heute hat er sich auch angekündigt.“

„Wer serviert an der Bar?“

„Immer eine von uns, die gerade nicht anderwärtig beschäftigt ist, und Rebecca Bregoli, die alles überwacht. Aber die ist ja tot."

„Allerdings. Ich hoffe, Sie verstehen jetzt genau, was ich Ihnen sage. Wir brauchen diesen Long John. Und wir werden alle Damen bis in die Nacht hierbehalten müssen, damit sie sich nicht irgendwie mit ihm absprechen können. Das Risiko wäre bei Mord einfach zu hoch. Deshalb muss ich auch Sie hierbehalten."

„In einer Zelle?"

„Da könnte ich für Sie eine Ausnahme machen. Falls auch Sie mir einen Gefallen tun und heute Abend im Paradiso hinter der Bar stehen, brauchen Sie nur bis dahin unsere Gastfreundschaft in Anspruch nehmen. Wir werden abends dort sein und auf Long John warten. Sie mit uns. Sind Sie dabei?"

„Wenn mir das eine Nacht in der Zelle erspart, gerne."

Als Nächste nahm Vossi sich Tina Renzi vor. Sie war wie beim ersten Gespräch im Cristallo korrekt, aber distanzierter als damals. Als ihr Vossi das Phantombild von Long John vorlegte, wechselte sie von distanziert auf interessiert. Sie kannte ihn vom Sehen, er war gelegentlicher Gast im Cristallo.

Der Commissario verdächtigte sie nach allen Regeln der Vorschrift der Mitwisserschaft des Mordes an ihrem Chef Beppo Tonelli und nahm sie wegen Verabredungsgefahr in Untersuchungshaft. Sie protestierte, beteuerte ihre Unschuld, war hysterischen Weinkrämpfen nahe. Die kleine, sonst so gefasste und korrekt wirkende Frau war völlig neben der Spur. Vossi bekam ein schlechtes Gewissen und versuchte, sie zu beruhigen. In wenigen Stunden würde er Klarheit haben. Um zu dieser Klarheit zu gelangen, müsste er aber jede Möglichkeit von Kontakten zwischen Personen aus dem Umfeld der beiden Opfer Tonelli und Bregoli ausschließen.

„Signora, bitte berücksichtigen Sie, dass diese Maßnahme nicht zuletzt auch zu Ihrem Schutz erfolgt. Wir haben für solche Vorkehrungen eine relativ komfortable Unterbringung mit Fernseher und Lektüre, falls Sie darauf Wert legen. Hygieneartikel werden von uns beigestellt. Ihr Handy müssen Sie mir allerdings überlassen. Sie bekommen es morgen früh zurück."

„Ich muss aber nicht mit den Nutten zusammen in ein Loch?"

„Wie schon gesagt, wir haben für Sie ein Einzelzimmer reserviert. Bitte verstehen Sie, dass ich diese Vorkehrung nur treffen kann, wenn ich Sie formell der Mitwisserschaft an dem Verbrechen verdächtige, was ich hiermit tue."

Sie sah ihn prüfend an. Ganz hatte er sie nicht überzeugen können.

Richter Dolans hörte sich Vossis Vorhaben an. Sein sonst so freundliches Auftreten verdunkelte sich, als er begriff, dass der Commissario eine ganze Hühnerschar von Damen des horizontalen Gewerbes wegen Verabredungsgefahr in Haft nehmen wollte.

„Sie wissen schon, Commissario, worauf Ihr Begehren hinausläuft? Sie wollen von mir, einem Diener der Justiz, dass ich das Gesetz breche."

„Nur für ein paar Stunden, Richter Dolans."

„Ihr Haftgrund ist fadenscheinig, und das wissen Sie."

„Es hat schon solche Fälle gegeben", versuchte es Vossi mit einer vagen, aber überzeugend vorgetragenen Behauptung.

„Mag sein, aber da haben Mussolini und seine Faschisten das Land regiert. Sie müssen sich da was anderes einfallen lassen, mein lieber Vossi."

„Oh, pardon. Ich habe vergessen, das Wichtigste zu erwähnen: Sie sind alle der Mittäterschaft am Mord an ihrem Chef Beppo Tonelli verdächtigt."

„Ein Massenmord also. Ein Opfer, aber massenhaft Täter."

„Täterinnen, Richter Dolans."

„Wie bitte?"

„Sie haben Täter gesagt. Es handelt sich aber um mögliche Täterinnen."

„Fällt Ihnen auch ein Motiv ein, Commissario?"

„Und ob, Richter Dolans. Beppo Tonelli war ein Bordellbesitzer, er hat sie ausgebeutet und sie zu entwürdigenden Handlungen gezwungen. Es liegen erschreckende Anschuldigungen gegen ihn vor."

„Auch schriftlich?"

„Die Vernehmungen gestalten sich schwierig. Uns werden Geschichten aufgetischt, die wir durch geschickte Verhörtechnik noch verifizieren müssen. Das zieht sich. Und eben deshalb brauche ich die Damen griffbereit."

„Und einen Fehlgriff schließen Sie aus, Commissario?"

„Definitiv. Und wir werden uns selbstverständlich Mühe geben, alles so rasch wie möglich zu klären."

„Na gut, geben Sie schon her", sagte der Richter und unterschrieb die Haftbefehle gegen alle sechs Damen aus dem Paradiso und gegen Tina Renzi. „Aber morgen früh zum ersten Hahnenschrei gehen sie nach Hause, und den Verdacht der Mittäterschaft tragen Sie mir noch fein säuberlich nach."

„Wird gemacht, Richter Dolans."

Um nur ja keinen Verdacht zu erregen, ließ Vossi das Paradiso wie üblich um vier Uhr nachmittags aufsperren. Catherine Galoupe stand hinter der Bar, der Türsteher hatte alle Lichter und die Leuchtreklame anzumachen und in der Bar stillzusitzen. Auf keinen Fall durfte er einem näher kommenden Long John ein Zeichen geben oder gar mit ihm telefonieren, falls er das beabsichtigen sollte. Seinen Platz vor dem Tor nahm ein rundlicher Polizist vom Streifendienst ein, der dazu die Kappe des echten Türstehers aufsetzte. Allfälligen Gästen hatte er kurz und bündig und möglichst unfreundlich „Hau ab!" zu sagen.

Das Warten schien endlos, doch dann ging alles sehr schnell. Catherine Galoupe hatte die Straße im Auge und erkannte den ankommenden Wagen: „Das ist sein Auto."

Vossi beobachtete, wie der falsche Türsteher die Hand salutierend an die Kappe legte und die Tür öffnete. Long John fragte noch leutselig, wo der andere Türsteher abgeblieben wäre, dann machte Roberto hinter ihm das Tor zu und Vossi verlangte den Ausweis.

„Aber bitte schön", sagte Long John, der sich sicher zu fühlen schien.

Vossis Tonfall war scharf wie ein Schwert: „Valerio Decker alias Long John, ich verhafte Sie wegen des Verdachts, Dragan Jurić, Beppo Tonelli und Rebecca Bregoli getötet zu haben. Sie müssen sich dazu nicht äußern. Ich muss aber darauf hinweisen, dass alles, was Sie dazu sagen, gegen Sie verwendet werden kann."

Long John verzog keine Miene. Vossi fragte sich, ob er zu jener Sorte Täter gehörte, die innerlich aufatmeten, wenn sie schlussendlich überführt wurden. Oder der Engländer hatte noch gar nicht begriffen. Dagegen sprach, dass sein Gang zunehmend hölzern und unrund wurde, während er von zwei Carabinieri zu einem unauffälligen Kastenwagen für den Abtransport zur Questura geführt wurde.

Vossi kratzte sich am Hals, blickte Long John versonnen nach: „Bei dieser Sorte Täter sind meiner Erfahrung nach immer zwei Extreme möglich: Entweder sie brechen nach den ersten fünf Sätzen zusammen, oder sie machen zu wie eine Auster. Mal sehen, was er uns tatsächlich beschert."

33

Es war kurz vor Mitternacht, als Vossi Long John in das Verhörzimmer kommen ließ. Das Erste, was ihm an dem Engländer, der ja gar keiner war, auffiel, waren drei nicht ganz verheilte Kratzer auf seinen Handrücken.

„Hat sich Rebecca Bregoli derart heftig gewehrt, oder sind die Kratzer bloß schlecht verheilt?“, fragte Vossi, als ob er einen guten Freund nach dessen Einschätzung zur Wetterprognose befragte.

„Ich bin Diabetiker.“

„Sie haben unbefugt den für die Öffentlichkeit gesperrten Steinbruch betreten und den Bergarbeiter Dragan Jurić in die Tiefe gestoßen.“

„Ich bin Diabetiker“, antwortete Long John mit höhnischem Blick.

„Haben Sie im Streit den Todessturz des Dragan Jurić herbeigeführt oder in der Absicht, sich an seinem Fund zu bereichern?“

„Ich bin Diabetiker.“

„Sie haben Beppo Tonelli in seiner Wohnung aufgesucht und erstochen.“

„Ich bin Diabetiker.“

„Haben Sie ihn ermordet, weil er Ihnen oder Ihren Auftraggebern das Café Cristallo nicht überlassen wollte? Oder weil Sie sich an ihm bereichern wollten? Zum Beispiel an einer sehr wertvollen Goldmünze, die Sie in seinem Besitz vermutet haben?“

„Ich bin Diabetiker.“

„Sie sind in die Wohnung von Rebecca Bregoli eingedrungen und haben sie erwürgt.“

„Ich bin Diabetiker.“

„Sie haben sie erwürgt, weil sie in Ihnen den Mörder Beppo Tonellis erkannt hat.“

„Ich bin Diabetiker."

„Anschließend haben Sie ihre Wohnung durchsucht. War die bereits erwähnte wertvolle Goldmünze das Mordmotiv? Weil Sie sie in der Wohnung des Opfers vermutet haben?"

„Ich bin Diabetiker."

„Dann haben Sie sich an Beppo Tonellis Hinterlassenschaften bereichern wollen, wobei Ihnen der Banker Feri im Weg gestanden ist und Sie ihn am Rilkeweg in die Tiefe gestürzt haben."

An dieser Stelle lächelte der Verhörte und wiederholte sich mit einem lang gedehnten: „Ich bin Diabetiker."

„Haben Sie einen Anwalt?"

„Ich bin Diabetiker."

„Müssen Sie Insulin spritzen oder nehmen Sie Tabletten?"

„Ich bin Diabetiker."

„Gut, in dem Fall werden Sie dem Gefängnisarzt vorgeführt. Einen Anwalt für Sie wird der Haftrichter bestellen."

Vossi ließ Long John in seine Zelle bringen.

„Das ging aber jetzt schnell", sagte Roberto ein wenig enttäuscht.

„Ja. Und das Ärgerliche dabei ist, dass ich ihn wahrscheinlich mit meiner Frage nach der Verheilung der Kratzer auf die Standardfloskel ‚Ich bin Diabetiker' gebracht habe. Ich habe ihn mir aber ganz genau angesehen. Das puterrote Gesicht, die glanzlosen Haare, die rot unterlaufenen Augen – ich glaube, der hat nicht nur Probleme mit Blutzucker, sondern auch Cholesterinwerte deutlich jenseits von gesund, und alkoholabhängig ist er wohl auch."

„Ist mit Entzugserscheinungen oder einem Tobsuchtsanfall zu rechnen?“

„In Untersuchungshaft nicht. Er kann sich ja von draußen Essen und Trinken kommen lassen. Richtig schlimm werden für ihn wohl die ersten Wochen im regulären Vollzug. Er wird sie als Tortur des Entzugs und der Entwöhnung durchmachen. Wird ihm aber guttun. Ich habe es schon mit Kerlen zu tun gehabt, die haben nach einem Jahr drinnen gesünder und jünger ausgesehen als am Tag ihrer Einlieferung.“

„Was, wenn dieser Signore Decker alias Long John hart bleibt?“

„Wir haben genug an Beweisen für einen Indizienprozess. Wir haben die Zigarettenkippe von Long John auf der Terrasse, von der Dragan Jurić zu Tode gestürzt ist. Wir haben seine Spuren an der Oberkante der Wand des Steinbruchs, Alberto findet mit Sicherheit Beppo Tonellis Blut an einem seiner Kleidungsstücke. Dann wären da noch die Aussage von dem jungen Spanner in Rebecca Bregolis Mietshaus, Long Johns Fingerabdrücke auf dem Griff des sichergestellten Regenschirms, und wir finden bestimmt weitere in der Wohnung der Toten und noch etliches an ihm und in seinen Sachen. Für die Tatzeit hat er bestimmt kein Alibi.“

„Werden wir bei ihm den Schatz des Maximilian finden?“

„Mit Sicherheit nicht. Sonst wäre unser Whiskeytrinker längst über alle Berge.“

„Eines verstehe ich nicht, Commissario: Casari ist also völlig unschuldig? Warum ist er dann auf der Flucht?“

„Er glaubt nicht an unser Können. Er hat sein Bild im Fernsehen gesehen, er weiß, dass wir fieberhaft nach ihm suchen, und sieht sich schon als unschuldig abgeurteilt.“

„Also wird er auftauchen, sobald er von Long Johns Verhaftung hört. Das trifft sich gut, denn ich wette, er kann uns eine Menge über den Verbleib der Barschaften von Tonelli erzählen. Ich meine, ein Automatenkönig und Bordellbesitzer, und dann ist der Safe leer, das passt doch nicht zusammen."

„Ehrlich gesagt, Roberto, das spielt keine Rolle. Aber sonst fällt dir nichts auf?"

„Zu Casari?"

„Ja, zu Casari. Du vergisst, wir haben neben diesem Tonelli und Bregoli noch eine Leiche. Den Banker Feri."

„Ach, Feri geht für Sie nicht auf Long Johns Konto?"

„Nicht unbedingt. Vergiss nicht, Casari und Feri haben einander gekannt. Casari hat jeden Tag für Tonelli die Losungen des Café Cristallo eingezahlt. Und unser Long John hatte für meine Anschuldigungen nur diesen trotzigen Spott in seinem Blick. Auf das Stichwort Feri hin aber hat er gelächelt. Wenn mich nicht alles täuscht, war das ein Lächeln vermeintlicher Überlegenheit. Damit bleibt im Fall Feri der flüchtige Casari auf unserem Radar."

Roberto fiel dazu nichts mehr ein, weshalb Vossi mit Entschiedenheit den Schluss der Debatte einleitete: „Es ist zwei Uhr früh. Zeit fürs Bett."

34

Tags darauf sichtete Commissario Vossi alles, was Rita, Roberto und die Spurensicherung zu Valerio Decker alias Long John als sichtenswert erachtet und angeschleppt hatten. Er stellte fest, dass Long John am Tag des Todessturzes von Dragan Jurić nicht im Lande war, ihn infolgedessen auch nicht stürzen hatte können. Also setzte er alles auf eine Karte – ohne Wissen von Roberto und Rita, vor denen er solche unprofessionellen Methoden der Ohnmacht und des letzten Auswegs stets mit Verachtung kommentiert hatte. Vossi bestellte Professore Benito Sara zu sich.

Der Experte in Sachen Maximilian von Mexiko zierte sich ein wenig. Als Vossi damit drohte, ihn vorladen zu lassen, hatte er plötzlich „ganz zufällig einen Termin in der Nähe der Questura" und konnte es einrichten, vorbeizukommen.

Vossi kam unumwunden zur Sache und konfrontierte ihn mit allen Fakten zu Dragan Jurićs Todessturz: „Professore, der Platzwart des Steinbruchs kennt Sie seit vielen Jahren. Er hat Sie auch am Todestag dieses armen Bergarbeiters gesehen, wie Sie in der Wand des Steinbruchs von Jamiano mit Hammer und Pickel zu Gange waren."

„Keine Frage. Aber ich bin vor dem verhängnisvollen Sturz weggefahren. Das muss er gesehen haben."

Jetzt spielte Vossi sein Ass aus: „Hat er, Professore. Doch Sie sind von oben, von der Kante, abgestiegen."

„Ja, aber ich habe ihn nicht gestoßen. Ich bin bloß abgestiegen, habe den Sprung auf die Terrasse gemacht, dabei muss er sich erschreckt haben. Er hat einen Schritt ins Leere gemacht, das Gleichgewicht verloren und beide Arme in die Luft gerissen. Er hat keinen Halt mehr gefunden, aufgeschrien und ist abgestürzt. Ich habe ihn nicht einmal berührt. Glauben Sie mir, Commissario. Das ist die reine Wahrheit und nichts als die Wahrheit!"

Vossi dachte an den alten Montaningenieur Bennuti: „Wenn Sie sich nur gleich dazu bekannt hätten, Professore. Sie hätten einem über den Tod hinaus Treuen den Schmerz wochenlanger Ungewissheit, den schrecklichen Verdacht gegen einen Unschuldigen und vielleicht sogar einen Mord verhindert. Sie können gehen. Ich will Ihnen nicht mehr begegnen. Ich sage das nicht als Ermittler, sondern als Mensch. Gehen Sie."

Der Professor wollte noch etwas zu seiner Rechtfertigung vorbringen, doch Vossi wiederholte sich streng: „Bitte, gehen Sie."

Er war noch nicht bei der Tür, als sie aufgerissen wurde und ein hochmotivierter Roberto hereinplatzte: „Wir haben Casari! Es gibt eine Schreiorgie zwischen ihm und Bennuti. Ein Kollege außer Dienst hat die beiden im Schlosspark erkannt und Unterstützung angefordert."

„Schnell, Roberto, sonst gibt es eine Katastrophe!"

Diesmal hatte Vossi an Robertos südländischem Feuer hinter dem Lenkrad nichts auszusetzen. Im Gegenteil, es konnte ihm gar nicht schnell genug gehen. Und Roberto zeigte, dass es die zwei Einsatzwagen der Carabinieri trotz Blaulicht nicht mit ihm aufnehmen konnten.

Beim Schloss Miramare standen die Schlossbesucher aus aller Welt Schlange. Die Busfahrer und ihre Reisegruppen wichen nur widerwillig zur Seite, um Vossi, Roberto und die Carabinieri durchzulassen. Der Torwächter des Schlossparks wollte nicht gleich die

Schranke öffnen. Zwei Carabinieri sprangen aus ihrem Wagen, drängten ihn zur Seite und hoben den Schlagbaum an. Roberto gab Gas und fuhr knapp unter ihm durch, Vossi zog reflexartig seinen Kopf ein.

Am Ende des geschlungenen Parkweges stand Bennuti mit Sprengstäben in der behandschuhten Rechten. Vor ihm ein völlig aufgelöster, winselnder Casari und ein dritter Mann, der wohl der dienstfreie Carabiniere sein musste. Der Beamte tänzelte wie ein Boxer im Ring und schien auf eine Gelegenheit zu warten, um sich auf Bennuti zu stürzen. Noch ehe Roberto den Wagen voll abbremsen konnte, sprang Vossi aus der Limousine und schrie: „Bennuti, nicht! Casari war es nicht!"

Der Commissario erkannte, dass die Flamme auf der Lunte die Hülle der Sprengstäbe bereits erreicht hatte, und warf sich instinktiv zu Boden. Doch statt einer Detonation hörte er nur ein Zischen und Fauchen. „Gott sei Dank, Rohrkrepierer", dachte Vossi, doch als er aufblickte, spuckte es aus Bennutis Hand grelle Blitze und ein Sternenmeer in Gelb und Rot in den blauen Himmel.

Bennuti wollte Casari also gar nicht in die Luft sprengen, sondern ihm mit den Feuerwerksraketen den Schreck seines Lebens einjagen. Auf den Polizisten hatte er dabei keine Rücksicht genommen. Und auf die Wahrscheinlichkeit, sich bei dem Szenario schreckliche Brandwunden zuzuziehen, auch nicht.

Der dienstfreie Kollege war näher am Geschehen und beugte sich über den mittlerweile reglosen, am Boden liegenden Casari. Vossi konzentrierte sich auf den Ingenieur. „Bennuti, was haben Sie gemacht?" Roberto hatte seinen Chef noch nie so laut schreien gehört und war völlig überfordert.

Die Folgetonhörner der Polizeiautos und das Blitzen und Krachen der Feuerwerkskörper mussten die Samariter von der Rettungszentrale aufmerksam gemacht haben, die gegenüber der Schlosszufahrt ihren Standort hatten. Einer ihrer weißen Einsatzwagen raste durch das Rosenspalier und teilte die rasch anwachsende Menge von Neugierigen.

„Ich wollte ihn nur mit den paar Feuerwerkskörpern hier erschrecken. Er sollte wissen, wie es sich anfühlt, wenn man ausweglos dem Tod in die Augen sieht. So wie es Dragan ergangen ist", sagte Bennuti rechthaberisch und voller Gram.

Die Sanitäter kümmerten sich bereits um Casari, einer zog eine Rettungsbahre aus dem Wagen. Der Blick war inzwischen von Gaffern verstellt. Vossi hörte nur noch, wie die Bahre in den Rettungswagen geschoben wurde. Die Wagentüren knallten, das Horn heulte auf und die Samariter brausten davon.

Bennuti zitterte am ganzen Körper, Speichel floss ihm aus den Mundwinkeln. Hätte er sich im Spiegel gesehen – er hätte sich selbst nicht wiedererkannt: Das gutmütig Väterliche, das sich um Mitmenschen sorgte, kaum Ansprüche stellte und eine todverheißende Krankheit still ertrug„ war gänzlich verschwunden. So also sieht ein Racheengel aus, dachte Vossi und fauchte: „Wieso haben Sie das nicht unsere Arbeit sein lassen?"

„Das habe ich Ihnen schon bei unserem letzten Gespräch deutlich genug gesagt. Sie würden für den Absturz meines Freundes nie Zeugen finden und damit auch keine Beweise. Und falls durch irgendein Wunder doch, würde ein Gericht allenfalls auf Totschlag urteilen. Nach zwei, drei Jahren wäre der Mörder meines Freundes ein Freigänger und wenig später ein freier

Mann. Das widerspricht ganz entschieden meinem Verständnis von Recht und Gerechtigkeit!“

„Aber Casari war es nicht! Niemand hat Dragan in die Tiefe gestoßen. Jemand hat ihn erschreckt, er ist zurückgewichen und, leicht angetrunken, wie er war, hat er keinen Halt gefunden. Es war kein Selbstmord, auch kein Mord, sondern ein Unfall! Und jetzt sagen Sie mir: Was hat sich da oben abgespielt zwischen Ihnen und Dragan? Nicht am Tag des Absturzes, sondern davor.“ Vossi wollte endlich eine Antwort auf diese Frage, die ihn seit Wochen quälte. Hier und jetzt.

„Dragan hat Goldmünzen gefunden und war danach nicht wiederzuerkennen. Völlig ausgeflippt, im Goldrausch.“

„Hätten Sie mir das gleich verraten, hätten zwei Morde verhindert werden können. Damit müssen Sie jetzt leben, Ingenieur Bennuti. Aber wie haben Sie Casari eigentlich gefunden? Wir haben Tag und Nacht nach ihm gesucht.“

„Die meiste Zeit war er hier, hinter dem Gartenhaus der Parkaufsicht, beim Graben. Irgendjemand muss ihm geflüstert haben, dass es hier etwas zu finden gibt. Den Schatz Maximilians oder wenigstens einen Teil davon.“

Vossi war stinksauer. „Bennuti, Sie halten sich zu unserer Verfügung. Das Ganze wird ein Nachspiel für Sie haben. Das schwöre ich Ihnen.“ Um seiner aufsteigenden Wut besser Herr zu werden, lenkte er sich mit einer Frage ab: „Was ist mit Ihrer Hand? Haben Sie sich verbrannt?“

„Nicht der Rede wert.“

Die Hand war bloß leicht gerötet, der Handschuh hatte seinen Zweck erfüllt.

Auf der Fahrt in die Questura erreichte Vossi und sein Team über Polizeifunk die Nachricht, dass Casari einem Herzinfarkt erlegen war.

Vossi war schwer betroffen, atmete tief durch und sagte zu Roberto: „Mach das Wagenfenster auf und lass Luft herein."

Richter Dolans mutmaßte später: „Was wird man diesem Bennuti schon vorwerfen können? Irgendeine Handlung mit tödlichem Ausgang? Wohl kaum. Wahrscheinlich läuft alles auf groben Unfug hinaus. Gehen Sie damit zum Bezirksgericht, Commissario, und zeigen Sie ihn wegen Missbrauchs im Umgang mit Feuerwerkskörpern an."

„Für mich grenzt es an Lynchjustiz, was Bennuti getan hat", erwiderte Vossi.

„Mag sein, Commissario. Aber auch darüber kann nur nach dem Gesetz geurteilt werden. Und da sind wir beim Feuerwerkskörper und bei der nicht zu übersehenden Tatsache, dass Ihr Bennuti den vermeintlichen Killer seines Freundes nur erschrecken wollte. Mehr wollte er nicht. Das zählt. Übrigens auch nach der Ethik. Ein seltener Fall, in dem Ethik und Gesetz deckungsgleich übereinstimmen. Den muss ich mir merken."

„Und was wird die Strafe für das Verschweigen des Fundes sein?"

„Stellt sich die Frage, ob sich ein Staatsanwalt dafür eine Klage antun will. Ich meine, nein. Also wird das Ganze außer einer möglichen Kündigung von seinem Arbeitgeber keine Folgen haben."

35

Es dauerte noch geraume Zeit, bevor auch der letzte Schatzsucher in Miramare und Umgebung die Jagd nach dem Gold aufgegeben hatte. Zudem warnten die Medien davor, für einen Maximiliano mehr als den Goldwert zu bezahlen, da jedes angebotene Stück eine Nachprägung sein könnte.

Nach drei Wochen und einer Unzahl zermürbender Verhörstunden gestand Long John endlich: Er hatte im Cristallo beobachtet, wie einer Goldmünzen tauschte, und Beppo Tonelli darauf aufmerksam gemacht. Danach hatte er den Goldjungen zu einem Spiel im Nebenzimmer überreden können. Mit dem Lokalchef war vereinbart, dass Kunden in solchen Fällen betrunken gemacht wurden und man ihnen das Geld abnahm. K.-o.-Tropfen waren dank Dragan Jurićs maßlosem Alkoholkonsum an diesem Abend nicht notwendig gewesen. Nach dem Spiel hatte man ihn einfach nur an die Luft setzen müssen.

„Als ich, wie vereinbart, am nächsten Tag in Tonellis Wohnung komme, eröffnet er mir, dass die Münzen aus Maximilians Schatz stammen und ein Vermögen wert sind. Das Schwein will mich aber nur am Goldwert beteiligen. Lässt mich stehen und geht ins Bad. Ich steh in der Küche mit dem Brotmesser in der Hand. Wir wollten ja, wie so oft, gemeinsam frühstücken. Beutefrühstück haben wir das genannt. Ich hör, wie Beppo in die Wanne steigt, darin herumplantscht und singt. Das hat gereicht. Ich bin ihm nach und habe ihm das Messer in den Bauch gerammt."

„Mehrfach. Neunmal, um genau zu sein."

„Wenn Sie das sagen, wird es wohl stimmen. Ich habe jedenfalls nicht mitgezählt. Ich weiß nur, dass das Schwein noch aus der Wanne raus ist und sich auf mich stürzen wollte. Darum auch diese widerliche Sauerei."

„Damit kommen wir zum Mord an Rebecca Bregoli."

„Wieder das Gleiche: Ich hatte nicht die geringste Absicht, sie zu töten. Nach dem Mord an Tonelli bin ich nach Udine gefahren und habe mit Nino, dem Boss des Automatenringes, über die Ablöse für das Cristallo verhandelt. Er hat er mir eine Beteiligung am Cristallo angeboten, vorausgesetzt ich fädle mit der Erbin Rebecca Bregoli einen Handel ein."

„Ach, die Automatenmafia hat also von dem Mord gewusst?"

„Das ist keine Mafia, Commissario. Das ist ein Team, das nur an Stellplätzen und Abkassieren interessiert ist. Außer massiver Steuerhinterziehung spielt sich da nichts ab. Und zum plötzlichen Tod von Beppo wollte Nino erst recht nichts wissen. Ich habe ihm nur gesagt ‚Beppo ist nicht mehr.' und er hat ‚Tut mir Leid.' geantwortet."

„Ihnen war wohl nicht bewusst, dass Signora Bregoli gar nicht die Erbin war, sondern Beppos Tochter, Signora Hecke", wandte Vossi ein.

„Ach so? Beppo hatte eine Tochter? Das habe ich nicht gewusst. Hat er nie auch nur mit einem Wort erwähnt. Dann allerdings ist Rebecca umsonst gestorben." Long John sagte das mehr zu sich selbst. In einem Tonfall, als ob der Regen ausbliebe und er umsonst seinen Schirm mitgenommen hätte.

„Und was war mit dem Banker Feri? Mit dem wollten Sie doch gemeinsam die Schließfächer der Bank ausräumen. Ist es wegen der Beute zum Streit gekommen? Haben Sie ihn deshalb am Rilkeweg in die Tiefe gestoßen?"

„Diesen Feri habe ich nie kennengelernt. Da liegen Sie völlig falsch, Commissario."

Vossi wusste, dass er ihm glauben konnte. Er war sich sicher, dass in diesem Fall der verhängnisvolle Stoß von Casari gekommen sein musste.

36

Dreimal noch hatte in diesem Winter die Bora den Gärten zugesetzt, das Auslaufen der Fischereiflotten verhindert und die Dachziegel der Region zittern lassen. Und dann, eines Nachts, irgendwann zwischen Absacker und Frühstückskaffee, hatte der Winter bedingungslos kapituliert. Die Vögel zwitscherten es von den entlaubten Bäumen, als ob ihnen ein unsichtbarer Dirigent den Einsatz gegeben hätte.

Vossi war zum Strafgericht der Region gekommen, um gegebenenfalls als Zeuge im Prozess gegen Valerio „Long John“ Decker aufzutreten. Der hatte stark abgenommen, saß wie unbeteiligt und in sich versunken auf der Anklagebank. Er war kaum wiederzuerkennen.

Bei der Anhörung musste der Commissario Long Johns Geständnis Wort für Wort wiederholen. Deckers Verteidiger subsumierte Bruno Vossis Aussage mit schmalziger Stimme: „Verehrtes Gericht, bitte beachten Sie die Bereitschaft meines Mandanten, mit den Ermittlern zu kooperieren, aus der tiefste Reue spricht.“ Es ging also nur noch um das Strafausmaß.

Drei Tage später wurde Valerio Decker der Morde an Beppo Tonelli und Rebecca Bregoli schuldig erkannt und bekam lebenslänglich.

Professore Saras verhängnisvolle Rolle beim Todessturz des Bergarbeiters Dragan Jurić, weiters die Tatsache, dass er sich in keiner Weise um den Abgestürzten gekümmert hatte, war der Staatsanwaltschaft keine Anklage wert. Ein junger Untersuchungsrichter hatte Vossi klargemacht, dass Sara zu keiner Zeit die Absicht gehabt hatte, den Sturz des Bergarbeiters herbeizuführen. Auch wäre dessen Aussage, er hätte mindestens zehn Minuten gebraucht, um die Aufschlagstelle des Unglücklichen zu erreichen, eine rechtzeitige Hilfeleistung seinerseits wäre also gar nicht mehr möglich gewesen, plausibel. Der Professore hatte gewusst, dass das Personal des Steinbruchs vor Ort gewesen war, um den Verunglückten erstzuversorgen. Sein Verhalten wäre deshalb rechtlich nicht erfolgreich als Strafbestand der unterlassenen Hilfeleistung zu verfolgen gewesen.

Ebenjener Untersuchungsrichter hatte Vossi auch davon in Kenntnis gesetzt, dass Ingenieur Bennuti Selbstmord begangen hatte.

Vossi war tief betroffen: „Wie ist es passiert?"

„Er hat herumerzählt, dass er übers Wochenende verreist. In Wirklichkeit hat er sich in seiner Wohnung eingeschlossen und eine Überdosis Schlafpulver genommen. Als er aber nach mehreren Tagen weder auf Anrufe noch auf Klingeln reagiert hat, hat man schließlich die Tür aufgebrochen. Zu dem Zeitpunkt war er schon seit drei Tagen tot."

„Ich habe es befürchtet und seinen Arzt gewarnt. Aber es ist ja jeder so schrecklich überlastet, wenn es um Menschen geht."

Den jungen Juristen schien dies alles nicht sonderlich zu interessieren.

Von Dottoressa Ana Platter, jener Kollegin Professore Saras, die Vossi seinerzeit so ausführlich in die Biographie Kaiser Maximilians eingeführt hatte, erfuhr er, dass der akademische Senat der Universität Signore Sara dringlich empfohlen hatte, Abschied zu nehmen.

Bei erster Gelegenheit wollte Alessandro Novaco, der wissbegierige Chef der Wirtschaftspolizei, auf dem

Flur der Questura von Vossi die neuesten Erkenntnisse zum Mord an Direttore Paolo Feri in Erfahrung bringen.

„Gibt es eigentlich etwas Endgültiges zum Tod unseres Bankers?“

„Zu Feri? Da muss ich dich enttäuschen, Alessandro. Zeugen des Vorfalls gibt es keine. Feri ist tot und Casari ebenfalls. Du wirst schon das Jüngste Gericht abwarten müssen, um Genaueres zu erfahren.“

„Deine Vermutung?“

„Sie sind wohl wegen des falschen Passes in Streit geraten. Vielleicht wegen des Honorars für den Fälscher? Ich weiß es nicht. Wir alle sind aber restlos davon überzeugt, dass Feri nicht freiwillig gesprungen ist. Also muss ihn jemand gestoßen haben. Und da wir Casaris Spuren am Unglücksort gefunden haben und sonst mit an Sicherheit grenzender Wahrscheinlichkeit niemand anwesend war ...“

„... muss ihn Casari gestoßen haben.“

„Du machst dich, Alessandro. Wann willst du bei mir anfangen?“

37

An den folgenden Tagen war Vossi verstimmt und an der Arbeit geradezu desinteressiert. Rita war klar, dass ihm etwas schwer zusetzen musste. Der Commissario war plötzlich zum Delegierenden geworden, sagte, er müsste sich mehr um seinen Garten kümmern, die Bora hätte alles verwüstet.

Und das tat er auch. Lustlos, beinahe geistesabwesend kratzte er mit dem Rechen auf den grünen Rabatten herum. In mehreren Ecken häufte er abgefallene Äste und verwehtes Laub zum Verbrennen an. Dabei kamen ihm die Bruchstücke der Brunnenbeckenfigur in die Quere – eine lächerliche Kopie des Manneken Pis, ein billiger Guss, den ein winterlicher Sturm vom Sockel gerissen und dem kleinen Kerl den Arm mitsamt seinem Wasserlasser amputiert hatte. Vossi hatte das Ergebnis des Sturms damals bloß mit einem verächtlichen „Na endlich!" kommentiert. Letzten Endes war er den kleinen Pisser also doch noch losgeworden. Er hatte ihn vom Vorbesitzer des Grundstückes übernommen und fand ihn ebenso abstoßend wie Madonnenstatuen, aus deren Brüsten Wasser in ein Brunnenbecken floss.

Der Commissario würde die Bruchstücke zu Goran bringen. Der hatte noch immer für alles einen Käufer gefunden. Zumindest würde Vossi dafür ein Stück von Gorans selbstgemachter Hartwurst bekommen. Oder ein Fläschchen von seinem hausgebrannten Sliwowitz. Ein himmlisches Destillat, schwarz gebrannt und kristallklar, von Zwetschgen aus Gorans bosnischer Heimat. Angesichts der überschaubaren Menge ein Bagatelldelikt, über das sogar ein Vossi hinwegsehen konnte – vor allem unter Berücksichtigung der Qualität des Endprodukts.

Die Handelsware des Bosniers – ein Gerümpel aus Metallen aller Art – lagerte unter freiem Himmel in einem unüberschaubaren Durcheinander. Der Laden glich einem Kabuff aus Holzbrettern und Rigipsplatten. Um in ihn vorzudringen, musste man sich einen Weg vorbei an allerlei Maschinen, ausgedienten Motorrollern, Friedhofskreuzen und angerosteten Fahrrädern bahnen.

Goran kam Vossi wie immer laut grüßend entgegen. Der Blick des Commissario blieb an einem Gerät hängen, dessen Zweck er sich nicht erklären konnte. Es erinnerte ihn an eine Blechschneidemaschine, hatte einen ähnlich langen Hebel wie eine solche, aber es gab daran keinen Schneidebalken. Vielleicht eine Pumpe eines dieser alten Brunnen, wie sie früher in den Höfen gestanden hatten?

Goran lachte. „Nein, nein, das ist ein Prägestock."

„Ein Prägestock?"

„Ja doch, Bruno. Für Erinnerungsmedaillen zum Beispiel oder Blechetiketten. Es soll früher auch welche gegeben haben, die sich 100-Lire-Münzen damit geprägt haben."

Vossi hatte es plötzlich eilig. Er überreichte Goran das Paket mit den Bruchstücken des Mannekens: „Mach was draus." Ohne eine weitere Erklärung trabte er los in Richtung seines Wagens. Goran sah ihm kopfschüttelnd nach.

38

Die darauffolgenden Tage war Vossi im Büro so gut wie nicht ansprechbar. Ritas und Robertos Fragen nach dem Grund wich er aus: „Ach, der ganze Verwaltungskram. Widerlich, aber es muss ja sein.“ Hilfsangebote von den beiden lehnte er dankend ab: „Ich komme schon zurecht.“

Damit war sein Team auf sich allein gestellt. Einen üblen Fall von Fahrerflucht mit Todesfolge löste Roberto mit rechts, Rita den Drogentod eines siebzehnjährigen Mädchens mit links. Die jeweiligen Updates der beiden nahm Vossi brummend zur Kenntnis, sodass sich seine Teamkollegen langsam, aber sicher Sorgen machten. Gab es im Hause Vossi etwa Eheprobleme? „Sicher nicht“, meinte Rita. „Jedes Mal, wenn ich Jelena treffe, strahlt sie und wirkt unbeschwert.“ Was für ein Geheimnis hatte Vossi also vor seinem Team? War es am Ende eines vor Jelena, stellte Roberto in den Raum. „Vergiss es, Roberto. Zu dem, was du denkst, wäre Vossi nicht Mittelmaß genug.“

Ganz so sicher war sich Rita aber dennoch nicht. Den ganzen Tag hing Vossi am Telefon und klang dabei immer äußerst verbindlich. Manches klang nach Süßholzraspeln. Dann wiederum studierte er Telefonbücher und stapelte Zollpapiere auf seinem Schreibtisch. Schließlich wurde es Rita zu bunt. Sie baute sich vor Vossi auf und wollte Klartext reden.

„Geduld, Rita. Lerne von den Chinesen. Übe dich in Geduld, lächle und handle.“

„Was soll das, Bruno?“

„Morgen, Rita, morgen habe ich einen Termin in Triest. Dann kannst du mir die Beichte abnehmen.“

„Beichte? Ist es so schlimm?“

„Nicht fragen, Rita. Morgen."

Rita konnte sich keinen Reim darauf machen. Zwar war ihr aufgefallen, dass Vossi Namenslisten der Zuwanderer aus China verglich und einige davon markierte, sie konnte sich aber die Frage nach dem Zweck dieses Tuns nicht beantworten. Führte er etwas gegen die chinesischen Handelsherren von Triest im Schilde? In der Kantine hatte er einmal beim Nachmittagskaffee etwas von asiatischen Etikettenschwindlern erwähnt, aber niemand war weiter auf das Thema eingegangen. Warum auch? Das Geschäft ihrer Kommission waren nicht Schmuggel oder Raubkopien, ihr Geschäft war Mord.

39

Die Sonne hatte es schwer gegen die Tramontana, die kalt von der Alpenkette herunter wehte, als Vossi den entscheidenden Schritt tat. Auf der Fahrt nach Triest ging er noch einmal durch, was er in mühevoller Kleinarbeit herausfinden hatte können.

Seine Recherchen hatten sich nach kurzer Zeit auf den chinesischen Kaufmann Li Feng eingeschärft. Von dem hieß es, er hätte drei Frauen und zwei Gesichter: eines als Lucky Li, der vor den Bankern seinen horrenden Immobilienbesitz immer lächelnd als Laune des Glücks erklärte; ein zweites als gestrenger Clanführer Li Mai Feng, vor dem seine zahlreichen Kinder und Kindeskinder in mittelalterlicher Demut und Ergebenheit den Kopf senkten.

Über die drei Frauen hatte Vossi bloß herausgefunden, dass Feng sie aus China bestellt und anliefern lassen hatte wie Importware. Drei war seine Mindestzahl, weil der beabsichtigte Auf- und Ausbau seines kleinen Familienimperiums an der Gebärfähigkeit einer einzigen Frau gescheitert wäre. So aber konnte er die Niederlassungen in Bari, Ancona, Livorno, Genua und im kroatischen Split mit eigenem Blut besetzen. Der verzweigte Familienbetrieb florierte nicht zuletzt dank des Imports gefälschter Taschen, Uhren, Parfums und Kleider aller Art aus China, Indien und Bangladesch.

Fengs Anwesen lag auf einem der Hügel mit Blick über den Golf und auf die Hänge der Halbinsel Istrien. Angesichts der Größe des Grundstückes konnte man das Haus von der eisenbewehrten Pforte in der mannshohen Gartenmauer aus nur erahnen. Ein Diener lenkte den Commissario in Richtung einer Terrasse aus edelstem Holz, auf der Li Feng, eingewickelt in eine Alpakadecke, in die Sonne blinzelte. Er machte Anstalten, sich zu erheben, doch Vossi winkte ab: „Bleiben Sie, bleiben Sie, Xiānsheng Feng."

Das Gesicht des alten Chinesen erhellte sich ein wenig, als der Commissario ihn so ansprach.

„Sie waren schon in China, Signore Vossi?"

„Leider nein, Xiānsheng Feng. Ich übe mich nur ein wenig in der sprichwörtlichen Höflichkeit Ihres Landes. Wahrscheinlich ein blamabler Versuch, oder?"

„Ich bitte Sie. Eine schöne Geste, die ich zu schätzen weiß. Bitte, nehmen Sie Platz."

Auf einen Wink eilte der Diener mit einer weiteren Alpakadecke herbei. Vossi wollte schon abwehren, besann sich aber – es könnte als Unhöflichkeit missverstanden werden. Sekunden später war er recht froh über die kuschelige Wärme unter der Decke. Die Tramontana hatte gegen sie keine Chance.

„Ihr Garten ist ein Paradies, Xiānsheng Feng."

„Er ist das Werk einer meiner Schwiegertöchter. Sie hat Botanik und Gartenarchitektur in Kanton studiert und sorgt gerade dafür, dass asiatische Gärten in England und Frankreich der letzte Schrei sind. Ich hätte nie geglaubt, dass man damit Geld verdienen kann – ordentlich Geld, meine ich. Wir importieren heute mehr Bäume und Sträucher aus China als ..."

„... als Uhren von Cartier und Koffer von Louis Vuitton?" Li Feng machte ein enttäuschtes Gesicht, und Vossi ärgerte sich über seinen verbalen Holzklotz. „Verzeihen Sie, Xiānsheng Feng. Ein dienstlicher Reflex, völlig deplatziert. Vergessen Sie ihn bitte."

„Tja, Commissario, aller Anfang ist schwer."

„Bezieht sich das jetzt auf unseren Dialog oder auf Ihre ersten Jahre hier in Triest?"

Der Chinese schmunzelte: „Nicht einmal den Namen dieser Stadt habe ich gekannt, als ich hier als blinder Passagier von Bord eines rostigen Frachters gegangen bin. Ich habe mich vom chinesischen Pingpong-Team abgesetzt, das auf Gastspiel in das verbündete Albanien gekommen war."

Der Diener brachte Tee, und während die beiden Männer davon tranken, ließ der alte Chinese sein Leben im Schnellgang Revue passieren: Der Aufbau der Firma war nicht einfach gewesen, sie auf Erfolgsspur zu halten, um nichts leichter. Ein rigides Überwachungsregime war Voraussetzung. Es hielt ihn über Enkel und Urenkel auf dem Laufenden. „Wer nicht mit der Falschen in der Sandkiste spielt, wird sie auch nicht heiraten", war sein Wahlspruch als Vater, Großvater und Urgroßvater. Klar, dass er auf Vernunftehen bestand.

Besondere Freude bereitete ihm Enkelkind Nummer neunundzwanzig, Fóguāng – „das Licht Buddhas". Er hatte auf Großvaters Geheiß in Deutschland Montanistik studiert und bei seiner Rückkehr behauptet, er könnte Münzen herstellen, die als historische Rarität spektakuläre Gewinne bringen könnten. Die Legende von Maximilians Schatz wäre die Geschäftsbasis, das Beispiel chinesischer Salzbauern das Geschäftsmodell. Als Salzbauern bezeichnete man Landbesitzer, die vor Jahrhunderten auf ihren Grundstücken Salz einbuddelten, um sie als potentielle Salzminen an Spekulanten zu verkaufen. In diesem Stil wollte Fóguāng ein paar Goldmünzen prägen und sie in der Kletterwand von Jamiano gezielt verteilen. Der alte Steinbruch wäre für das Vorhaben ideal. Kletterer müssten unweigerlich fündig werden und ein Schatzfieber auslösen. Alles Weitere würde sich von selbst ergeben. Alles, was es für einen durchschlagenden Erfolg brauchte, wäre Gold, ein Prägestock und ein Prägestempel. Deshalb war dieser freundliche Commissario wohl angerückt. Dass der Erkundigungen über ihn und seinen Clan einzog, hatte man Li mehrfach gemeldet. Aber er und die Firma hatten nichts zu befürchten.

Während Vossi von seinem Tee schlürfte, erinnerte sich der alte Chinese mit stillem Lächeln an den damaligen Eifer seines Enkelkindes. Das Salzen des Steinbruchs mit ein paar Goldmünzen würde gegen kein Gesetz verstoßen. De jure wäre es Werbung. Um dies zu veranschaulichen, hatte er theatralisch den Fernseher eingeschaltet: Dort flimmerten gerade Werbespots für diverse Kosmetika, die Wunder wirken sollten, für Tropfen gegen Vergesslichkeit und Schlankheitsmittel über den Bildschirm. Und Li sah ein: Der Kleine hatte recht. Das Verstecken der Münzen in dem Bergwerk war Werbung, und Werbung durfte nach westlicher Ethik und Moral offenbar lügen.

Als Clou für das Unternehmen ergab sich, dass ein in London von ihnen versteigertes Goldstück inzwischen laut internationaler Expertise als Original galt. Ihre Legierung zu kopieren wäre eine Sisyphusarbeit, die sich selbst bei größter Stückzahl nie lohnen würde. Sein Enkel strahlte: „Großvater, wissen Sie, was das heißt? Wenn jetzt in Mexiko ein solches Stück auftaucht und nicht unserer Legierung aufs Haar gleicht, würde selbst das Original zur Fälschung!“ Die Fengs mussten bloß immer vom gleichen Lieferanten die exakt gleiche Legierung Gold beziehen. Um sicherzugehen, legte Feng eine Fuhre Barren davon auf Lager. Das barg zwar ein gewisses Risiko angesichts der Schwankungen des Goldpreises, aber keines, das angesichts der sicheren Gewinne im Münzhandel ins Gewicht fallen würde. Zudem waren die Goldpreise gerade niedrig wie schon seit Jahrzehnten nicht mehr.

Vossi schien sein Interesse an chinesischem Tee verloren zu haben. Er schob Tasse und Kanne zur Seite und kam ziemlich unvermittelt auf den Steinbruch von Jamiano und den Goldschatz des Kaisers von Mexiko zu sprechen: „Xiānsheng Feng, kann es sein, dass die Maximiliani, die in allen möglichen Auktionshäusern der Welt als Rarität zur Versteigerung kommen und beträchtliche Preise erzielen, aus Ihrem Haus stammen?"

Der Chinese zuckte mit keiner Wimper und referierte im Stil eines Abendschullehrers: „Wie Sie sicherlich wissen, Commissario, verdiene ich mein Geld mit Immobilien und kann nicht klagen. Natürlich wird in Abteilungen meiner Firma ständig nach neuen Standbeinen gesucht. Ich möchte aber versichern, dass dabei strikt nach den Gesetzen der Republik Italien vorgegangen wird."

„Mit Verlaub, das war aber nicht immer so."

„Wie ich schon eingangs erwähnt habe: Der Anfang war schwer. Es waren verwirrende kulturelle Unterschiede zwischen Herstellern und den Regeln des Marktes hier vorhanden. Seitens unserer Kunden hat es aber immer nur Lob gegeben. Eine Tasche ist als Tasche verkauft worden, ein Koffer als Koffer, ein Shirt als Shirt, eine Armbanduhr als Armbanduhr. Und das zu sehr günstigen Preisen! Zu unseren neuen unternehmerischen Schwerpunkten darf ich Ihnen versichern: Wir haben besonderen Bedacht walten lassen und alles auf geltendes Gesetz abgestimmt. Für die Legalität verbürge ich mich."

„Sie wissen, Xiānsheng Feng: Würden Ihre Abteilungen nachgeprägte Maximiliani als angeblich echte auf den Markt bringen, wäre das Betrug."

„Ich darf Sie beruhigen, Commissario. Sollten Produkte von uns zu überhöhten Preisen zur Versteigerung kommen, liegt dies an den Zwischenhändlern. Diese berufen sich dabei allerdings auf Expertisen von Sachverständigen. Das liegt damit alles außerhalb unseres Einflussbereiches. Glauben Sie mir, Commissario."

„Xiānsheng Feng, ich weiß, dass es schwer sein wird, gesetzlich gegen diese Geschäftsabläufe vorzugehen, doch es klebt Blut an den Münzen."

„Mit diesem Blut werben die Kataloge, nicht wir."

„Ich spreche nicht vom Blut des Kaisers, sondern von den tragischen Todesfällen, die sich nach der Auffindung von Goldmünzen im Steinbruch von Jamiano ereignet haben."

„Ist es dabei nicht um Mord gegangen?"

„Unter anderem, Xiānsheng Feng. Deshalb ist die Sache in den Bereich meiner Zuständigkeit gekommen. Und so muss ich an Sie appellieren: Dosieren Sie den Münzhandel mit Bedacht und stellen Sie ihn früher oder später ganz ein. Ich müsste sonst der Frage nachgehen, wie die ersten Fundstücke in den Steinbruch von Jamiano gekommen sind. Das wäre für viele beunruhigend und würde ein Durcheinander unter Sammlern heraufbeschwören. So viel Unruhe sollte besser vermieden werden, meinen Sie nicht auch, Xiānsheng Feng?"

„Ich bin glücklich, ganz Ihrer Meinung zu sein, Commissario. Zumal den Mengen beim Geschäft mit Raritäten von Natur her bestimmte Grenzen gesetzt sind. Wir prägen übrigens neuerdings Medaillen in Gold zur Kultur des Westens, die in China reißenden Absatz finden. Darf ich Ihnen eine zeigen?" Auf den zarten Ton eines Gongs eilte einer der Diener herbei und brachte nach kurzer Rücksprache eine Medaille aus Gold mit Trauben und einem Römerglas auf der einen und Bacchus auf der anderen Seite. „In vino veritas“, lächelte Lucky Li Feng.

„Ich habe gedacht, Chinesen trinken Tee und Reiswein?“

„Die Reichen längst nicht mehr. Sie kopieren wie verrückt den Westen, schlürfen Kaffee und Traubenwein und rauchen Camel oder Marlboro. Das ist heute ... Wie sagt man? ‚Der letzte Schrei‘.“

„Ich habe es gewusst, Xiānsheng Feng! Unsere Kulturen werden letztlich Kongruenz erreichen. Ich wünsche Ihnen viel Erfolg bei Ihrem neuen Geschäftszweig. Und den Handel mit den Münzen lassen Sie ausklingen. Sind wir uns darin völlig einig?“

„Völlig einig, Signore Commissario. Darf ich Ihnen das kleine Goldstück mit dem Weinglas als Prägung zur Erinnerung an dieses so erfreuliche Gespräch offerieren?“

„Ich nehme es gerne und dankend an.“

Damit war dokumentiert, dass ihre Begegnung eine private war und auch bleiben sollte, denn im Dienst hätte Vossi unter Umständen nicht einmal die Tasse Tee angenommen, geschweige denn ein Goldstück. Feng wusste das zu schätzen.

„Ich darf Sie noch zum Tor begleiten, Commissario?“

Dort angelangt sah der alte Chinese Vossi tief in die Augen, lächelte verbindlich und bat: „Verraten Sie mir eines, Commissario. Wie sind Sie auf uns gekommen?“

„Ein kleiner Fehler Ihrerseits, Xiānsheng Feng. Sie waren zu sehr chinesischer Patriot. Statt den Prägestock von einem Händler innerhalb der EU zu kaufen, haben Sie einen aus China importiert. Darauf bin ich in den Zoll- und Frachtpapieren der Hafenbehörde gestoßen. Und einhundertzwanzig Kilogramm Gold kauft man auch nicht unbemerkt. Das ist mehr, als alle Zahnärzte Italiens zusammengenommen in Zahnlücken setzen."

Im Wagen beschloss Vossi, nicht die direkte Verbindung nach Gorizia, sondern den Umweg über die Küste via Duino zu nehmen. Als er am Schloss Miramare vorbeikam, räusperte er sich und sang aus voller Brust das Lied „La Paloma", zu dem Kaiser Maximilian angeblich sterben wollte.

Ein Knacken des Polizeifunks unterbrach jäh seine vokalen Höhenflüge. Ritas Lachen gluckste aus dem Lautsprecher, gefolgt von ihrer Wertung: „Noch viel Luft nach oben, Bruno. Aber Inbrunst – Eins plus!"

Zu blöd, das Gerät war die ganze Zeit über eingeschaltet gewesen.

Glossar

Adabei, der	österr. für jemanden, der sich überall wichtig und dazugehörig fühlt
Agriturismo	ital. für eine touristische Sparte mit Erlebnischarakter im ländlichen Umfeld
Birra Moretti	italienische Bierbrauerei, die in Udine gegründet wurde
Branzino	ital. für Europäischer Wolfsbarsch oder Seebarsch
Ferragosto	15. August, an dem die katholische Kirche den Feiertag Mariä Himmelfahrt begeht. Um diesen Tag herum wird in Italien traditionell der Sommerurlaub geplant.
Gilet, das	franz. für Weste
granteln	österr. für gereiztes, missmutiges, mürrisches Verhalten
Klare, der	österr. für Schnaps
Kukuruz, der	österr. für Mais
Notaio	ital. für Notar
Questore	Dienstgrad der italienischen Polizeikräfte, entspricht in etwa dem Polizeirat in Österreich oder dem Polizeidirektor in Deutschland
Telefonino	ital. umgangssprachlich für Mobiltelefon
Villaggio	ital. für Dorf

Eva Gründel
Mörderhitze
Ein Kroatien-Krimi
344 Seiten, € 12.95
HAYMON taschenbuch 195
ISBN 978-3-7099-7822-1

Mord inklusive: Unter der kroatischen Sonne auf einer Luxus-Yacht die Küste Dalmatiens von Dubrovnik bis Rovinj entlangzuschippern und dafür auch noch bezahlt zu werden – Elena Martells neuer Auftrag als Reiseleiterin scheint der Traumjob schlechthin. Doch rasch wird der Törn für sie zum Albtraum: Unweit von ihrem Ankerplatz auf Korčula wird eine nackte Leiche im Becken einer Thunfischfarm entdeckt. Hat jemand von Elenas Mitreisenden die Hände im Spiel? Die Polizei lässt den Mailänder Unternehmer samt Familie und Freunden zwar weiterziehen, aber Elena macht sich keine Illusionen – irgendwer an Bord führt Böses im Schilde. Noch dazu kriselt es gewaltig zwischen ihr und ihrem Lebenspartner Commissario Giorgio Valentino …

Blauer Himmel, klares Meer, idyllische Buchten – und trotzdem Gänsehaut! Eva Gründel versteht es wie keine andere, die Landschaften anderer Länder nachzuzeichnen und mit düsterer Krimispannung zu erfüllen. Sympathische Figuren, lebendige Beschreibungen und eine spannende Handlung machen ihre Krimis zur idealen Lektüre – im Urlaub ebenso wie zuhause, in Kroatien genau wie anderswo!

Eva Gründel
Mörderbescherung
Ein Weihnachtskrimi aus Neapel
440 Seiten, € 12.95
HAYMON taschenbuch 109
ISBN 978-3-7099-7846-7

Teuflische Weihnachten in Neapel: Mit Mord und Totschlag wollte Elena eigentlich nichts mehr zu tun haben. Dazu passt: Ihr fescher Giorgio, einstmals Kriminalkommissar, ist jetzt Kunstfahnder. Als er deshalb zu einer Ausbildung nach Neapel fährt, ist auch Elena mit einer Reisegruppe in der Stadt am Vesuv. Doch lange bleibt es nicht beim ruhigen Liebesglück der beiden: Die Stadt wird durch eine grausame Mordserie erschüttert. Und nach jedem Mord taucht eine geschnitzte Teufelsfigur in einer der allgegenwärtigen neapolitanischen Krippen auf. Elena und Giorgio kommen auf die Spur eines Komplotts, in dem Drogenhandel und religiöser Aberglaube verschmelzen. Zwischen Neapel, Capri, Salina und Trápani, zwischen Camorra und Carabinieri gehen die beiden auf Mörderjagd – und schon bald bringt sich Elena selbst in große Gefahr. Denn es zeigt sich: Der Inhalt mancher Krippenfiguren ist alles andere als heilig ...

Gänsehaut im Urlaubsparadies, Krimispannung vor der faszinierenden Kulisse Neapels: Eva Gründel ist als Verfasserin mehrerer Reiseführer Spezialistin für fremde Länder. Land und Leute präsentiert sie authentisch, sympathisch – und mörderisch. Pflichtlektüre fürs Reisegepäck und das Bücherregal daheim!